# 一个抗美援朝老兵的回忆

李雨村　著

中国文史出版社
CHINA CULTURAL AND HISTORICAL PRESS

**图书在版编目（CIP）数据**

一个抗美援朝老兵的回忆 / 李雨村著 . -- 北京 :
中国文史出版社 , 2018.1
ISBN 978-7-5205-1078-3

Ⅰ . ①一… Ⅱ . ①李… Ⅲ . ①回忆录—中国—当代
Ⅳ . ① I251

中国版本图书馆 CIP 数据核字（2019）第 071189 号

责任编辑：蔡丹诺

出版发行：中国文史出版社
社　　址：北京市海淀区西八里庄 69 号院　邮编：100142
电　　话：010-81136606　81136602　81136603（发行部）
传　　真：010-81136655
印　　装：廊坊市海涛印刷有限公司
经　　销：全国新华书店
开　　本：16 开
印　　张：19.5
字　　数：288 千字
版　　次：2019 年 6 月北京第 1 版
印　　次：2022 年 2 月第 3 次印刷
定　　价：56.00 元

# 前言

在20世纪50年代初期，朝鲜爆发了一场震惊世界的侵略战争，美国纠集了16个国家的军队，组成了“联合国军”，明目张胆地对朝鲜进行武装侵略，并霸占我国的台湾，扫射、轰炸我国东北边境的居民，严重威胁着我国的安全。美军在仁川港登陆，朝鲜处于危急关头，朝鲜人民民主共和国首相金日成向我国发出求援信函，要求派兵援助。中共中央和毛泽东主席作出了“抗美援朝、保家卫国”的英明决策。中国人民志愿军牢记党和祖国的嘱托，高举爱国主义、国际主义、革命英雄主义的旗帜，雄赳赳、气昂昂，跨过鸭绿江。与朝鲜人民军一起浴血奋战三年，用劣势装备战胜了优势装备的以美国为首的“联合国军”。他们虽然手中握有原子弹，杜鲁门总统曾对记者叫嚷：为了挽救在朝鲜战争中的失败，要使用原子弹！但这不过只是一种核讹诈。我们中国人民志愿军都是用毛泽东思想武装起来的战士，具有“一不怕苦，二不怕死”的英雄气概，这就是我军精诚团结的战无不胜、攻无不克的精神“原子弹”，不惧怕敌人核弹的威胁，敢于斗争，敢于胜利，打出了国威、打出了军威，把侵略者从鸭绿江边，赶回到“三八线”以南，迫使美军及“联合国军”于1953年7月27日在朝鲜停战协定上签字。我们赢得了抗美援朝战争的伟大胜利。

抗美援朝战争，是一场反侵略的正义战争，粉碎了侵略者侵吞朝鲜的美梦，保卫了新中国的安全，维护了世界的和平。这场战争的胜利，极大地振奋了我国人民的民族精神，增强了我国人民的自信心和自豪感，同时为我国在国际上提高了威望，在全世界反侵略战争史上树立了弱国打败强国的光辉范例。

每当回想这场战争，有两句话常被人们引用。一句是中国人民志愿军司令员彭德怀所言："西方侵略者几百年来只要在东方一个海岸线上，架起几尊大炮，就可以霸占一个国家的时代，一去不复返了。"另一句话出自美国参谋长联席会议主席奥马尔·布莱德雷之口，他说："在错误的时间，错误的地点，同一个错误的对手，进行了一场错误的战争。"多年以后，在朝鲜战场上的"联合国军"总司令麦克阿瑟谈及朝鲜战争刻骨铭心的经验教训时就说："谁想跟中国陆军打仗，一定是有病。"

在战争中，交战双方都付出了巨大的代价。美国付出了40万人的伤亡（连同"联合国军"和南朝鲜军共伤亡109万余人），付出战费1600亿美元，消耗战备物资7300万吨。美军在战争中，由于屡遭惨败，被撤换了三任"联合国军"总司令，最后还是被迫签订了停战协定。美国前总统胡佛沮丧地说，"联合国军"在朝鲜被中国共产党打败了，现在世界上没有任何军队足以击败中国人。"联合国军"总司令克拉克在签订协定时承认，他是"历史上签订没有胜利的停战条约的第一位美国陆军司令"。

在抗美援朝战争中，中国人民也付出了沉重的代价：开支战费62亿元人民币，消耗战备物资560万吨，有36万优秀儿女的鲜血洒在朝鲜国土上。其中军级干部3名、师级干部11名、团级干部201名。他们为了取得战争的胜利，献出了自己宝贵的生命，成为我们永远怀念的最可爱的人。

为了纪念抗美援朝战争65周年，我根据自己参加抗美援朝战争的亲身经历和当战地记者的体验，撰写了《一个抗美援朝老兵的回忆》一书，以弘扬志愿军指战员“一不怕苦、二不怕死”的革命英雄主义精神，缅怀在朝鲜战争中牺牲的人们，同时也为广大读者提供一本了解抗美援朝战争的有益的素材，为中青年一代维护我国的民族尊严、抵御外国的侵略提供一本参考资料。

全书约20万字，共分为七个部分。从侧面展现了抗美援朝战争光辉而悲壮的历史画卷，弘扬了中共中央和毛泽东主席关于“抗美援朝、保家卫国”的英明决策和高超的指挥艺术及彭德怀司令员灵活机动的战略、战术的部署指导，歌颂了中国人民志愿军不畏艰难困苦、不怕流血牺牲，敢于斗争、敢于胜利的爱国主义、国际主义和革命英雄主义精神。

本书在写作过程中，承蒙上级领导的关怀指导和朋友们的关心支持及战友们的热情帮助，笔者才下定决心，历时三年写出初稿。由于抗美援朝战争时间过于久远，对那段经历几乎已经淡忘，再加上笔者已达86岁，记忆力减退，已力不从心。因此，错误疏漏之处在所难免，敬请读者批评指正。

李雨村

2016年4月

# 目　录

1

# 战斗历程

ZHANDOU LICHENG

# 1. 积极报名参加抗美援朝

1950年10月，我正在中国人民解放军西南军政大学学习，学校召开大会，传达了毛泽东主席对全党、全军、全国人民发出的伟大号召："抗美援朝，保家卫国，打败以美国为首的'联合国军'侵略者！"并动员全校师生员工积极报名参加中国人民志愿军，开赴朝鲜前线，打击以美国为首的侵略军，把他们赶出朝鲜，以维护亚洲及世界的和平。

为了响应毛主席的伟大号召，全校师生员工都纷纷写请战书，要求报名参加中国人民志愿军。当时的我是一个热血知识青年，为国家出力、报效祖国一直都是我的志向。现在国家主席毛泽东发出号召："抗美援朝，保家卫国。"党和国家需要的时候，就是我这个青年人为国家出力的时候。为此，我坚定了信心，毫不犹豫地写了申请书，报名参加中国人民志愿军。由于我多次写申请报名，在全校第一批30名学员被批准参加志愿军时，我是其中一名幸运者。全校召开了欢送大会，校长亲手为我们披红戴花，并当众宣布我们30名学员大学已经毕业，还当场给每个人发了毕业证书和毕业证章。我们30名同学，被分配到中国人民志愿军六十军一八一师下属各单位担任不同的职务，我被分配到师直炮兵营一连，任文化教员。

我们一八一师成立于1944年9月，具有英勇善战的光荣的历史传统，曾在皮定均同志的率领下，强渡黄河天险，攻克唐河、光山县城。于1946年1—6月参加过中原突围，被称为“皮旅”。1947年参加了莱芜战役，攻克了宁阳，参加了孟良崮战役、胶河战役，解放了临汾，攻克了太原，参加了有名的咸阳阻击战。1949年参加了秦岭战役，解放了四川省的南江、三台县城。1950年进驻遂宁军分区，在这里安营扎寨，组织剿匪反霸，建立地方政权，实行土地改革，从而调动了广大农民的积极性。在这次抗美援朝、保家卫国的运动中，有一大批农村青年积极报名参加了我们的志愿军。

1950年11月上旬，我师全体指战员奉命乘坐西南军区的汽车，经过两三天的跋涉，翻过秦岭山脉，到达宝鸡休整两天。然后换乘闷罐火车，到达机动位置——河北省青县孙官屯待命。

在此期间我们学习了周恩来总理在美国成功湖联合国大会上的讲话，他说：“我们和朝鲜的关系是唇亡齿寒，密切相连的关系。我奉劝美国及联合国的当政者：‘联合国军’不要越过‘三八线’，否则就侵犯了苏美制定的有效的分界线，就会引起双方武力的争端。”可是美国及“联合国军”侵略者，不顾我国的严重警告，悍然越过“三八线”，激起了我国人民的强烈愤怒，掀起了全国人民的大游行，声讨美军及“联合国军”侵略朝鲜人民共和国的罪行。

可是，我们从报纸上看到我国的知识界人士和民主人士认为：志愿军出国援助朝鲜作战，就等于是引狼入室，拿鸡蛋向石头上撞，得不偿失。美帝国主义是当今世界之王，他们手中握有原子弹，具有最先进的现代化武器装备，与他们打仗我们能占便宜吗？知识界民主人士普遍担心，并劝党中央不要派志愿军出国作战。

党中央和毛泽东主席作出了英明的战略决策：“抗美援朝、保家卫国。”为了稳定军心和顺应民意，毛泽东主席首先让自己的儿子毛岸英报名参加志愿军，担任彭德怀司令员的俄文翻译兼秘书。为此，得到了全国人民的拥护和爱戴。毛泽东主席以身作则，在“抗美援朝、保家卫国”中做出了榜样，为赢得抗美援朝的伟大胜利，做出了重要的贡献，这是我们党的一笔伟大的精神财富，应该永久保持和发扬！

## 2. 改换新装备，增强战斗力

我们这支部队，曾以“皮旅”的威名，威慑国民党军队和日本侵略军。现在我们使用的武器，都是从国民党和日本军队手中缴获来的“汉阳造”的步、机枪，日式“三八”大盖枪及歪把子机枪和日式山炮，也有美国制造的“汤姆”式冲锋枪。由于武器装备陈旧落后，其型号、牌子繁杂，弹药供应极为困难，一旦打起仗来，就会影响战斗力。这次更换的全是苏联式的新武器，有762步机枪、“转盘式”机枪、“葫芦式”冲锋枪、反坦克使用的“莫洛托夫”手雷，还有成批的子弹、炮弹等。由于改换装备了新式武器，就如同猛虎添翼，提高了我师的战斗力。战士们拿到了新武器，都高兴得手不离枪，以便尽快熟悉手中的武器，誓与以美国为首的“联合国军”的现代化装备，在战场上以刺刀见红，一较高低。

我们部队在入朝前，上级领导命令，凡是能表明中国人民解放军的标志和物品，一件也不许戴在身上，所有标志解放军的帽徽、胸章等都要摘除，交给部队的留守处保存。个人的照片、笔记本等物品，可以寄回老家，以防在抗美援朝战争中失密。

由于朝鲜二三月份早春的气候，春寒料峭，有可能达到零下20—30摄氏度，为此，上级领导为了广大指战员的身体健康，将大家身上穿的薄棉衣，全部换成了朝鲜人民军式的新厚棉衣，以便应付山地战斗的恶劣环境气候的变化。

部队改换装备后，开展了轰轰烈烈的练兵运动，以班、排、连的进攻，穿插、迂回、包围等的战术训练，以爬山越岭、泅渡、防毒、防原子弹等艰苦动作的刻苦训练，以便对付以美国为首的“联合国军”的机械化部队及拥有制空权的精锐部队的强袭。为了发挥我军的专长和优势，采取了夜战、近战、交手战、肉搏战等战术要领训练，在演习中进行了格斗、拼杀、捉俘虏、以少胜多、孤军作战，以一个排、连为单位插入敌阵后方机关里的心脏，出奇兵制胜或以穿插、奇袭、包剿等战术的实践活动，提高了广大指战员的战斗意志，树立了敢打大仗、硬仗、恶仗的信心和勇气。我们志愿军的战士都是用毛泽东思想武装起来的，具有“一不怕苦，二不怕死”的英雄气概，决不屈服于敌人现代化炮火压力的威胁。树立起了不畏强敌，敢于战斗，敢于胜利，用顽强毅力创造出辉煌业绩、出奇制胜的信心。

# 3. 金戈铁马出国门

1951年3月24日，为了部队行动的保密，我们于夜间紧急集合，全副武装急行军10多里路，在一个小火车站乘坐闷罐车（无窗子）紧急出动，于第二天的晚上到达安东（今丹东）。我们看到，为了防空袭，沿途各火车站均无灯光照明，处于备战的状态。当时据报：鞍山、本溪、沈阳等多处城市均被美军飞机轰炸。引起了广大指战员的强烈愤慨！

安东这个边境城市，已多处遭敌机轰炸，到处是残垣断壁、砖头瓦块，大部分百姓已向内地方向转移。鸭绿江大桥像是一道长虹，矗立在两岸之间的高空中，气势磅礴，昂扬挺立，寓意着中朝两国人民具有勇于抗争的昂扬精神。

为了让我们的部队在夜间跨过鸭绿江大桥，奔赴前线去参加战斗，当地的党政机关干部，协助部队一起收集门板、木料，在钢轨空隙之间铺上了一层木板，供我们大部队过江，以防踩空坠入江中。在过江之前，于晚上10点钟，上级把我们部队以连为单位，集合在江边。由上级领导干部宣布三条命令：第一，要和朝鲜军民搞好关系，尊重朝鲜人民的生活习惯，爱护朝鲜的一草一木。第二，不拿朝鲜群众的一针一线，一切缴获要归公。第三，不论任何情况，只要和朝鲜妇女发生关系的，一律枪毙。（在五次战役结束后，我师对勤杂人员与朝鲜妇女发生关系的，集中一次就枪毙了七人，从此再无此类事件的发生。）

以美国为首的所谓的“联合国军”，他们最害怕、最担心的就是中国人民志愿军的增援朝鲜，为此，当我们部队陆续分批过桥时，他们派出大批的飞机，对鸭绿江大桥及两岸的城市，新义州和安东，进行昼夜的轮番轰炸和扫射，把上万吨的炸弹投向这些目标。到处都是爆炸的声浪和燃烧的火焰，在鸭绿江的上空，敌机投放了数以千计的照明弹，还不断地进行俯冲、扫射和投弹，企图阻挠我们大部队过江。可是他们绝不会想到，正是他们的这些照明弹，帮了我军渡江的大忙，使我们加快了过江的速度，在漆黑的夜间，如果没有这些照明弹，脚下看不清道路，又加上木板铺得不牢，稍不留意，一脚踏空，就会落入江中，根本就无法营救。

拂晓之前，我们师的大部队已经顺利地跨过了鸭绿江，踏上了朝鲜的国土。为了防止白天敌机的袭击，把部队都疏散到崇山峻岭之中，进行有效的隐蔽，并要求每一个指战员都要挖一个避弹坑，其长度为2米，宽度为0.6米，深度为1.2米，挖成后白天就躺在避弹坑内休息，如果敌机轰炸、扫射，也不准乱跑乱动，以防暴露目标，遭受更大损失。

如果敌人在飞机上，发现这条山沟里有部队在隐蔽，由于他们的通信设备先进，马上就会派出一批B−29、B−28大型飞机，进行轮番轰炸。这批大飞机可携带上百吨的炸弹，能把一条山沟炸平，我们给它起了一个名字，叫“一把抓”。如果遭到这样的袭击，其后果真是不堪设想。

白天我们全连指战员都躺在避弹坑内，本来应该睡上一觉以恢复体力，可是天刚放亮，美军的飞机就像苍蝇似的黑压压的一群接着一群，铺天盖地地发出恐怖刺耳的怪叫，轮番地进行俯冲、扫射和轰炸，飞机向下俯冲时离地面只有几米高，连驾驶员的胡须都看得非常清楚。由于飞机喷气浪大，把地面上战士们的军帽都带跑十几米远。由于我军没有高射武器，上级命令不让打飞机，怕暴露目标，引来五个头的B−28、B−29大飞机的轰炸，遭受更大的损失。可是敌人飞机的疯狂，引起战士们的强烈愤怒，有的战士实在忍无可忍，就张口大骂：“看你美国佬的飞机能猖狂几天，总有一天我们会把你制服！”我连的广大战士对飞机的欺负，都气得实在憋不住了，便举起步、机枪瞄准向下俯冲的飞机，一齐开火，正好有一架敌机被子弹打中油箱，引起爆炸起火，拖着浓浓的黑烟栽入地下！引起了全连指战员的一片欢呼！但也无人承认这架飞机是谁打下来的。此举，引起了我军各级领导的重视，今后只要敌机敢在低空盘旋、俯冲、扫射，即许可地面部队轻重步、机枪一齐对空射击。从此，敌机再也不敢飞低了。这样就大长了我军指战员的志气，震慑了美军。

# 4. 雄赳赳，气昂昂，跨过鸭绿江

鸭绿江大桥犹如射向侵朝美军及“联合国军”的一支利箭，在高空中威严地放射着光芒！在江桥上流动着滚滚向前的钢铁洪流，是中国人民志愿军的入朝部队。我们肩负着神圣的使命，雄赳赳，气昂昂地跨过鸭绿江，誓与侵朝的美军及“联合国军”决一死战。

在鸭绿江沿岸，安东和新义州这两个隔江相邻的美丽的和平城市上空，美军的飞机一群接一群地黑压压地在空中称王、称霸，他们将上万吨的炸弹，不间断地投向这两个城市，以村庄、公路、桥梁为目标，到处都是爆炸的气浪和燃烧的火焰。美军及“联合国军”的决策者企图把美丽的朝鲜从地图上抹去，改变它的颜色，作为侵略我国的跳板，我们坚决不答应！我们要用志愿军神圣的职责，来维护祖国的尊严不受美军及“联合国军”的侵犯。

在这条山沟中的公路上，入朝的部队齐头并进，人喊马嘶，非常拥挤，部队被堵塞，是因为朝鲜的一群民工正在奋力地填平一个被美军飞机重磅炸弹炸出的大弹坑，这个弹坑直径约有15米，深度约有10米，还向上喷出半坑泉水。仅凭这些民工，一个星期也填不平。这时我师许德厚参谋长到坑前来视察，他马上决定调来一个工兵连与民工一起填坑，限三天完成，否则将会影响战备物资车辆和榴弹炮车的前进。

为了尽快奔赴前线去参加战斗，部队在这千里的大行军中，每个战士身上背的枪支、弹药和半个月的口粮，负重都在50公斤以上，1500公里的行军路程，必须在14天内赶到，而且为了防空，采取白天休息，夜间行军。在沿途的公路上，美军飞机又不断地进行俯冲、扫射、轰炸的封锁。为提高行军速度，我连的领导干部在几公里外就带领部队跑步通过飞机封锁区。往往一跑就是十几公里。有的干部和战士体力支持不住而掉队，还有的战士累得大口大口吐血，但也要坚持行军不掉队，这是多么好的战士啊！全军部队都是一把炒面，一把雪水，在14天内经过8个县市的行程，其艰难困苦的程度，超过在国内战争时期的任何一次行军，但是我们肩负着神圣的使命，从来没有人叫苦叫累。

由于部队连续行军，许多同志双脚都磨出了血泡，这时部分新战士产生了恐惧心理："背的重，怕掉队，又怕敌机的轰炸。"政治指导员胡建仁同志，主持召集了排以上干部会议，要求在各班、排中除坚持"评功记好"的方法外，党员干部都要以身作则做出表率，为新战士扛枪支，背背包，并要求班、排干部在行军和宿营中，与有思想包袱的战士谈心。作为文化教员的我经常在行军中和宿营地，收集好人好事，在主要路口或宿营地，手持广播筒进行广播，表扬好人好事，以鼓舞大家的士气，从而调动了全连指战员行军的积极性。尽管都感到很累，但情绪和士气一直都保持高涨。在急行军途中，有一天我连露营在一片森林中，天下起了大雨，有几个战士困极了，干脆躺在泥水地里睡着了，还有几个战士用背包绳子把身体捆在树干上休息。为了不惊动他们的睡觉，我记着他们的名字和事迹，以便在沿途的行军路上广播他们中的事迹，以鼓舞大家在行军中的情绪和士气。

经过十多天的艰苦行军，我师终于于4月7日按时到达了集结地点伊川郡。迅速接替了六十三军和二十六军在铁原西南的高台山防御阵地，在这里准备抗击美三师及土耳其旅的进攻。

根据敌情的通报，我部刚了解到我们面对的敌人——美三师的一些基本情况，他们虽然师出无名，士气不振，但却凭着机械化的优势，骄横自大，有盲目冒进的弱点。他们是一只要咬人的"真老虎"。美三师不仅拥有制空权，而且全师具有机械化的装备，拥有坦克150辆，80毫米口径以上的火炮400多门。而我师，把六〇炮都算上，其火炮也不过百门，基本上还是“炒面加步枪”。尽管我们的装备如此简陋，但我们志愿军是用毛泽东思想武装起来的战士，具有“一不怕苦，二不怕死”的英雄气概，全凭着血肉之躯、高昂的战斗士气和雄威的精神“原子弹”，来战胜以美国为首的“联合国军”现代化的装备。前方的兄弟部队正在与疯狂反扑的美军浴血奋战。我们这支部队就是为了把美军赶到“三八线”以南，以减轻兄弟部队的压力。我们夜行昼宿，14天走完1500公里路程，就是为了奔赴前方，打击美军及“联合国军”侵略者的嚣张气焰。

我们虽然是第一次与美军及“联合国军”侵略者交手，但并没有畏惧强敌的心理。多少天来，我们亲眼看到了新义州的漫天大火，从鸭绿江蔓延到北汉江的千里废墟。倒在血泊中的朝鲜妇女和儿童，都仍然深深地印在战士们的脑海里，仇恨的怒火在战士们的心中猛烈地燃烧着，全师上下只等待着上级的命令。只要在朝鲜国土上走一趟，就等于上了三个月的政治课，对抗美援朝的出征，一切全都明白了。

朝鲜天亮的特别早，尽管美国在远东的空军，将数以万计的炸弹扔在朝鲜美丽的国土上，但是，天空火红的曙光照样从东方的地平线冉冉升起，它将绚丽的光辉，撒在那些酣睡着战士的山林中，更显出了它的无穷魅力。

# 5. 首遭敌机的空袭

在我们出国后的第三天，晚上8点钟左右，我全连部队刚集合在公路上，准备在夜间出发行军。由于公路被敌机重磅炸弹破坏，弹坑内还喷着泉水，尚未完全修复，道路受阻，多辆汽车拥挤抢道，其中有一辆汽车开灯，驾驶员未听到防空枪的报警，致使遭受10多架敌机轮番俯冲、扫射和轰炸，造成四五辆汽车被炸毁。我连有20多名战士伤亡，有一个新战士由于没有防空的经验，在敌机向下俯冲时，把一个行军锅顶在头上，结果被子弹穿透头部遭受重伤。这时我正站在公路边上，突然遭到敌机扫射，我披着的大衣被敌人的机枪子弹打穿一个孔，当时我庆幸自己躲过了这一劫。事后也感到有些害怕，但又考虑到打仗，总是要死人的，我们参加抗美援朝，是正义的事业，就是牺牲了也是光荣的。解决了思想认识上的问题，也就无所畏惧了。这时连长张顺堂同志，为了不影响全连的行军任务，指派三排长胡成合同志率领全排战士，去掩埋牺牲的13名同志的遗体。我负责协同朝鲜语翻译，在当地老乡中购买木板13块，由我用毛笔、墨汁写上烈士的姓名及牺牲的时间，埋在每个烈士墓的前面，作为标记，以便胜利停战后起走遗骸回归故里。在现场举行了向遗体告别仪式，全排列队脱帽向革命烈士举行了三鞠躬的丧礼！对负伤的9名伤员，由卫生员张丕勋同志进行了包扎抢救，然后用担架转移到兵站，由他们送往就近野战医院进行治疗。其中副指导员李元明同志伤势最重，他的头部多处被弹片炸伤，正在昏迷之中，这引起了全连指战员对美国鬼子的强烈愤恨！大家一致表示，要用手中的武器向敌人讨还血债，为我们的伤员和烈士报仇雪恨！

# 6. 美军的暴行：国际主义和爱国主义教育课的反面教材

朝鲜人民勤劳勇敢，能歌善舞，千百年来他们渴望民族独立、自由、和平、安居乐业的生活。可如今这只能是一个美好的愿望，美丽的三千里江山，现在风雨飘摇，山河破碎，笼罩在战争恐怖的氛围之中，不论白天和黑夜，美军的飞机成群结队地低空盘旋、俯冲、扫射、投弹，对和平人民的集居地进行轮番的扫射、轰炸，所到之处满目疮痍，到处都是残垣断壁，废墟瓦砾，平民百姓无辜地遭受枪杀，横尸遍野无人掩埋，其状惨不忍睹。美国决策者的企图，就是要把朝鲜这个美丽的国家，变成他们的附庸。我们坚决不答应！我们要用志愿军人的赤胆忠心，来抗击以美国为首的联合国侵略军，勇于杀敌，把他们赶出朝鲜去，并保卫我们伟大的祖国不受侵犯。可是我们部队在1000多公里的急行军中，所到之处看到朝鲜人民遭受到的凌辱和痛苦，是罄竹难书的。都感到对敌人的无比的愤恨！美军及“联合国军”的残暴和恶毒，成为我们广大指战员上国际主义和爱国主义的教育课的反面教材，进一步激发了我军指战员的求战情绪和为朝鲜人民报仇雪耻的决心。在急行军中，我全连指战员每人背上的枪支、弹药、炒面等，负重都已超过百斤，虽然脚上都打起了血泡，但受到一种高度的责任感鼓舞着，没有一个人掉队和叫苦。

在夜间我连急行军中，遇到一个村庄被敌机扫射、轰炸后，正在燃烧的熊熊烈火，吞噬着整个村庄，我连全体指战员迅速奔赴火场，奋勇投入抢救，战士黄志盘同志从一间将要倒塌的房屋中救出一位老大娘，她怀中抱着的不满一岁的婴儿正在啼哭。对抢救出来的20多名负伤的妇女，卫生员张丕勋同志正在忙着为她们包扎抢救。战士们对死亡的30多名无辜百姓，进行了集体掩埋。救出的那位阿妈妮跪在指导员胡建仁同志面前，嘴里念叨着“基恩滚（志愿军）好！美国鬼子无比凶残！”全连指战员一致要求严惩美国侵略者，为朝鲜人民报仇雪恨！

我连在夜间行军中，经过一个十字路口，这里因为敌机重磅炸弹的轰炸，造成公路被毁，一个弹坑直径有20多米，深度也有10多米，坑底还向外喷水，就是用100多人几天也填不满这个弹坑。由于公路遭到严重破坏，汽车拥挤开灯抢道，被十几架敌机轮番扫射、轰炸。由于汽车上拉的都是弹药，引起了连环爆炸，造成十多辆汽车被毁，驾驶员全部遇难，无一幸免。这是一场令人痛心的惨案，再次激起了全连指战员的愤怒，一致要求严惩美国侵略者！

# 7. 高台山阻击战大捷，全歼土耳其旅

4月21日晚上，我六十军一八一师在前线接替了友军二十六军二十八师，在铁原西南山岭中高台山的防御阵地，经友军介绍，我师面对的敌人，是美三师和土耳其旅，他们都是精锐的机械化部队，装备优良、炮火先进、机动性能强。在庞大的敌人面前，又是第一次同以美国为首的“联合国军”交手，确实感到心中无底，尽管如此，我师师长王诚汉、政委张春生，都是经过长征、抗日、解放战争，血与火中千锤百炼的红军老干部，在全师广大指战员的心目中，具有德高望重的威信，在他们率领下的“皮旅”是一支攻无不克，战无不胜，具有光荣历史传统的英雄部队。为此，要做好一切的战斗准备。要打大仗、打恶仗，绝不屈服于敌人的压力。要做到在战略上藐视敌人，看起来敌人貌似强大，其实也不过是一只“纸老虎”，一戳就会把它捅破。但在战术上，还是要重视敌人的，他们具有空中的优势、优良的机械化装备和强大的炮火性能。对付这样的敌人，只能采取在夜间插入敌人内部，进行近战、夜战、交手战、肉搏战，让敌人的炮火发挥不了作用，打他们个措手不及，无所适从，才能战而胜之，击溃他们坚固的防线。

我师许德厚参谋长率领一团王子波团长、二团武占魁团长、山炮营孟自新营长及参谋人员10多人，前往高台山勘察地形，设置阵地的位置。高

台山位于春川公路左侧，山高961.2米，守住它，就是控制敌人向北进犯的咽喉。

在高台山的主峰上，自然形成波浪的地势，由东至西生长着茂密的森林。许参谋长将一团摆放在这座山岳上，以便于在正面阻击敌人的进攻。将二团布防在高台山左侧的山麓中，预防敌人的迂回袭击。将三团布防在月夜山背后的野林中，作为预备队的机动力量。月夜山与高台山之间，有一条马鞍形的山梁，山上灌木丛生、杂草茂密，飞机看不到，是一个非常理想的炮阵地位置。许参谋长当时就命令山炮营孟营长，指定山炮一连配属一团，在这里设置炮阵地，作为我师防御敌人的主攻阵地。并决定各部队于晚上8点钟进入阵地，抢修工事，做好一切战斗部署。

山炮一连连长张顺堂同志接到命令后，率领全连战士，将山炮分解开，用骡马驮上山梁，经勘察确定四门炮的位置后，全连指战员一起动手，分秒必争地构筑工事。为了确保安全，把炮的位置向下挖成一个防空洞式的工事，上面用伐来的圆木盖顶，覆土层有一米多厚，前面设置扇形发射口，各炮之间，挖交通沟连接起来，其沟深有1.7米，沟顶也是用树木绷起来，再覆盖一米多厚的土层，成为封闭式的。观测排长崔培根同志率领三名观测员，到步兵一团一营的前沿阵地上，设置了观察所，以观察敌人的动态，为我炮火指定射击目标。我负责阵地上的宣传鼓动工作，并协助政治指导员石长安同志做好政治思想工作和救护伤员的工作。他拿着广播筒在阵地上大声进行广播：全连同志们，我们面对的敌人是美三师和土耳其旅，他们都是机械化部队。我们要战胜他们，就要抓紧时间修筑工事，争取做到“战前多流汗，战时少流血”，在战斗中要发扬“一不怕苦，二不怕死”的革命精神，争取多消灭敌人。一定要打好出国第一仗，为祖国争光！为毛主席献礼！各班排的战士们听到广播后，都纷纷响应，向党支部写了决心书、保证书，有的战士还写了入党申请书。为阵地上掀起了打好出国第一仗的高潮，鼓舞了广大指战员的战斗士气。

在高台山的主峰上，一团的部队在各营的阵地上，都争分夺秒地抢修了工事。一营一连还在山前的山坡上150米处，设置一个假阵地，放一个班在防守，以便于吸引敌人的火力。全师各部队都严阵以待，以高度的战斗激情，准备与美三师及土耳其旅决一死战，争取更大的胜利！

4月22日凌晨，美三师及土耳其旅，对我高台山阵地发动全线的攻击。20多架敌机向我高台山阵地，进行轮番的扫射和轰炸，用燃烧弹、汽油弹，把阵地烧成一片火海，炸弹炸起的弹片、石头、树枝满天横飞，爆炸的气浪呛得人喘不过气来，睁不开眼睛，然后敌人的野炮、榴弹炮、坦克炮，一起向我阵地进行了猛烈轰击。我连全体人员都进入了工事，只有张连长在工事口上观察敌情。敌人的飞机擦着山头向下俯冲，野蛮疯狂地向下扫射、投弹，引起了战士们的强烈愤怒，认为就是这些美军强盗，炸毁了朝鲜美丽的城市和村庄，杀害了多少妇女、儿童，战士们心中燃起一腔怒火，竟然拿起步、机枪，瞄准向下俯冲的飞机进行射击，结果真的打掉了一架敌机，震慑了敌机的嚣张气焰！大长了我军的志气。

在高台山担任阻击任务最前沿的阵地上，是一营二连副班长共产党员彭富礼战斗小组，这是一个十分重要的战略地位，彭富礼向连里保证，坚决打好出国第一仗，不辱使命，向祖国献礼，为毛主席争光！

经过半夜的紧急修筑工事，天刚亮时敌机对前沿阵地进行了轮番轰炸，紧接着就是炮火的轰击，阵阵排炮震得地动山摇。半个小时后，敌人的步兵发起了冲锋，他们以为在我们阵地上的人，已经全部被他们的炮火所消灭，再不会有人阻拦他们了。便有一个营的兵力，大摇大摆地向我阵地进攻，被我前沿阵地观测所发现，崔培根排长立即向张连长报告，请求炮火打击目标！张连长接到报告后，把手一挥，命令“放！”二排长贾仁合向各炮发出口令：1炮、2炮、3炮、4炮！齐放！紧接着各炮的出口轰！轰！轰！不到10分钟40多发炮弹全部命中目标！在敌群中爆炸，炸得敌人鬼哭狼嚎，丢盔弃甲，横尸遍野，狼狈逃窜。在前沿阵地上的战士们看到我炮兵的神威，都拍手欢呼叫好！敌人的第一次进攻，被我炮火粉碎了！

凶残的敌人，是不甘心失败的，不到半个小时，先派来8架飞机，对我阵地进行轮番的轰炸，并对我炮兵营一连阵地进行猛烈报复的轰击，造成我连一门炮被炸毁，负伤四人。当时由我负责组织卫生员、通信员、文书、炊事员等四副担架，把伤员抬下山来，转运到后方野战医院进行抢救。

敌人的炮火停下后，美三师的步兵有两个连的兵力，又发起了第二次进攻，向一团前沿阵地爬行前进，被我炮兵一阵排炮所击中，200余名美国士兵大部分被我炮火所消灭，在我阵地前沿的山坡上，敌人的尸体躺倒一大片。第二次的进攻又遭到失败。敌人发觉从正面进攻不能得逞，便采取对我师阵地从左侧迂回的进攻，但遭到我二团勇士们轻重机枪及手榴弹的袭击，美军的第三次进攻又遭到惨败。

恼羞成怒的敌人，便调动了两个团的兵力，对我师阵地实行全线猛攻，虽遭到我强大炮火的阻击，但他们还是继续发动凶猛的反扑。我师英勇善战，能打恶仗，做到了人在阵地在，以中国军人对祖国的忠诚的血肉之躯，用鲜血和生命，谱写了一曲惊天地、泣鬼神的战歌，敌人的第四次、第五次、第六次、第七次的猛烈进攻，都被我步兵和炮兵协同作战粉碎。我师连续四天四夜阻击了美三师和土耳其旅的七次进攻，歼灭敌人2000余人，阻击了李奇微的“狂暴行动”的进犯。

25日，我师以一、三两个团的雄厚兵力协同作战，以迅速勇猛的动作，像一把利剑，插入敌人侧后的心脏，一举突破了土耳其旅的防线，将其团团包围，打了一个歼灭战，消灭了机械化装备的土耳其旅的大部。团占领了地藏高地，我师控制了汉江以北的全部阵地，共消灭敌人7000多人，取得了出国的首战胜利，获得了上级的好评。

# 8. 雨夜送伤员

在抗美援朝的高台山战斗中，我所在的部队以勇猛之势，从左翼插入敌人心脏后，一举突破了美三师在高台山阵地的防线。我连要随大部队向前方挺进，去接受新的战斗任务。政治指导员石长安同志，令我组织连部文书、卫生员、通信员6人，由我负责用3副担架把3名重伤员送到后方野战医院进行抢救或转移到祖国去进行治疗。

漆黑的夜空，狂风卷着大雨，劈头盖脸地泼洒下来，让人难以睁眼。在这风雨交加的夜间，又无照明的设备，真是很难弄清前进的方向和道路。我和卫生员张丕勋抬着一副担架，走在前边带路，只有高一脚低一脚地摸索着前行。我们抬的担架上的伤员难以忍受伤口的疼痛，不停地呻吟着。文书刘克明和通信员小王抬的一副担架上，伤员伤势较重，处于奄奄一息的昏迷状态。卫生员刘志华与小曾抬的一副担架上，伤员还在不停地与人讲着战斗的情况。双人担架夜间在泥泞的山道上实在难走，一不小心就会踩到爆炸的泥坑，摔跤不说，就担心碰着伤员。小刘是个直性子，他滑倒后，直骂天公不作美："看你这雨能下多久！美国强盗都被我们打垮了，你这点小雨还能阻挡我们前进吗？"

我和张丕勋的担架走在前面，每当遇到有弹坑或泥潭时，我都会给后边的人打招呼，靠左边走，注意弹坑或泥潭，以防掉进去摔伤伤员。

雨渐渐停了，美军的飞机在夜间低空盘旋，发出刺耳的怪叫声，投下了一串串的照明弹，照得山上通明。他们企图阻止我们部队向前方增援，但他们绝不会知道，就是他们的照明弹，帮了我们的大忙，起码能够让我们看清脚下的道路，再也不会摔跤了，因此也加快了我们转运伤员的进程。

当我们走到一片开阔地时，敌人的探照灯横扫过来。白炽的强光柱照得人睁不开眼睛。敌人的炮弹不停地在四周爆炸，我意识到这是敌人的炮火封锁线。我们的3副担架就躲避在一个山脚下，通过20多分钟的观察，我发现了敌炮每隔5—10分钟就发射一排炮弹的规律，于是我告诉大家，等这排炮弹落地后，我们3副担架一齐向前快跑，5分钟后我们就地趴下护住伤员，等下一排炮弹落地后，我们再向前跑。就这样，三排炮弹爆炸后，我们安然地通过了敌炮的封锁线。在每次趴下等待敌炮降临时，为了保护伤员，我们轮流趴在伤员的身上做支撑（即二掌二脚着地），中间撑起一个空间，正是伤员在身下的位置，我们为此给它起了一个名字叫“护救撑”。

当我们3副担架进入山上交通沟时，敌炮就在我们刚停过的一个山坡上爆炸，炸得石块泥土横飞。我们顶着气浪，抬起担架奋勇前进，躲开了敌炮的袭击。

常言道，上山容易下山难。这句话真的不假。下山时，由于两个人抬着担架，因此动作很难协调，如果稍不注意，前边的人滑倒，就会拉扯到后边抬担架的人摔倒，造成整个担架倾斜，最怕影响伤员的安全。一个偶然的情况下，我和张丕勋两个人同时摔倒，但两手还抬着担架，顺着山坡往下滑了30多米，幸亏担架尚未落地，伤员安然无恙。于是我们就找到了从山坡上向下滑的窍门，通过试验感觉既轻松，速度又快。尽管石块树杈划破了裤子，屁股像刀割一样的痛，但我们谁也顾不了这些。一直滑到山下时，两个裤腿里都灌满了泥浆。就在左侧的山沟里，我发现了搭在树荫下的我军野战医院的几座帐篷，我们迅速把担架抬到帐篷里面，医务人员热情地接待了我们，收下了伤员。我们6人在帐篷外边只停留了片刻，吃了些炒面，趴在山沟里喝了些雨水，就立即返回部队，去执行新的战斗任务了。

# 9. 无名英雄

1951年4月，在抗美援朝高台山的阻击战斗中，我被临时抽调到师直政治处，去执行清理战场的任务。在清理高台山战场的工作中，在主任王铎的带领下，我们吃力地从布满弹坑和浮土的山坡上，向主峰山顶攀爬。经过四昼夜的激战，山峰变成了秃岭，树木被打光了，再也分不清哪是交通沟，哪是地堡和射击掩体，到处都是敌人的尸体。

在山顶上，王铎主任对我们说："这次我们清理战场，不光是要把烈士送到陵墓去，还要把他们的英雄事迹整理出来，为他们申报战功，告诉我们的部队和祖国人民，这些牺牲的战友是怎样战斗的。"

当我们扒开一盖沟时，发现一位战士身下压着一个穿黄呢子大衣的胖家伙，是敌人的军官。这位战士背着冲锋枪，枪柄上有三处弹痕，他双目圆睁，嘴里咬着一缕黄头发，右手指上还套着一个美军的鸭嘴手榴弹环。我们克制着激动的心情，细细观察、考证。通过许多迹象，形成了一个极其清晰的战斗图景，并得出这样的结论：这位战士在向纵深突击时，发现盖沟口敌人的机枪正吐着火舌，他知道，如果不能把它除掉，就会危及后面冲上来的战友，于是他毫不犹豫地逼近盖沟口，先投进一个加重手榴弹，炸死了持机枪的敌人，又趁着烟雾冲进盖沟，边射击边前进。行进中，他遇到了一个美军士兵的顽强抵抗，他迅速打倒了对手，自己也负了伤。这时，他发现子弹打光了，就捡起刚才被击倒的那个敌人的卡宾枪，在盖沟的拐弯处，突然又遇到了一个敌人，来不及打枪，就将刺刀猛地刺入了敌人的小腹，还未来得及把刺刀拔出来，有个美军军官就接近了他，用汤姆枪向他射击，但子弹都打在他背上的冲锋枪枪柄上了，他急忙回身扑向美军军官，把他摔倒在地上。在激烈的搏斗中，这位战士用嘴咬下了敌人的头发。这时，又一个敌军官的卫兵赶来了，因为战士抱着他的上司滚在一起，他没敢开枪，就跳过来扑在战士身上。在这紧急关头，这位战士摸到了敌军卫兵挂在皮带上的鸭嘴手榴弹，就毫不犹豫地拉响了它，同敌人同归于尽了。

我们把两个敌人的尸体搬开，将这位烈士抱出盖沟，放在平坦的地上，将一条崭新的毛巾盖在他脸上。我们寻遍战士的全身，只找到一个被炸成碎片的日记本，上面布满了血迹，战士的姓名也未能找到。真是太可惜了呀！这真是一个“无名英雄”呀！我们这些清理战场的工作人员，只能记着他的英雄事迹，及时上报，予以表彰。

# 10. 参加五次战役

1951年5月，我参加了五次战役的一、二两个阶段的战斗。我师突破了敌人在汉江上的防线，一举解放了南朝鲜的首都——汉城。我连奉命向南追击敌人，“联合国军”像丧家之犬，见到我军望风而逃。我连昼夜追击，已越过了三七线。由于“联合国军”具有强大的空中优势和机械化装备，我们全凭着两条腿，当然赶不上他们乘汽车逃跑的速度，但每天到夜间敌人总逃不脱我部的袭击，敌人为了防守，每次只逃跑30公里就安营布防。为此，我部每天在拂晓之前，总要追上敌人盘踞的宿营地，打上一个歼灭战。有一次夜间我步兵连的一个尖刀排，插入美军宿营地的指挥机构的心脏，打得敌人晕头转向、措手不及，紧接着我部的大部队围攻过来，包围了敌营的据点，活捉美军俘虏120多名，其中军官5名，缴获汽车30多辆、步机枪170多支，还有一大批子弹和战备物资。打得敌人丢盔弃甲，狼狈逃窜。

22日凌晨，敌人向我部发动了猛烈的反扑，美七师出动了一个团的兵力，在飞机10多架、坦克12辆、火炮100多门的配合下，向我部阵地发动了轮番冲锋。首先敌机向我阵地进行轮番扫射、轰炸，继之敌坦克炮及炮群向我无名高地进行了疯狂的轰击。然后他们用两个连的兵力分两路向我阵地进行反扑，遭到了我一连架在山麓上的山炮的轰击，横尸遍野，败退下去。在前沿的一片小树林中，敌人又集结有一个连的兵力，在遭到我十几发炮弹袭击后，鬼哭狼嚎，四散逃窜。敌人正面的进攻遭到失败后，就改为向左侧前沿进攻。有一个排的兵力刚爬到二排前沿阵地，遭到勇士们的轻重机枪和手榴弹的打击，敌人抛下了几十具尸体败退了下去。但他们是不甘心失败的，又改用化学炮，发射毒气弹来杀伤我散兵人群，当我们发觉敌人施放的是毒气弹时，阵地上又没有防毒设备，杜营长就命令全营部队，用自己的尿，尿湿毛巾捂在鼻嘴上，以防毒气的伤害。敌人接着就用榴弹炮、野炮、曲射炮一齐向我阵地轰击，后边是飞机进行轮番俯冲、扫射和轰炸，用凝固汽油弹、燃烧弹，把阵地烧成一片火海，弹片、石头、泥块和被炸起来的树枝满天乱飞。敌人的飞机发出瘆人的吼叫，擦着山头向下俯冲，真是太疯狂了。就是这些毫无人性的强盗，毁灭了多少朝鲜美丽的村镇，夺去了多少妇女儿童的生命！听到敌机的呼啸声，战士们心中就燃起一股怒火，恨不得把它从空中拽下来砸碎。

敌人的飞机疯狂地俯冲一阵后，炮火也开始向后延伸，这是敌人发起冲锋的信号，邓连长迅即命令全连进入射击位置。敌人以为他们的炮火已将我阵地炸平，再无人阻拦了。便有一个连的兵力，以密集的队形蜂拥而上，当靠近三排的阵地时，战士们看到这些强盗，心中的怒火难以控制，只有100米了，他们没有开火，只有30米了，排长一声令下："打！"霎时间枪声及手榴弹的爆炸声齐鸣，敌人被打倒了一大片。而后边的敌人在军官的监督下，硬着头皮继续往上冲，并进入四排的阵地，遭到勇士们从交通沟中扔出来的手榴弹的袭击。敌人的尸体压着尸体，冲上来的敌人被打退了下去。敌人第三次的冲锋被打退后，二排的战士趁敌人进攻后的间隙抢修了掩体及交通壕。20分钟后，敌人又开始发动了第四次、第五次的进攻，每次都轮换着新的部队，每次都逃脱不了我轻重火力的袭击。最后敌人无力冲锋了，就改为用火力袭击。战士们的手榴弹几乎快投光了，又爬出战壕从敌人尸体上捡回枪支弹药来。为了节约弹药，让敌人靠近30米内才开火。敌人从第五次进攻起，已不是为了占领阵地，而是为了抢回尸体，但老尸体未抢回完，新尸体又补上来，天快黑的时候，还有六七十具尸体没有抢走。夜幕降临了，战士们打扫战场时，从敌人尸体上收集了轻机枪12挺，冲锋枪、半自动步枪127支，手榴弹200余个，子弹一大批。我还从敌人军官的尸体上收集了“步话机”“对讲机”两部。他们都还呜里哇啦地直叫唤，战士们说：“美国人还在为他们的死兵叫魂呢！”

这次战斗打退了美军七师一个团的5次进攻，消灭敌人1500多人。打得敌人血肉横飞，狼狈逃窜。活捉美军俘虏125人，缴获轻重机枪56挺，各种枪支250余支，还有战备物资一大批。战士们说：“美国王牌军也不过如此吧！”

5月24日，我部打到三七线以南南朝鲜的中州地区。南朝鲜中部是平原地带，村庄、城镇比较密集，是南朝鲜的经济繁华地区，城镇的楼房非常美丽壮观，街道宽广整齐。由于我部没有重型武器，没有遭到任何破坏。老百姓受反动宣传的欺骗，街道、村庄上的老百姓全部跑光了。由于我军纪律严明，不进民房、不住房，有的留守的老头、老太太感到非常奇怪。有一个老汉对朝鲜翻译说：“我们的外门都敞开着，你们部队怎么也不进去住，都露营在野外，也不扰民。你们这支部队真是文明之师呀！”

由于在这里没有高山峡谷和森林的覆盖，每到白天都要遭受敌机的扫射和轰炸，很难发挥我军运动战的作用。再加上敌人在前方打了败仗，他们不甘心失败，就对我军后方实行“绞杀战”。美军用B−29、B−28大型飞机对我后方的道路、桥梁、村庄进行狂轰滥炸，致使我部后勤炒面供不上。我连断粮多天，不少指战员身体浮肿，这时敌人已发觉我们吃其丢失的罐头。为此，美军就将罐头放入毒药，用飞机投放在我部的阵地上，来杀伤我战斗部队，造成我连两名战士因吃罐头中毒死亡。上级发现此情况，立即通知部队，严禁再食用敌人的罐头等食品，可是我连有一名战士饿急了，拿着敌人的一个罐头说：“我不相信吃筒罐头就能毒死人！”他不听别人的劝说，非要试尝，结果一个罐头刚吃上几口，就蹬腿了。为此引起了全连指战员对美军罪行的愤怒，一致要求要向美军讨还血债！

当天下午我部接到上级的电报命令，我们已被美军包围，处于腹背受敌的状态，要求我部向春川方向突围，无须恋战。

# 11. 突出重围

在撤退的路上，我连已经断粮一个多星期，再加吃树叶、野菜、草根中毒，造成不少的指战员出现浮肿。在跟随大部队向后方撤退时，有不少的浮肿的战友跟不上部队前进的步伐，掉队在后面慢慢地走，有些同志两条腿浮肿得实在走不动路，只有坐在路边等后边的马车来收容了。这时我的两条腿已浮肿得像灌了铅似的，举步维艰，眼前发黑。正在这时，我的战友马占荣同志，从山坡上被炸死的马身上，用刺刀割出两块血乎乎的生马肉，他快步走到我的面前，顺手递给了我一块。这真是雪中送炭啊！我吃了这块生马肉，感觉到这是世界上最美的美味，再没有比这更香甜的食物了！就是这块生马肉，给我增添了突出重围的力量和信心。

我和马占荣同志是亲密的战友，他是山西省临汾地区农村的贫农出身，家中生活非常困难，父亲被军阀阎锡山的部队抓去修城防工事致死，为此，马占荣只上过初小二年级就失学了。新中国成立后他家分得了土地、一头黄牛及农具，全家四口人的生活有了保障。为此，母亲劝他参加解放军以报答共产党的恩情。他参军来部队后，非常喜爱学习文化，只要有空闲时间，就集中思想投入学习，对不认识的生字或不懂的词句，就来向我求教。我们之间相处得非常默契，建立了深厚的革命友情。这次多亏他送来一块生马肉，否则，我就没有力量突出重围。

当我部急行军撤退到汉江时，敌人为了阻止我部过江，已将大桥炸断。首长亲自指挥，命令部队全部采取武装泅渡，要求每一个战士都要脱掉全身的衣服，只准穿裤衩，把衣服及枪支放在脖子上。会水者拉着电线在前边泅渡带路，不会水者牵着电线跟在后边泅渡。夜间在江面上有数十路纵队，手拉着手，互相搀扶着，在江中搏浪前进，向江北岸泅渡。由于我在小的时候学过游泳，这时也派上了用场，躲过了这一劫难。美军的飞机沿着江面俯冲、扫射和轰炸，远射程炮群也集中向江中轰炸，此时有不少战友在泅渡中牺牲或负伤，被急流卷入江中，但也无法施救。尽管遭受了一些伤亡，但我部最终突破了敌人在汉江上堵截的防线。

夜间，我部翻过一座高山，沿着盘山小道爬上山顶，天下起了雨夹雪。在浓雾的笼罩下，向北望去，山沟里有不少汽车的灯光在晃动。大家都感到很高兴！认为在我们背后来的汽车，肯定是后方来给我部送给养的！当我们快步接近灯光时，敌人就向我们开炮了。在这条山沟里，布满了敌人的坦克、战车和伞兵部队。我们被包围了。由于以美国为首的“联合国军”具有空中优势，为了包围我部，他们用大型运输机在一夜之间，将60吨重的坦克、战车及伞兵部队，全部降落在我部后方，把我部包围起来。为了突出重围，我们与凶残的敌人展开了拉锯式的交手战、肉搏战。在这条山沟里，杀声震天，血肉横飞，血流成河，我们志愿军的战士，具有惊天地、泣鬼神的英雄壮举，有几名英勇的战士，冒着敌人猛烈的炮火，爬上敌人的坦克，掀开盖子向坦克里扔手榴弹，接连炸毁了七八辆坦克和五六辆战车，冲破了敌人封锁的一个缺口，最终，我们的大部队突破了敌军的重重包围。但敌人装备优良，炮火猛烈，令我部损失惨重。正在我刚要突出敌人的封锁圈时，敌人的一发坦克炮弹在我面前爆炸，我被炸昏在地。苏醒后感到血流满面，用舌头一舔，血是咸的；用手一摸，发觉右脸被炸进一块弹片。由于炮弹有毒，右眼因肿得合缝而失明，只一会儿工夫，左眼也肿成一块血疤而失明了。这时战友郑成春同志从爆炸的火光中发现我负伤了，他跑过来救我，把我从地上拉扶起来，问我：“李文教你能走吗？”当时我拼尽全力，摸摸两条腿还好着呢！我说：“能走！”他说：

“我带着你咱俩一起向外突围吧！”这时他用左胳膊拖着我，我用手抓着他的腰带，他右手持着枪对敌人射击，拖着我向前突围。在这条山沟里，由于反复展开拉锯式的交手战、肉搏战，死尸成堆，每前进一步都被尸体绊倒，由于尸体是软的，在尸体上是站不住脚的，只有在死尸堆上爬行，但炮弹爆炸的硫磺药味的气浪和血腥的气味呛得人喘不过气来。当我们两人爬到突破口时，发现正面敌人的火力太猛烈，把突破口封锁得非常严密，我们两人根本无法从这里突出重围。在这样紧急危难的关头，绝不能束手就擒。我突然想到说：“我俩向侧翼顺着山的陡坡向外爬吧！”战友表示了同意。我俩筋疲力尽，又从死人堆里爬回来，在炮弹爆炸的闪光中，观察到左侧有一座较低些的山峰。我们就朝着这个目标，相携着向上爬呀，爬呀！当爬到半山腰时，由于山高、坡陡路滑，又是阴雨的夜间，每爬一个塄坎都要摔下来几次，只有抓住石角或树杈，才能跃上一个陡坡。当我俩相携着爬到山顶时，天刚蒙蒙亮，此时，山沟里的枪炮声仍然不绝于耳，可是我们所处的位置是安全的。由于爬山，我的双手掌磨得皮开肉烂，露出了骨头，虽然痛彻心扉，但心中的一块石头落了地。最终，我俩突出了敌人的重重包围。

由于我脸上被敌炮毒质感染，发起了高烧，昏迷不醒，被接续部队用担架抬送到野战医院进行了抢救。听卫生员张保说：“你被高烧烧得直说胡话，我守在你身旁不断地给你喂水，你已昏迷了三天三夜。现在终于醒过来了。”当时我问这是什么地方，他说：“你还不知道吗？这是野战医院。”我坐起身来说：“我要去找院长！”他说：“这里既没有院长、医生、护士，也没有药品。只有我们三个卫生员看管着七八十名重伤员。现在连一把炒面也没有了，还不知道后勤处什么时候才能够送上来。”当我一听这些话后，心中就凉了，我说：“在这里等着人来抢救，还不如我去找部队呢！”他问我：“你能走吗？”我说：“你给我找个棍拄着，我慢慢地去找部队吧！”这时我忍着饥饿和伤口的疼痛连走带爬，直到晚上才找到了兄弟部队。他们给了我半袋炒面，让我在阵地上逐步恢复了健康。每当我回忆此情此景时，更加怀念马占荣同志、郑成春同志，是他俩给了我第二次生命。只可惜在这次突围中马占荣同志不幸壮烈牺牲，已成为我永远的怀念！

# 12. 夺取天德山的战斗

在黎明的时候，前面天德山的高地上，手榴弹爆炸的浓烟还没有消散，突然敌人用化学炮又发射出一阵烟雾弹。粉红色的毒烟雾在阵地上扩散开来，弥漫在起伏的山峦中。这几天来，步兵一连在天德山东峰打退了敌人10多次的反扑，现在敌人又利用毒气弹来杀伤我阵地中的人群，王连长立刻命令全连指战员拿出毛巾用自己的尿尿湿，捂在鼻嘴上，以防毒气的伤害。在这紧急关头，敌人无疑又要发起冲锋。难道美三师又调来增援的部队投入了战斗？

我们山炮一连的指挥所，一直未接到前锋的情况信息，大家心里都很着急。到底前面发生了什么情况？由于前沿观测所的电话线被敌机炸断，现在只有从步兵一连二排长王波那里保持着无线电时续时断的联系。忽然接到无线电报告说：天德山和月夜山之间的山沟里发现了敌人约一个营的兵力，他们摆成三角队形，宽约80米，纵深约150米，在六辆坦克的掩护下，正向主峰进发增援。武团长接到报告后，立即站在地图前，向山炮一连打电话："张连长注意！立刻向2号阵地，凹陷的山沟里急速发炮射击。"张连长接到命令后，一挥手！一连的四门山炮，在贾仁合排长的口令操作下：1炮、2炮、3炮、4炮，齐放！向山沟中发射50多发炮弹，突然在山沟里爆发出雷鸣般的轰击，大地为之颤抖，像山崩地裂一样，这条山沟变成了一片火海，敌人被炸得人仰马翻，死尸一大片，狼狈逃窜。

这几天来，我们的山炮对敌人天德山的阵地采取了地毯式的轰击，在主阵地，敌人的表面工事被全部摧毁，大部分敌人被杀伤，横尸遍野，血肉溅飞。这时，我们的炮兵向纵深延伸射击，我步兵一连在王连长的率领下，向天德山主阵地发起了勇猛的冲锋，只用了15分钟，就占领了敌人的主阵地。他们迅速打扫了战场，清理出地堡中的敌人，俘虏80多名敌军，其中3名美军军官。虽然他们都已当了俘虏，但还做着妄想占领整个朝鲜的美梦呢！这时我从炮对镜中看到这种情况，真是让人感到振奋。为此，在发炮的间隙时间里，我手拿广播筒在炮阵地上进行广播："在这次战斗中，我们的山炮配合步兵粉碎了敌人多次的进攻，杀伤和击毙了一大批敌人，为夺取天德山的主阵地，做出了应有的贡献！"引起了全连指战员的一片欢腾！

这时已是黎明，整个阵地上枪炮声剧烈，敌人的炮兵射击由月夜山阵地转到了我们的天德山阵地上来。爆炸声就在我们头顶上炸响，工事壁上的湿土噼里啪啦地往下掉，敌人的企图，是要向我们天德山主阵地进行反扑。步兵一连王波排长立即向团指挥所武团长报告，请求炮火支援，猛砸山梁背后敌人的一个化学炮群。

武团长立即命令山炮一连向一个山梁背后射击，在炮火轰鸣声中，砸中敌人的一个化学炮阵地，打得敌人鬼哭狼嚎般四散溃逃，死伤过半。他们的炮群已成为残骸。这时，突然一阵刺耳的飞机的轰鸣声和爆炸的气浪扑来。我侧脸昂头一看，发现十多架"佩刀式"和四架"野马式"敌机，正朝着我们的阵地扫射、轰炸。这时，轰隆一声巨响，一颗炸弹在我身边爆炸，我全身被炸弹炸起的泥土埋入坑中，炮班同志及时把我从泥土中扒出来，我的衣服被炸成了碎片，臂部和腿部被弹片炸伤多处，所幸的是未伤着骨头和内脏，这真是不幸中的万幸呀！

当我艰难地离开炸弹坑时，看到一架"野马式"飞机，拖着一溜黑烟，像是断线的风筝，一头栽进南边的山沟里。四周兄弟部队的高射机枪怒吼着，正在向敌机射击。在我们的阵地上，虽然到处都是浓烟烈火，但战士们个个都沉着勇敢地坚守着战斗岗位，这确实令人起敬。虽然炮工事被炸塌了，但战士们从塌陷的工事里钻出来，仍然继续坚持着战斗。有的炮手耳朵被震得流血，造成耳聋，还在用手比画着瞄准目标射击。有一座山炮，在敌人飞机的威胁之下，竟坚持发射炮弹100多发，炮膛都打红了，仍坚持着战斗。在激烈的战斗中，虽然没有吃上一顿饱饭，全连的指战员们仍保持着高昂的战斗情绪，真是难能可贵呀！胜利永远是与英勇和顽强的战斗分不开的。我们的炮火在既定的目标上继续轰击，但是究竟杀伤多少敌人，弹着点是否准确，一时还弄不清楚。武团长用炮对镜向前沿观察，忽然发现在我们阵地前沿的山坡上约有一个连的敌人，正疯狂地向上攀登。一个持着布旗子的人在敌群中时隐时现地指挥着。武团长在沉思，难道我们主峰上的步兵都被打光了吗？这时我连的一排山炮弹在敌人群中突然爆炸了，在烟尘弥漫中，敌人躺倒了一大片。这时后面公路上也响起了我炮爆炸的声浪。正在这时，电话铃响了，传来了阵地上王连长的声音，他说：“我们的炮兵打得太好了，每发炮弹都命中目标，可以说是弹无虚发。把爬到半山腰的大部分敌人都用炮火报销了。剩余敌人都溃逃下去了，让人看到这种状况，真过瘾呀！”

我们阵地上的炮群，都昂着脖子紧盯着天德山高地周围的动态，瞄准手在直接瞄准，曲射炮手把成堆的炮弹摆在跟前，指挥员们在紧张地看着表，秒针在急速地跳动着。猛然我师后勤的几辆汽车在阵地上出现了，他们冒着敌人的炮火，把大批的炮弹送上来，并在炮弹箱上写着大字标语：“同志们，猛轰吧！把敌人都消灭干净！”

阵地沸腾起来了，每个人都感到振奋和鼓舞，正在这时，电话机里传来了王诚汉师长命令的声音：“炮弹送到了吧？瞄准敌人，立即开炮！”这时，无数门火炮一齐轰鸣起来，犹如暴雷滚过山谷的炸响，从顶空嗖嗖地飞过来。在天德山主峰周围爆炸，敌人的小旗子也消失在烈火之中。炮击继续着，敌人的坦克也起火了，硝烟遮蔽了天际和山峰。天德山的周围山坡，成了埋葬侵略者的坟墓。我步兵一连全体指战员，用顽强的毅力，坚守着天德山主峰的阵地。

# 13. 破解蝴蝶雷的秘密

1952年春天，在抗美援朝春季反击战中，我连奉命在谷登里阵地上构筑工事，以防御敌人的进犯。在伐木、运木料的过程中，不知踩着了敌人从飞机上投放的什么爆炸物，造成突然爆炸，导致3名战士当场牺牲，但又找不出爆炸的原因。

连长张顺堂同志专门召开排以上干部会议，研究部署对爆炸物的侦察，并号召全连指战员，外出时要注意脚下的动态，以防意外事故的再次发生。有一次班长任铺率领三名战士，把全班的水壶都收集起来，到山下河沟里去提水，在回来的路上，战士王康在草丛中捡到一个铁蝴蝶，它与真蝴蝶的形状、色彩完全相似，他高兴地喊道："班长，你看我拾到一个铁蝴蝶，跟真蝴蝶一模一样！"当时王康距离班长有五六米远，他在手中一动蝴蝶就"轰"的一声爆炸了！王康当场牺牲，班长负了轻伤。根据班长提供的情况，我连领导迅速将此情况报告给师指挥部，指挥部派来工兵一个排，带着扫雷器，经工兵在阵地周围的排查，发现有几十个蝴蝶雷分布在山坡上，这些都是夜间敌机在高空中向地面投放的。在排雷的过程中，由于不了解此雷的性能，操作不慎，造成两名工兵当场牺牲。后经上级研究决定，对于此雷，可采取用步枪瞄准射击引爆或用手榴弹引爆，以免再造成人员伤亡。

后来，我军领导机关了解此情况后，派来一名排雷高手，他经过对蝴蝶雷反复观察后，认为此雷体积虽小，但在蝴蝶头部的两根须子上，装有一种高效能的引爆装置，在肚子中装有一种高效能的炸药，爆炸时威力很大，相当于几十公斤的黄色炸药，其装置小巧玲珑，非常精密科学。要想排除它，就得用手先按住它头上的两根须子，否则，一抬手它就会立刻爆炸。先按住它头上的两根须子，再拆卸它肚子里的炸药，就安全了。

从此我军破解了凶恶的美军用蝴蝶雷来杀伤我军战斗力的秘密。后来我连的每个战士都学会了排除蝴蝶雷的技术和窍门，狡猾的敌人再也无法用蝴蝶雷来伤害我们了。

# 14. 扑灭细菌的战斗

1952年春天，在我们抗美援朝志愿军部队中发生了流行性感冒，发病急、传染快，各种药物的治疗均无明显疗效。染病后病人高烧不退，处于昏迷状态，有的数日或几个小时后，由于全身血液凝固而死亡。不但如此，疾病通过空气也会造成传染，使我们生龙活虎的战斗部队处于瘫痪的状态，疫情引起了部队首长的高度重视，并请求上级派国内医疗队到前线来会诊抢救。

经国内医疗专家到现场观察检测和会诊，确诊此病为细菌传染所致。经我部对空观察哨发现，美军飞机投下的炸弹不太响，只听“嘭”的一声！将炸弹炸开后，爆出的蚊子、苍蝇、牛虻、小咬等蚊虫随风飞扬，散落在山沟树林中，对人和动物进行叮咬，然后再通过人及动物进行传染，其症状是：患者高烧达40多度昏迷，血液凝固而迅速死亡。

后经美军俘虏交代，美军为了挽救其在战场上的失败，在朝鲜实行了惨无人道的细菌战。他们把我中朝军队被俘的干部，运至南朝鲜的巨济岛及日本的冲绳岛的美军基地分批杀害，用人的肉体制造细菌，然后再用飞机将细菌运到北朝鲜的上空去投放，以杀伤我军的战斗力及朝鲜人民。而制造细菌的刽子手，是美军在日军投降的战俘中，将日军在我国东北制造细菌的战犯又武装起来，让他们重操屠刀，来杀害我军。我们誓要向他们讨还血债！要向全世界人民揭露美军这种惨无人道的罪行！

美军在我阵地上实行灭绝人性的细菌战，引起了我军广大指战员的强烈愤慨，激发了部队高昂的战斗热情，一致要求要向美国野心狼讨还血债。上级号召我军全体将士，都要监视敌人用飞机施放的细菌炸弹，一旦发现，就要立即派人及时扑灭，不得延误。

1952年6月10日夜间，敌人的四架“野马式”飞机，在我阵地上空低空盘旋，连续投下几十颗炸弹。它们在空中爆炸时，只听得“嘭”的一声，响声不大，都被判断为是细菌弹。当时我连接到师指挥部的命令，要求我连立即派出小分队，到爆炸现场去扑灭细菌！连长张顺堂立即从各排抽调精干力量20人，令我率领这个小分队去执行扑灭细菌的战斗任务。首先要求参加小分队的战士，每个人要严格着装，戴上口罩和手套，用细绳扎紧袖口和裤口，扣紧纽扣，扎上腰带，带上铁锹、十字镐、汽油及火柴等工具，随时准备投入灭菌的战斗。

在夜间毫无照明的条件下，我们在崇山峻岭中排查搜索，终于找到了敌人投放细菌弹的20多处现场。我们发现的细菌弹，是用薄钢板焊接制造的，经投弹爆开后，与蒸馍的笼屉一样，分为多层次、多间隔，其中装有苍蝇、蚊子、牛虻、小咬、跳蚤等，有的在地上乱爬，有的在空中随风飞扬，碰到人和动物就会叮咬，然后由媒介进行传染。刚爆出来时，还有未成熟的蚊虫、苍蝇、跳蚤、牛虻、老鼠等，在地上乱爬，有的还没有分散，聚成一堆。我们就泼上汽油进行焚烧，然后将其死灰挖坑深埋在地下，以绝后患。

经过一天一夜的艰苦奋战，在我阵地范围内方圆约20公里，清除了细菌弹点20余处，都给予了彻底的焚烧深埋。为了防止对连队进行传染，经上级决定让我们21人隔离15天。由卫生员张丕勋带领我们进入一个深山沟中，与部队隔离开来。当时没有消毒药品，我们就在山坡上挖一个土消毒炉，底下用薄石板篷起来，把我们21人的衣服全部装入炉内，底部用干柴燃火进行熏蒸消毒。这时连队的大部分同志都认为，我们21人都已染了细菌毒病，再也不可能回到连队了。15天后副指导员李建明来看望我们，发现大家的身体都非常好，他激动地和每个同志握手拥抱，然后解除了对我们的隔离，让我们一起回到连队。

为了揭露美军在朝鲜施行的惨无人道的细菌战，我国派保卫世界和平理事会主席郭沫若同志去日内瓦参加世界和平大会，在会上他揭露了美军在朝鲜施放惨无人道的细菌，屠杀中朝军队和人民，激起了全世界人民的强烈反对，美国在全世界人民面前成为公敌，有些西方国家都派出医疗队到朝鲜来进行救援。

每次我回忆起那幕扑灭细菌的战斗情景，都感到对美军非常的愤慨！

# 15. 修筑坑道是用于防御和进攻的保障

1951年11月至1952年9月，朝鲜战场上出现了战争开始以来从未有过的平稳状态，双方都采取守势，在前沿阵地上基本只有警戒、侦察和带有试探性小规模的攻防战斗。中朝军队利用战线上相对稳定的时间，修筑了坑道，造就了在“三八线”以北为骨干的防御工事，从而在朝鲜“三八线”上形成了坚固的地下长城式防御体系。

在大规模的对峙战斗中，如何全面修筑和使用坑道，并将其作为一种既有战略意义又在战役和战斗中起重要作用的工事，这是世界战争史上从未解决的问题。志愿军入朝初期，部队在修筑一般的野战工事时，主要靠挖单人防炮洞来抵御敌人猛烈的炮火。这种防炮洞同猫耳朵相似，因此被称为“猫耳洞”。敌人的火力越来越猛烈，部队就越积极向深处挖洞，与相邻的洞子连接起来，就形成了U字形洞，即马蹄形的坑道。有了这种坑道，在敌人火力袭击时，多数人可以进洞隐蔽，洞口只留少数监视人员。敌人火力向纵深转移，敌步兵进入阵地时，洞口警戒人员就发出信号，洞内人员就会快速跃出来反击敌人，从而解决了部队在敌人绝对优势的火力下，在阵地上的生存问题。

上级总结秋季防御作战中修筑坑道的经验后，1951年9月16日，志愿军司令部发出指示：要求全军修筑坑道，并强调，“我主要阵地必须是隧道式的据点，特别是核心阵地”。随后，前线的中朝军队一起努力施工，半年之内仅第一线各军就修起190公里长的坑道。1952年5月间，第一线防御工事也基本完成，8月间，第二线各军防御阵地上的坑道工事也基本完成，在横贯朝鲜半岛的250公里长战线上，形成了有20—30公里宽、纵深的以坑道为中心的防御工事体系。

修筑坑道工事的过程，就是不断抵御敌人现代化技术手段攻击破坏的过程。“联合国军”发现志愿军在前沿修筑坑道后，马上以重炮进行轰炸、坦克直接瞄准射击和用230毫米大口径炮轰击洞口等方式实施破坏，志愿军指战员则多方设法打击敌人的破坏。通过反复较量，坑道工事经过多方改进，做到了“七防”的要求，即防空、防炮、防毒、防雨、防潮、防火、防寒，并突出了“防”与“打”的结合。各坑道口又同野战工事紧密连接，确保了人员能及时跃出坑道投入战斗。

坑道防御体系的形成在抗美援朝战争中具有重要的战略意义。它使得志愿军由以前带有运动性的机动防御战，转变为阵地坚守的防御战，能以较小的兵力完成守住现有的战线、长期消耗敌人以迫使其妥协的战略任务。志愿军修筑的坑道工事，不仅用于防御，也成为组织阵地进攻的重要保障。有了这种工事后，在发起攻击前能够利用它作为安全集结兵力的冲击出发地，缩短冲击距离，并达成进攻的突然袭击，坑道工事形成后，敌人的空、地炮火力对于志愿军的杀伤力大大减少。

中朝部队展开了抢修坑道防御体系这种大规模修筑活动时，前线部队为了保持阵地的巩固和消耗敌人，广泛进行了小分队出击和狙击活动，当时称为“冷枪冷炮运动”。小分队基本上是由连队以下单位组成，以在阵地前伏击、偷袭、侦察活动不断地袭扰敌人，部队还组织特等射手在各处狙击敌军阵地上的人员。通过以冷枪、冷炮不断袭扰，使敌方前沿阵地上的人员外出走动时，都心惊胆战，送饭送水常常发生困难，生活环境恶化，士气低落。据中朝方面统计，从1951年11月末至1952年9月，在前方共杀伤敌人11.7万人，其中大部分为冷枪、冷炮所杀伤。从此，我军在“三八线”上巩固了沿线所有的阵地，固若金汤的防线，使敌人望而却步。造就了朝鲜的地下长城，既可以储备军队，又可以防核弹。我军用劣势装备，以坑道为依托，打败了具有空中优势及机械化装备的美军和“联合国军”，在世界战争史上创造了奇迹。

# 16. 在方形山坚守坑道的作战

自6月15日以来，美军实施反击作战，凌晨，美军在十多架飞机、坦克、炮兵的支援下，用一个营的兵力向我方形山具有坑道的阵地发动了疯狂进攻。

在方形山高地上，敌人首先用十多架飞机向我阵地俯冲、扫射、投弹。我二连战士全部进入坑道躲避，只有杨连长在洞口观察敌情。我部的高射炮群也连续向敌机发炮，火球成串地直朝天上窜，打得敌机不敢在低空盘旋。

接着，敌人约有一个连的步兵，在八辆坦克的配合下，从四面八方向我阵地扑来。我守备的二连，在我炮火的支援下，用机枪和手榴弹以猛烈的火力打退了敌人的好几次冲锋。敌人的尸体越堆越多，但敌人的后续部队也越来越密。守在山头上的三排的坑道口，被敌人的飞机炸塌了，他们在极度缺氧的情况下，全排共同努力，用十字镐和铁锹，拼命地把坑道口打开，才保住了全排人的生命。

中午，敌人占领了山顶，并且投入的兵力由一个营增加到两个营，向三排的阵地逼近，就在全排战士刚进入坑道时，敌人已窜到坑道口跟前，只听坑道口沉闷的几声爆炸，敌人把坑道口炸塌了半边。这时敌人在外边嗷嗷地乱吼乱叫，还不断地向坑道中开枪射击、扔手榴弹。三排的勇士们也用猛烈火力向外面还击。战斗一直在持续进行着，由于我们有了坑道的依托，急得敌人围着坑道口乱转，但他们也不敢接近我们的坑道口。直到中午，在坑道口忽然响起了几声沉闷的爆炸声，一股黄烟喷入洞内，呛得大家直咳嗽。排长李刚说：“这是敌人向我们施放的毒气，赶快拿出毛巾，用自己的尿把毛巾尿湿，捂在鼻嘴上。”并且要求大家脱掉上衣，用衣服向外扇风。黄烟慢慢地疏散了，敌人的毒气没有对我们造成任何损伤。

晚上，敌人企图破坏我们的坑道。为了粉碎敌人的这一阴谋，三排又组织了一次出击。他们分两个组悄悄地爬出洞外。七班长郑军带领一个战斗小组在右边开枪吸引敌人的注意力，副班长张得旺带领10多名战士猛然冲到敌群跟前，一阵猛烈的冲锋枪和手榴弹的投射，打死敌人10多名。紧接着他们沿着交通沟向外冲击，打得敌人东藏西躲，晕头转向。他们夺来了一些枪支弹药，退回了坑道。

三排的勇士们在坑道中坚持了五天的战斗，他们遇到了难以克服的困难，在坑道中严重缺水成了问题。李刚排长用报话机向团指挥部报告这一情况，请求炮火支援扫清洞口敌军的布防，准备派人外出取水。从当天下午3点开始，每五分钟就有我方的一发炮弹落在洞口附近，从此，敌人再也不敢在坑道口跟前活动了。

6月20日晚上8点30分，我部的榴弹炮、野炮、战防炮、山炮等200多门大炮一起发射，成千发的炮弹排山倒海般地飞向方形山，满山遍野到处都是爆炸的轰鸣声，成为一片火海，席卷了方形山整个山麓，高地被包围在一片浓烟烈火之中。敌人横尸遍地，抱头逃窜，溃不成军。炮火袭击20分钟后按规定向纵深转移时，我部两个连的反击部队，向方形山的敌群发起了猛烈的攻击。在主坑道中的杨连长，也率领全连战士进行勇猛出击。他在洞口大喊：“冲啊！”大家用冲锋枪和手榴弹开路，和反击部队一起围歼了李承晚军一个营的兵力。这时，在方形山上满山遍野响起了密集的枪声和手榴弹的爆炸声，残余的敌人吓得东逃西窜，被我部打得毫无招架之力。此役共歼灭敌人500多名，俘虏敌人75名，缴获各种枪支200多支，其中机枪25挺，手榴弹、子弹及战备物资一大批。

# 17. 在阵地上为侵朝美国兵过“圣诞节”

1952年12月25日，是美国兵的“圣诞节”，这对于他们来说，就像我国的春节一样隆重。为了让这些远渡重洋，为资本主义世界充当入侵工具的美国兵过好“圣诞节”，我部接到上级的通知：“在我方阵地上，为美国兵过‘圣诞节’放假一天，我军不放一枪一炮，以示祝贺！”

在这个美好隆重的节日里，我部奉行国际人道主义精神，给他们送去过“圣诞节”的慰问品，有彩色的圣诞树、圣诞老人、大礼箱、大礼包，礼包箱中有中华牌香烟、牛奶糖、水果糖、咖啡、茶叶、巧克力、口香糖、安全优待证（是用中、英、朝三种文字印制）……

并定于24日夜间，在夜幕中派精干的侦察员，悄悄地把准备好的礼品，全部送到美国兵前沿所有的阵地上，布置在最显眼的地方，以吸引他们的注意力。

25日，在“圣诞节”的早晨，我方的阵地上，开始用高音大喇叭播放美国过“圣诞节”时常用的轻音乐，然后用中、英、朝三种语言，对敌人阵地进行轮番的广播：“我们中国人民志愿军为了发扬国际红十字会人道主义精神，给你们阵地上过‘圣诞节’放假一天。今天我们阵地上保证你们的绝对安全，不放一枪、一炮，并祝贺你们‘圣诞节’快乐！”“在战争的交手中我们了解到，你们这些士兵，大部分都是被征用来的平民百姓，应该认清形势，保持清醒的头脑，再不要为资本主义世界做卖命的傻事了，我方给你们送去的圣诞树、圣诞老人、大礼箱等礼品，其中有香烟、牛奶糖、水果糖、口香糖、咖啡、茶叶，还有安全优待证等……你们大胆地出来去拿吧！我们说话是算数的，今天决不会对你们放一枪一炮！保证你们的绝对安全。”

开始他们不相信这是真的，以后又反复进行广播。我从阵地中的瞭望孔里看到，有一个大胆的黑人士兵，走出阵地出口，要去拿礼品，被一个军官制止了。直至中午，有的士兵以外出解手为由，从大礼箱中偷出来许多礼品，被几个士兵抢走，打开一看都是高档果品，经品尝味道鲜美。为此，他们就一窝蜂似地出来，抢走了阵地上所有的礼品，就连那个军官也分抢了一部分礼品。此举，达到了我军的预期目的。

在敌我双方对峙的阵地上，我军为美国兵过“圣诞节”送礼品、安全优待证。这一举措，在我军历史上尚属首创，这对于宣传我们志愿军优待俘虏的政策，瓦解和动摇敌人阵营的军心和士气，起到了不可忽视的关键性作用。因此，在近战、夜战、交手战中，敌人就会举着安全优待证向我军投降。他们都知道缴枪不杀，举手投降，可以得到人身安全优待的保障。这足以说明我军优待俘虏的政策，对敌人阵营的瓦解，是深入敌军士兵的人心的，它胜过任何先进武器的威力。

# 18. 美军在朝鲜的残暴行为，激发了我军的战斗豪情

朝鲜与中国是山水相连的友好邻邦，是一个具有悠久历史和古老文明的国家，朝鲜人民勤劳、勇敢、能歌善舞，他们千百年来渴望独立、自由的和平生活，但在近代这只能是一个美好的梦想，在列强的枪炮声中消失。朝鲜三千里美丽的江山，始终处于风雨飘摇、山河破碎之中。

1950年6月25日，朝鲜内战爆发，美国政府不顾朝鲜首相金日成的严重警告，竟然纠集世界上16个国家，组成“联合国军”，对朝鲜进行明目张胆的侵略。他们在仁川港武装登陆，使人民军处于被动的劣势地位。金日成为了扭转战局，向中国政府发出求援的信函，毛泽东为此做出英明的决策，派出中国人民志愿军援助朝鲜，并指派彭德怀为司令员兼政委。这是新中国成立后，反对外国侵略的第一仗。

朝鲜战争起初的爆发只是一场国内的战争，但因美国政府的直接插手干涉，它便变成了第二次世界大战后，全球第一次的国际性局部战争，这场战争给朝鲜人民带来了深重的痛苦和灾难。在美军飞机的轰炸、扫射、扔汽油弹下，整个朝鲜美丽的江山满目疮痍。道路桥梁遭到严重破坏，城市和村庄

变成了一片废墟，妇女和儿童遭受无辜的伤害，横尸遍野，无人掩埋，真是让人惨不忍睹。

我们这支部队两万余名官兵，从抗日战争到解放战争，都是在战火纷飞的年代走过来的。从华中到华北，从西北到入川，经过历次的战斗，但从未见过像朝鲜这样如此之多的废墟。几乎所有的城市和村庄，都变成了瓦砾和残垣断壁，人民的生命已成为冤魂。我们广大的指战员看到如此多的惨状，都对美军的残暴无比的愤恨！

美国打着“联合国军”的旗号，对手无寸铁的北朝鲜人民狠下毒手，可是他们在“联合国”各种会议的讲台上，却满嘴的要讲究平等、博爱、自由、人权。在美国国内的广播、报刊上，无时无刻不在标榜自己实行着和平、民主和尊重人权。但是为什么？他们要把朝鲜平民百姓的村庄、住宅和生命，作为他们的“战争目标”进行恶毒的打击呢？

有人说我国1976年唐山大地震，造成毁灭性的大破坏的情景，比起朝鲜遭受美军飞机的投弹轰炸、汽油弹燃烧的大破坏来说，唐山大地震是一个局部的天灾。而朝鲜遭受毁灭性的大破坏，是人祸所造成的残酷。

我们部队在奔赴前线战场的征途中的所见所闻，对我们部队来说，就是为我们上了一堂非常深刻生动的政治教育课。也是一场有力的战斗总动员，只有了解这些，才能理解我们志愿军的战斗意志和高昂的革命激情及对敌人无比愤恨的士气。

我们中国人民志愿军，都是由普通人组成的，我们没有多少文化知识，也谈不上深刻的理论，但人心都是肉长的，在每一个人心目中，都有一个衡量是非的标准。美国决策者把一个美丽的国家毁灭成了这个样子，要让我们承认他们的行为是正义的和崇高的，这绝对是不可能的！更何况他们还企图把这种毁灭性的惨状扩大到我们的祖国！我们坚决不答应！我们的义愤和仇恨是北朝鲜残酷的现实教育出来的，也是被美军的蛮横暴行所逼出来的。我们志愿军的广大指战员，都是普通的平凡人，只要他们认清是非，就会对美军的暴行忍无可忍，就会爆发出一种无比强大的战斗力，对美军展开生死的搏斗，就能够战而胜之，这是正义与邪恶的较量，就会爆发无比强大的战斗能量。

# 19. 向前线挺进的路上

前线反击战打得非常紧张激烈，炮声隆隆，地动山摇。我们部队奉命向前线挺进。太阳刚落下山，我连就全副武装集合在公路边上，整装待发。这时公路上特别热闹，无数辆汽车从一条山沟里钻出来爬上了公路，十轮大卡车有几十辆，拖着各种大炮也插入其中，运输大卡车满载着战备物资，一辆紧跟一辆地向前奔驰。汽车扬起的尘土，映着天空的晚霞，像是金黄色的烟雾，在空中弥漫飞腾，笼罩着公路像大雾一样，为防空设置了一道屏障。我们连队只能在公路的一侧急行军前进。

入夜后，雪亮的灯光把通向前线的公路都照得通明，在这千沟万壑的山谷里，就像一条爬行的火龙。在各个山头上，都站着持枪的报警员，一旦听到敌机嗡嗡的叫声，就会鸣枪报警！这时所有的汽车司机听到枪声后都要熄灯、熄火立即停止前进。

夜晚，天气突然变了，乌云笼罩着大地，这时，风雨交加，暴雨哗哗地下个不停，像瓢泼的一样，大地被雨帘罩上了一层雾幛，道路和天空紧紧地连接在一起。由于暴雨特别大，山沟里暴发了猛烈的山洪，来势汹涌，桥梁被冲垮，道路被冲断，形成一片汪洋，不少汽车被冲入洪流，幸运的是人员被抢救出来。在这波涛汹涌的洪水面前，又无船只摆渡，我们连队也难以通过。因此，未能按时到达上级指定的位置。更为严重的是炮兵也未能进入新的阵地，这都是暴雨成灾所造成的。直到天亮大雨还未停息，后经工兵部队的抢险，疏通洪峰、抢修道路、架设桥梁，直到中午才保证了前线公路的畅通。

这时，我连已经进入我军前一天刚解放的敌占区，各个山头上都飘扬着我方的红旗，每个山坡上都好像被野火烧过一样，变成了一片焦土，树林野草都被炮火摧毁，呈现出一派光秃秃的惨状。我们通过敌人的阵地前沿时，被我炮火炸毁的碉堡、地道中，有些杂物及敌人的尸体还在燃烧，冒着腐臭气味的黑烟，山坡上到处是敌人的死尸，可以说是横尸遍野。山岗上活跃着我军繁忙的部队，有许多战士打扫战场，清点缴获的武器装备。担负着战斗任务的部队，正在忙着修复敌人用过的工事，以防敌人反扑。

在公路上及山沟里，所到之处都在原地摆放着缴获的汽车、装甲车、坦克，还有拖着大炮的十轮大卡车，有装满物资弹药的运输车，有军官们乘坐的小吉普车，还有通信兵用的摩托车，只有少数装备被打毁，大部分完好无损。可是它们的主人却为了保命逃之夭夭，但不论他们逃跑的速度如何快捷，也逃脱不了我军子弹的袭击。在沿途满山遍野到处都散落着敌人遗弃的枪支、弹药、军衣、毛毯、书籍、报话机、避弹衣、地图、照片、扑克牌、钢盔等。

从前方押下来一大群俘虏，其中有几名是美军军官，他们都垂头丧气地撕掉了肩章上的军阶，但从其身上穿的呢子军服也可以分出来他们与士兵的不同。走在最后边的是李承晚军，有七八十个俘虏，全身的军服都湿透了，像是落汤鸡。据押送人员介绍，在我军追击时，这些家伙无处可逃，就窜入隐蔽的山沟中，被暴发的洪水淹得只露出头来，后被我搜索部队所俘虏。他们都服服帖帖跟随押送人员走入后方的俘虏营。

这时突然从后方传来轰鸣的马达声，是我军的坦克一辆跟着一辆地向前奔驰，炮手们从炮塔中露出半截身子向我们挥手致意！我们也举着手中的枪，向他们欢呼："在前方战斗中见！"在后边紧跟着的是榴弹炮、野炮、高射炮、战防炮，还有多管的（喀秋莎）火箭炮等，还有满载弹药、粮食的运输车辆，驾驶员也不停地向我们打招呼说：“你们辛苦了！”我们用朝鲜话回答：“含卡机！”意思是都一样！

从时间来看，过去还不到两年，从上述观察来看，我军的武器装备越来越好，战斗力也越来越强，这都是祖国人民捐献飞机、大炮做出的贡献，过去我们吃炒面，现在也吃上了压缩饼干，这个变化多大呀！这也是我们用流血牺牲换来的胜利成果。要爱护它，要用最小的消耗，发挥炮火最大的威力，来打击破坏停战谈判的美军及李承晚军，争取更大的胜利！

# 20. 在敌人眼皮底下侦察

我部接到上级的部署，要拔掉敌人盘踞在913高地的堡垒。这个高地上住着美军三师一个联队（相当于一个营）的兵力。首先要用炮火摧毁阵地上的碉堡及一切工事。为了摸清敌人阵地上的部署，做到“知己知彼，百战不殆”，我师炮兵主任孟自新亲自出马，前去侦察敌情。这已成为他工作中一个深入摸底的习惯。孟自新主任原来是我在炮兵营时的老首长。为此，这次他调我跟随他一起前往敌人盘踞的913高地前沿去侦察敌情，要我负责绘制草图。

乘着夜幕降临，我们侦察小组三人，在师炮兵主任孟自新首长的亲自率领下，沿着一条大山沟摸索着前进，又无照明设备，稍不注意，不是被藤条缠着腿，就是被树枝划破脸，偶尔遇到一片平地，就一个跟头跌进炮弹坑中。更让人担心的是，在这个双方阵地的缓冲区内，经常会有敌人的小部队出来活动，如果遭遇，就会暴露我们的目标。这时敌人在山头上的探照灯，在深山峡谷中闪来闪去的光影，却帮我们指明了前进的方向，为了找到适合我们侦察、潜伏的位置，在敌人阵地下不停地摸索，警卫员李顺昌不慎踩落了一块石头，哗啦啦地向山下滚去，引来了敌人前沿阵地上枪炮猛烈的轰击，炮弹、子弹在我们身边哩哩地炸响，幸运的是我们三人都滚入炮弹坑内隐蔽起来，才没有被伤着。敌人一阵疯狂轰击之后，听不到任何动静，就又处于沉静的状态。敌人这些盲目的射击，只是为了壮胆，它阻挡不住我们前进的脚步。

这时天空浓云密布，下起了暴雨，在山坡上走路更滑了，经常滑倒摔跤。遇到高坡时，只有艰难地爬行，有时抓不到石头及树枝，还会又滑下来。正在为难之际，忽然发现在山沟的深处有敌人持手电寻路的光影，我们随即警惕起来，疏散在大树后侧及炮弹坑中，监视着敌人的行动。待敌人小部队50余人过去之后，我们又开始寻找向敌阵地走的方向，我把指南针掏出来，没有照明设备，也看不清楚。忽然一串曳光弹从敌人的阵地中飞出来，为我们指明了道路。这时敌人又开始打壮胆枪炮了，根据敌人机枪哒哒的出口声，我们立刻辨明这是从前沿地堡中射出来的。我们又向上爬了一个高坡，从敌人机枪发射的闪光中，隐约看到了敌人前沿阵地外边的铁丝网。这时我们摸索着又向前爬了10多米，找到了一道塄坎，既可以隐蔽，又可以侦察敌人在前沿设置的火力情况，在塄坎前面还长着一丛小树，是我们抬头侦察时的隐蔽物，为了应付可能发生的战斗，我们利用敌人打炮的响声，修筑了可以射击的掩体工事。

这时我看了夜光手表，离天亮还有三个多小时，我们已经做好了一切准备工作。就休息片刻，吃着带来的炒面，喝着水壶中的冷水。朝鲜夜间的温差很大，雨水把我们的衣服全部淋湿了，湿衣贴在身上，休息一会儿，感到寒气袭人，冻得像“打摆子”一样，浑身发抖，上下牙齿打得直响，如果能活动一下，就会增加身体的热量，可是我们是潜伏在敌人眼皮底下，就连轻微的咳嗽一声，都会招致灭顶之灾。

当拂晓东方出现红霞时，我们警惕地观察着周围的一切，在离这里150米的山头上，就是残害朝鲜人民的侵略者的阵地，我们一定要拔掉这个罪恶的据点。这时敌人又打起来壮胆炮火，子弹在我们头上哩哩飞溅，炮弹不停地在我们身边爆炸，虽然敌人并没有发现我们，但也很难说炮弹不会落在我们的头上，为此，心情也就有些紧张。

当太阳升起来的时候，我从挎包中拿出望远镜，向敌人阵地上看去，非常清晰地看到敌阵的一切设施。这时我们三人就自然地做了分工，绘制敌阵的火力分布图，主要由我来承担。孟主任负责侦察敌情，做到“知己知彼”，心中有数，以便于指挥我师炮兵对目标发射的袭击，警卫员李顺昌负责我们的警戒。

敌人在前沿阵地上设置了三道铁丝网，第一道是设在阵地的外围，第二道是根据地形地貌，设置的波浪形的。第三道是防御型的，每隔5至10米处，就装一个挂铃，只要一碰铁丝网就会响铃报警。我把这些都标在图上。在阵地的前沿下边有一个地堡，设有三个射击口，都是对准我们进攻的方向，每个射口都配有机枪及自动步枪。在这个地堡上层的一条塄坎上，有两个碉堡，在每个碉堡上都设有三面的两三个射击孔，在碉堡之间的地下有封闭式的交通沟连接起来。在右侧的一个突出的山坡下，发现了一个坑道的射击口，这个射击口较大一些，从太阳光的斜射中，折射出一道隐光，为此，我们判断这肯定是一座无后坐力炮的射击口，在瞄准我们的坦克进入阵地的通道。在山顶上敌人竖起一面旗子。在山头下面的左侧，有一座用水泥构筑的较大的碉堡，其上层周围都有瞭望孔，在下层均为射击孔。据我们判断，这是敌人的指挥部，它的底下与下面各个地堡之间都由地下通道连接。

中午时，太阳晒着头顶，浑身被雨淋湿的衣服刚被体温暖干，又被汗水打湿。就在原地休息片刻，吃些炒面，喝些冷水。这时敌人在前沿阵地上换岗，从地堡一个小门中，拉开挡门的树枝，走出4个警卫，来换阵地周围的4个岗哨。每个岗哨都有固定的掩体工事，只有前沿的两个岗哨能够看到，其侧面的那两个岗哨较为隐蔽。

这时敌人又打起瞎炮来，迫击炮弹在我们周围爆炸，弹片、沙石横飞，轻重机枪及自动步枪子弹也一齐扫射过来，打在岩石上迸得火星四溅。为了防止把图纸炸毁，我将图纸压在身下，以确保安全，把完成侦察任务看得重于生命。

傍晚时分，我将首长所侦察到的敌人火力分布的目标及阵地上的地形、地貌，全部都详细地绘在草图上。把它折叠起来，用手巾包好，装在衣袋中，并将放置的位置告诉首长及警卫员，防止一旦我发生不幸，让他们很快找到它，以便继续完成任务。

这时，天逐渐地黑下来，我们用炒面填饱肚子喝些冷水，把构筑的掩体工事填平，就顺着原路乘着夜幕摸下山来。这时敌人又在打壮胆炮了，轻重武器一齐开火，好像是用鸣礼炮的仪式，欢送我们下山！

# 21. 上甘岭阵地上的争夺战

上甘岭位于朝鲜中部五圣山上，它是志愿军中线的大门，也是扎进敌人心脏的一把利剑。尤其是上甘岭地区北山上的两个高地，像楔子一样插入敌人阵地的前沿，给敌人造成了极大的威胁。敌人在这个不到四平方公里的上甘岭小高地上，动用了两个多师的兵力，在大量的飞机、坦克和大炮的配合下，连续向上甘岭537.7高地和597.9高地疯狂地进攻，志愿军与敌人展开了激烈的争夺战。

1952年10月14日，“联合国军”集中兵力、火力，向志愿军发动了自1951年秋季以来规模最大的，以上甘岭地区为主要进攻目标的“金化攻势”，企图攻占志愿军上甘岭597.9高地和537.7高地北山，进一步夺取五圣山地区，改善金化地区的防御态势，破坏志愿军正在整个战线上进行的战术反击作战，以扭转战局，并借以试探志愿军防御的稳定性。

14日凌晨3时许，“联合国军”的飞机对上甘岭地区进行了多次的反复俯冲、扫射、轰炸，把大批的燃烧弹、汽油弹，都投放在这个山头上，爆发出一片火海，树木草丛被全部烧光，并对我阵地进行了长达两个多小时的炮火轰击。凌晨5时，美第七师、南朝鲜第二师共七个营的兵力，在300余门火炮、27辆坦克、40余架飞机的支援下，分六路向志愿军597.9高地和537.7

高地发起猛烈的攻击。志愿军第四十五师在597.9高地防守的部队进行了顽强的抵抗，击退了敌人七次冲击，敌人受挫后，又集中四个营的兵力，在10余辆坦克的配合下，由东、南两面夹击597.9高地主峰阵地。经过激烈的战斗，志愿军连续击退敌人一个连到一个营10余次的冲击。当天，597.9高地争夺战，表面阵地大部分被敌人攻占，志愿军防守部队随即退守到坑道中。在537.7高地北山阵地上，敌人先后投入了三个营兵力，从多路向志愿军阵地发动猛攻。坚守阵地的勇士们与敌人展开了激烈的争夺战。机枪射击台被敌人打毁了，机枪手陈治国就把机枪架在自己的双肩上，用身体当射击台，让副连长向敌人猛射，很快摧毁了敌人的火力点。陈治国在这次战斗中光荣牺牲。

“联合国军”在炮火掩护下不断地向597.9高地进攻，战场上炮声隆隆，硝烟弥漫。战士孙子明身负4处伤不下火线，他接连把手榴弹、爆破筒投入敌群中，毙敌80余名，终因伤势严重昏迷过去。敌人又一次冲上了阵地。孙子明醒过来后，发现敌人有一挺机枪架在他身旁，正在向我退守坑道的战友射击，他猛扑过去，正要掉转枪口射击，这时20多个敌人围上来，他勇猛地冲入敌群，拉响了三颗手榴弹，与敌人同归于尽。

我537.7高地北山志愿军防守部队与敌人激战9小时，击退敌人40余次进攻后，退守坑道中。当天夜里，志愿军趁敌人立足未稳之际，以四个步兵连的兵力，在我炮火支援下，进行猛烈的反击，全部恢复了北山上的阵地。

第七连排长孙占元带领突击排反击597.9高地时，双腿被敌人炮弹炸断，但他仍然顽强地坚持指挥战斗，当敌人扑到身边时，他突然拉响了最后一颗手榴弹，与敌人同归于尽。从10月14日至10月20日，志愿军坚守阵地，抗击“联合国军”的进攻，与敌人反复争夺表面阵地。19日至20日在激烈的反击战中，黄继光临危受命，带领两名战士去攻击0号阵地，他的两名战友相继牺牲，这时，黄继光的左臂和左肩中了两弹，血流如注，但他仍然不停地向敌人的火力点爬去，冒着敌人机枪猛烈的炮火，跃身而起，举起右手向敌人工事投去一颗手雷，但由于火力点太大只炸毁了半边，敌人的两挺机枪又吼叫起来，我部冲锋的部队受阻。黄继光再次受伤倒下，这时天快要亮了，时间紧迫。黄继光用热血之躯，冲着那挺机枪狂喷火舌的枪口，挺起胸膛，张开双臂，扑了上去……正在发射的机枪突然熄火。霎时，担任攻击任务的战友们，像猛虎一样冲了上去，并高喊“冲啊！为黄继光报仇！”他们踏着黄继光爬行的道路，攻占了0号阵地。将守在高地上的敌人两个营的兵力1200多人全部歼灭。黄继光用他那年轻的生命，开辟了志愿军胜利前进的道路。铸造了一座顶天立地的丰碑，荣获特级英雄称号。

从10月21日至29日，志愿军以坑道为中心，同敌人展开了围攻与反围攻、破坏与反破坏的斗争。敌人用炮火封锁、摧毁坑道口，我们再用石头、麻袋或铁丝网堵塞坑道口，敌人用炸药连续爆破坑道口，或者投掷汽油弹、毒气弹、硫磺弹，以及使用火焰喷射器等，对坑道口进行破坏。坚守坑道的勇士们早已下定决心：一定要守住坑道，夺回阵地。志愿军后方炮火也组织向纵深射击，严密保护坑道口，不让敌人接近和破坏。坚守坑道的战士们还在坑道口用麻袋装上土石块修筑工事。同时，在坑道口开展了冷枪杀敌运动。不但粉碎了敌人对坑道的破坏，而且还依托坑道，积极主动地打击敌人。在坚守坑道的斗争中，各部队还组织了小型出击158次，共歼敌2000余人。在坑道内部条件极为艰苦，有的坑道被炸塌，有的坑道口被堵塞，坑道内狭窄闷热，空气污浊不堪。由于敌人的严密封锁，坑道内部弹、粮、药品等愈来愈匮乏，尤其令人难以忍受的是严重缺水的煎熬。但是，这些困难都难不倒英勇的志愿军战士。他们发扬团结友爱的精神，经受住了一个又一个严重的考验。

从10月30日，志愿军对597.9高地和537.7高地北山的敌人实施了决定性的反击。30日晚，志愿军第十五军在完成决定性反击准备后，并首先反击597.9高地。集中野炮、榴弹炮等104门炮首先猛烈地轰击“联合国军”在表面阵地上构筑的地堡和防御工事，并以迫击炮进行监视射击，阻止“联合国军”恢复工事。志愿军在坑道外七个连队与坚守坑道的三个连队向敌人阵地发起了勇猛的冲击，对敌人实施了两面夹击。经过5个小时激战，将守敌四个连队全部歼灭。接着，又打退了敌人一个营兵力的多次反扑，消灭敌人1500余人。

11月1日，“联合国军”集中100架飞机，70多辆坦克和300多门大炮向志愿军阵地轰击，共发射炮弹12万余发，先后用六个营的兵力向597.9高地冲击14次。南朝鲜军虽曾一度突入志愿军的表面阵地，但在志愿军强大炮火的支援下，我反击部队很快就又收复了阵地，并将敌人多次击退，毙伤敌人1500余人。当日晚上，志愿军预备队第十二军第三十一师第九十一团投入战斗，并增调了炮兵九个连参加战斗，在炮火密切的陇作战斗中，摧毁了敌人在北山的表面工事，消灭敌人一个营的兵力800余人。

从11月2日1时起，“联合国军”又对志愿军阵地实施猛烈的炮击达4个小时之久，发射炮弹15万余发，出动飞机100余架次，投弹3000余枚。然后集中五个营的兵力，由多路多梯次地向597.9高地攻击40余次，曾一度突入志愿军表面阵地。志愿军防守部队第十二军九十一团和第十五军第八十六团各一个连，顽强地战斗，在我强大的炮火支援下，将敌人击退，毙伤敌人1500余人。

在当天的战斗中，志愿军第九十一团第八连第四班在阵地上工事几乎全部被炸毁的情况下，利用弹坑、岩缝及残存的工事为依托，在我纵深炮火有力的支援下，打退了敌人一个排到两个连的77次攻击，以轻伤三人的代价，歼灭敌人400余人，创造了小兵群作战，以少胜多的范例。当敌人突入我主峰东北阵地时，第八连派出一个战斗小组去支援，在途中一名战士负伤，战士朱有光和王万成赶到阵地时，敌人200多人已涌上了山头。在情况万分紧急中，“冲过去！”朱有光和王万成竟毅然冲入敌群，拉响了各自并联的两根爆破筒，与敌人同归于尽。友军趁机向敌人反击，很快恢复了阵地。

在11月3日、4日，“联合国军”连续以一个营到一个团的兵力，对597.9高地展开猛烈的进攻。志愿军第九十一团第七连、第九连的勇士们在我强大炮火的配合下，用机枪和手榴弹对敌人开展了猛烈的袭击，在阵地前沿，敌人死尸成堆，他们连伤员也顾不得拖，就狼狈逃窜而败下阵去。我部曾多次击退敌人的进攻，歼灭敌人1200余人。

11月5日，“联合国军”又以五个营的兵力，在飞机100多架次、坦克30余辆的支援下，向597.9高地发动了猛攻。志愿军第九十三团一个营的兵力投入战斗，同第九十一团一起共同协作，粉碎了敌人多次的进攻。第九十一团第五连新战士胡修道在班长带领下，跟另一名战士滕士生防守一处阵地。突然有200多个敌人蜂拥而至。在兵力悬殊的情况下，三人沉着应战。当敌人离前沿只有三四十米时，胡修道和班长猛力投出两根爆破筒和手雷，炸倒了七八十个敌人，其余的敌人狼狈逃窜。班长被调走担负新任务之后，胡修道和滕士生坚守阵地。滕士生负重伤，胡修道孤胆奋战，拼命将手榴弹、手雷一个接一个地投向敌群。经过一天激战，击退敌人41次进攻，胡修道一人歼灭敌人280余人。

志愿军夺回597.9高地后，经过连续七天的激战，挫败了敌人的多次反扑，歼敌6000余人。敌人在597.9高地失败后，急调南朝鲜军第九师增援，企图固守537.7高地北山表面阵地。18日后，志愿军第十二军第三十四师第一〇六团投入战斗。在537.7高地北山，经过反复争夺，双方以密集炮火猛烈轰击，地面工事全部被摧毁，反击后为巩固阵地极为困难。第一〇六团在纵深炮火的支援下，在前沿阵地与敌人拼死争夺，掩护主力抢修坑道和表面工事，尔后依托坑道，以小兵团战术，大量杀伤敌人。至25日，第一〇六团共击退敌人50余次进攻，巩固了537.7高地北山阵地，歼敌1400余人。这时，“联合国军”损失惨重，撤退休整。至此，上甘岭战役宣告结束。

上甘岭战役的胜利，标志着志愿军在正面战场上完全掌握了主动权。在这次举世闻名的战役中，志愿军用劣势装备，战胜了优势装备的以美国为首的“联合国军”，打出了军威，打出了国威，表现出了我军“一不怕苦，二不怕死”的革命精神，不畏惧以美国为首的“联合国军”强敌，敢于战斗、敢于胜利，顽强奋战的英雄气概，团结友爱的优良品质，被世人誉为我们志愿军的“上甘岭精神”。

# 22. 在战火中抢救伤员

在我们部队中，这几天“前线”的报纸，成为大家最关心的焦点。美帝国主义纵容李承晚傀儡来破坏停战谈判，他们妄想利用其军队看管战俘营的有利条件，居然将朝鲜被俘人员2.7万人“就地释放”，其阴谋是补充李承晚的军队，引起了我们广大指战员的强烈愤慨！有的战士读着报纸就挥起拳头高喊：“如果不把敌人打得败下阵来！他们就不会有诚意来停战的！”在这种形势下，我们要做好攻打938.2敌人阵地的准备工作。由于美军盘踞在这座高山上，对我方阵地造成了极大的威胁。根据上级的指示，要我师集中优势兵力，拔掉敌人的这颗钉子。我师一团二、五这两个连队，都是英雄的连队，王团长命令他们担任主攻敌人高地938.2主峰的突击队。我们文训队派出教员组四人，配属这两个连队负责在火线中抢救伤员的任务。我和温云峰被分到二连，在向连长报到时，张风乐连长曾经是我们文训队的学员，都是老熟人了。张连长握着我们的手说：“欢迎你们来参加这次的战斗！”

下午7点钟，我们二连、五连全部集合在坑道口，由一团高参谋长主持召开了誓师大会，王团长宣布命令：任命二连和五连这两个连队担任主攻敌人938.2高地的任务，二连主攻左侧的主峰敌人的制高点。五连主攻敌人右侧的方形山。并将红旗授予二连连长张风乐同志。王团长庄严地宣布：“你们连一定要把红旗插到938.2主峰的制高点上！”这时全体突击队员在团参谋长高占武的主持下，面向祖国北京举起右手庄严宣誓：“我们坚决服从命令，一定要把红旗插到938.2敌人阵地的制高点上！创造出新的荣誉！为祖国献礼！为毛主席争光！”誓词慷慨激昂，队伍英勇雄壮！这时师首长特来为勇士们送行。师长、团长、政委、参谋长都站在路口与勇士们一一握手送行，信任和希望都凝聚在紧紧地握手之中。然后这两个英勇的连队，迈着矫健的步伐，消失在浓郁的夜幕之中。

在这个大山沟里，由于这几天的连续降雨，我们都跋涉在泥水中，艰难地走了三里多路，才到达冲锋地段，战士们都摩拳擦掌地等待着我军万炮齐鸣的时刻。

时间似乎有意与我们作对，这时过得特别慢，指挥员们都在不停地看着自己手上的表，就感到分秒过得太慢，度日如年。

这时9点半到了，我军的炮群开始了先发制人，向美军阵地938.2高峰进行了猛烈的轰击，像火山爆发，排山倒海，震天动地，这时在主峰阵地上，像劈雷闪电炸成了一片火海，极大地振奋了我军的士气。在山腰里集结待命的战士们，看到我军炮火的射击，百发百中，只一发炮弹就把敌人的地堡掀翻了半个，另一发炮弹打入敌人地堡枪眼中爆炸，只见里面火光一闪，轰隆一声，把地堡就炸开了。战士们一致欢呼，拍手叫好！我炮兵接连摧毁了10多个敌人的地堡和碉堡后，炮火向纵深开始转移。

这时张连长振臂高喊：“同志们向前冲啊！为祖国立功的时候到了！”他带领突击队按照部署，分两路向主峰阵地冲锋，这时残存的地堡枪眼中，敌人射出两条火舌……冲在前面的一班长不幸中弹牺牲。这时一班战士陈刚就愤怒地抱起炸药包，爬到敌人枪眼左侧的死角，把炸药包投入枪眼中，只听轰隆一声巨响，把敌人的地堡炸开了一个大洞，一班的三个勇士乘胜向里面搜查，活捉了20多名俘虏，其中还有一名美军军官。另一个火力点，被五班的勇士炸掉，在坑道中也活捉10多个俘虏。

这时二班的勇士们动作迅猛，冲到了敌人主峰的一个大碉堡时，有两挺机枪向外扫射，压制了二班冲锋的道路，战士高强抱起炸药包，爬行10多米，绕过火力网的侧翼，把炸药包投入敌人碉堡的枪眼中，只听轰隆一声，把碉堡炸出一个大口子，勇士们乘着气浪冲入其中，沿着坑道的通路，端着冲锋枪及手电筒，向里冲击，在两个坑道交汇处的指挥部里，活捉了30多名俘虏，其中还有三名美军军官。缴获轻重机枪3挺、自动步枪35支、手枪3把、各种战略物资一大批。这时张连长率全连勇士们勇猛地占领了敌人盘踞的938.2主峰，把鲜艳的红旗插到制高点上迎风飘扬！他们正在地堡中搜捕残存的敌人，巩固这次战斗的成果。

正在这关键的时刻，敌人的炮火开始向主峰反击，在山头上连续地爆炸，有四名战友遭受重伤，有一名战士胸部多处被弹片击破，因流血过多而休克，经我与温云峰给予及时抢救包扎后，他才苏醒过来。当我俩要把他转移下山时，他说："我不下山！我还要继续坚持战斗！"后经他的班长说服，他才勉强同意向山下转移，被温云峰同志背下山去。另一名伤员是副连长赵义，双腿负伤已不能站立，右腿上的动脉血管被炸断，血流如注，用救急包根本包扎不住，我找到一根电线，才扎紧止住了流血，由我背着他向山下转移。还有一名伤员是副班长赵刚，身上多处被炸伤，经卫生员包扎后，由指导员派通讯员背下山去。最后一名伤员由卫生员包扎后背下山去。

在下山的路上，听说五连的勇士们冲破了敌人的层层封锁，顺利地占领了方形山阵地。

这时敌人的炮火还在我们身边不停地爆炸。敌人的夜航机，在阵地上空抛出了一串一串的照明弹，把整个山坡照得如白昼。敌人的探照灯用强烈的光柱，在山沟里扫来扫去，虽然他们挽救了在战场上的失败，可是他们绝不会想到，由于他们的这种措施，却为我们背着伤员下山，看清脚下的道路，提供了帮助。

下山后，我们找到野战医院的四副担架，并邀请四名护理员与我们一起，把伤员抬送到野战医院进行了抢救。

# 23. 在前沿观察所

6月27日拂晓，步兵刚攻下949.2敌人的阵地，我便跟随李副连长一起来到前沿炮兵观察所。灰蒙蒙的天空下着小雨，这座被我军的炮火轰炸过的山头上，到处都是弹坑和碉堡残骸，山上的树木、青草都被炮火烧焦了，一条数百米长的环山的交通壕，几乎被敌人的尸体填平，流出的鲜血和雨水混成酱红色的泥浆，在交通沟和坑洼里流动着，所到之处都是空气污浊，被血腥的硫磺药味污染着。

在山顶上的前沿阵地上，我们见到了正在指挥战士们构筑工事的步兵沈连长。他握着李副连长的手说："有你们炮兵的支援，我们歼灭敌人更有把握了。"他立即带领我们把炮兵的观察所，选在主峰右侧的一个山梁上，这里原是敌人的隐蔽洞，可以清楚地看到我们主峰阵地的前面和侧后面，也可以监视敌人的主峰阵地和山下的坦克公路，而且这里不是主峰，敌人不会大注意。只一会工夫，步兵沈连长特意送来一部电话机，又在附近设置一个专为保护我们观察所的机枪火力点，并嘱咐李副连长多配合、多联系。这时，一切准备都就绪了，专等着敌人的到来。可是说来也奇怪，一连两天，敌人除了飞机轰炸以外，步兵一直未敢出动，我们都等得着急起来。有个外号叫大炮的战士，张天雷，骂个不停："美国佬真屌，等着他们，他们却不来了。”我说：“不要着急，这个山头上，是我们设在敌人咽喉上的一把利剑，他们是不会善罢甘休的，这两天没有动静，准是想来个大的进攻，我们就耐心地等着吧。”

在深夜里，敌人的大炮轰轰隆隆地又向我们的阵地轰击起来，大地在颤抖，爆炸的气浪溅起的砂石泥浆从空中哗哗地落下来，我从掩蔽工事里出来，看到我们的主峰阵地上炮弹爆炸的火花闪闪。敌人的重机枪像火球一串一串的朝我们主阵地发射过来。我忙摇电话机与步兵沈连长通话，他说：“你们也休息吧，敌人还没有出动，等着吧！”

东方的曙光，冲破了黎明前的黑幕，从掩蔽工事里射进一缕清光。我从观测班长张心宽手里接过望远镜，经过细细的搜索，忽然在山脚下发现几块可疑的石头。山前飘动着薄雾，视线有些模糊，但要凝神仔细看时，石头好像正在蠕动。我立刻警觉起来，终于看清楚了，那是几个伪装的敌人。我将此情况迅速通知步兵后，立即抄起冲锋枪趴在交通沟上，瞄准了目标就扣动扳机，哒哒哒就是一梭子。那四五个敌人应声栽倒在地上，其余的敌人像受惊的野狗一样，扔掉了伪装，连滚带爬地逃跑了。“难道就这几个敌人？”敌人对我主峰阵地昼夜不停地轰击，像是反击前的准备，我们大家开始注意监视。这时，头顶上空突然响起了飞机的轰鸣声，敌机从空中俯冲下来，这时在山脚下也传来坦克的轰鸣声，随着薄雾消散，看到坦克30多辆黑压压地爬上来，有340个敌人弓着腰向我们主峰阵地进攻。这时，李副连长激动地说：“来得好啊，让我们的炮弹来招待他们吧。”他转身告诉报告员黄铭池：“你赶快报告，在甲号阵地上敌人约有400多人，要求炮兵马上射击！”

大约过有两分钟，我们第一排炮弹就飞了过去，可是离敌群还相差50米，经观测员向左修正后，炮弹就准确地落在敌群里爆炸，从望远镜里看到敌人的钢盔枪支在浓烟中被炸飞，我们的炮火像暴风雨般向敌人砸过去，炮声隆隆，大地都在颤抖。硝烟散去后，看到公路上的敌人横尸成堆，大部分敌人被我炮火所消灭，只有少部分抱头狼狈逃窜。当步兵看到这些情景后，一致称赞说：“这一排炮打得真过瘾啊！”沈连长在电话机中代表全连向我们山炮一连表示祝贺!

就在这时，意外的情况发生了，在我们主峰阵地的左侧，突然爬上来两三百个敌人，他们一出现就与我们的主峰步兵拼杀起来。可是我们主峰的人太少，敌人成群地向前涌，有一个头头，挥着小旗子在敌人群里摇晃，这时我急忙告诉炮兵，第一发炮弹就将挥小旗子的家伙打倒在地。可是不多一会，又有一面小旗子在敌人群里晃动起来，这时，主峰上的枪声、手榴弹声响成一片。在主峰下约有两个营的敌人，已黑压压的向上爬。这时观测员已通知炮兵："原地急速射！"轰隆的炮声传来，持小旗的不见了，成群的敌人被打下去。这时败退的敌人挤成疙瘩慌张逃命，已溃不成军。

我们的炮火更加猛烈了，爆炸的声浪，像狂风一样怒吼着，这火光非常猛烈，大白天刺得人眼都睁不开。战士们都知道，这是我们威力强大的火箭炮参加了战斗。在前沿的步兵们兴奋地跳起来高喊："太好了，我们的大家伙发言了。"在前沿阵地上，还有什么能比亲眼看到敌人的惨败而使人痛快和满足的呢!

当我们的炮火逐渐停息时，步兵同志们正在抢修那些坍塌的工事，以防敌人再来反扑。我从望远镜中瞭望，敌人的主峰阵地883.7已成为我们炮火轰击的目标了。

# 24. 无名高地上的争夺战

北汉江以东，边岩洞附近的无名高地上的争夺战，整天都在激烈地进行着。在这座小山岭上，是这一带战线上敌我小部队争夺的一个焦点。从去年12月以来，敌人侵占了这座山岭之后，我部曾六次攻下这个山头，每次都全歼守山的敌人，但我部没有坚守这个高地，以便于消灭敌人的有生力量。

今年4月1日我部又第七次攻占了这个山头。占领了敌人二三月间修筑的坑道，接着就在山上开展了与敌人激烈的争夺战。7日拂晓，敌人用猛烈的炮火袭击了这个山头。随后，有两个连的敌人开始向山头上冲锋，但他们刚接近山顶，就遭到我部山炮一连炮火猛烈的轰击，其中敌人仍然有一个排的兵力绕道爬到前沿30米时，遭到我步兵轻重机枪和手榴弹的袭击，被我打死打伤80多名，而败退下阵去。

上午10点多钟，我连前沿观测所报告，约有一个连的敌人，在南边一公里处的一个树林中集合。我连的山炮立刻进行了猛烈的袭击。树林燃起了大火。经观测员观察，只有七个人逃出树林，大部分敌人被消灭。中午敌人有100多武装人员向山头猛扑，我前沿的步兵一面沉着应战，一面用信号弹指挥我炮火袭击敌人。敌人攻到哪里，我连炮火就跟着打向哪里。敌人在攻占南端的阵地时，我连的山炮就立刻组织数层火网，把敌人进攻和逃跑的路线前后完全堵住，然后我们的步兵就从侧面猛冲过去，把一个连的敌人大部歼灭。仅这个白天就消灭敌人650多人，遗弃在阵地上的死尸有200多具。

敌人在白天的强攻，遭到我部炮火的猛烈袭击而败下阵来，但他们不甘心失败，又组织敌人夜间来偷袭。当敌人偷偷爬上山顶时，突然从后边升起一串信号弹，当信号弹的光亮还没有熄灭时，我连的山炮发射的炮弹就飞到山顶上，把敌人炸得粉身碎骨，狼狈逃窜。当炮火向纵深延伸时，我步兵趁机发起了猛虎般的冲锋，将败退下来的敌人追出一里多路消灭干净。

现在，我以文教抢救伤员的时机，站在争夺的阵地上观察，再也分辨不出来哪里是交通沟、地堡，哪里是射击掩体，所见到的只是炮弹炸碎的岩石块，劈烂的敌人盖地堡的枕木，翘出地面的扭曲的工字钢，裂了口的沙袋，像乱麻似的缠成一团的铁丝网，断残的美式枪支和小炮，开了窟窿的钢盔，断了带子的大皮鞋，烧焦了的雨布，打了洞的美国水壶和挎包，更多的是那些残缺不全的，丑态毕露的敌人尸体。在这里我们消灭了500多敌人，在这里也洒下了我们多少战友的鲜血啊！

我部的战士们在争夺战斗中，表现出了高度的英勇顽强的精神。坚守在南山坡上的战士们，他们利用敌人的坑道，巧妙地抗击着敌人，曾打退敌人10多次的冲锋，消灭了150名敌人。副排长白国亮双腿被敌人投入坑道中的手榴弹炸伤，仍坚持着指挥战斗。后来坚持坑道的战士们大部分负伤。这时18岁的卫生员雷志荣，他的身体既单薄又瘦弱，可是他的性格却异常活泼，唱起歌来清脆动听。他过去只在过年时放过爆竹，现在却要在猛烈的炮火中冲锋陷阵。当敌人向阵地进行反扑时，他就像小老虎似的，一个人打退了敌人七次冲锋。他被炮火炸起的石头打昏了，但当负伤的战友把他救醒后，他马上对大家说："胜利一定属于我们的，我们的部队一定会反击过来的！"

这时我们的炮弹划空而过，在小无名高地前敌人冲锋的道路上爆炸了。这一下子，无名高地前，真正成了敌人的坟墓啦！炮弹猛砸着敌人，那些好不容易窜到我前沿的敌人，已经是连不成连、排不成排，他们杂乱的像无头的苍蝇般乱窜。我全体受伤的战士，在副排长白国亮的组织下，顽强地抗击着爬上来的敌人，使我们的后续增援的部队，顺利地将敌人反击下去，获得了小无名高地争夺战的完全胜利。

# 25. 多管火箭炮初显神威

在我们的973阵地前沿，敌人连续进行多次反扑，都遭到了我炮兵的袭击及前沿勇士们用机枪和手榴弹的杀伤，而败下阵来。在很长的一段时间内，敌人再没有敢组织来犯，在我们的步话机中，可以听到敌人连续通话的声音，根据敌情，我们判断，敌人将会有大规模的反扑。我们要做好阻击的一切准备。

果然不出所料，观测员从前线打来电话报告："敌人从后方开来5辆大卡车，每辆车上都装满步兵，正向着我们阵地开进！"武团长厉声问道："你看清楚了吗？"观测员王勇回答道："完全确实！"武团长兴奋地把手一挥，自言自语地说："让他们见鬼去吧！"然后就打电话向师指挥部王师长报告了刚发现的新情况。王师长首先肯定了这个事实，然后告诉武团长，可以让"喀秋莎"小姐参加你们的这次行动！在团指挥所的人员，得知这一振奋人心的消息后，都非常激动，我们马上都挤向瞭望孔，观看着公路上的动静。

从望远镜中看到真实的5辆大卡车，每辆大卡车上装有40多个匪兵，约有两个连的兵力，沿着公路开过来，前三辆车已经开到山前停下，匪兵们已从车上跳下来时，武团长说："让他们靠近些好打！"正说着，猛然听到一阵骇人的声浪从天空滚过来。这声音说雷不是雷，说炮不像炮，只是听到呼噜噜地从天空中压下来，越响越沉重。

声浪过后就听到观测员又报告道："前三辆汽车轰然起火，跳下来的敌人全都被炸死了。"紧接着观测员又报告道："后两辆汽车要掉头准备逃跑！"武团长回答说："跑不了它。"马上又发出了指令。只一会工夫，多管火箭炮又开了火。刹那之间，观测员又在电话中报告道："最后两辆汽车也起了火。"车上的满车敌人全部轰隆一声，燃烧起来，变成了一片火海，全部敌人化为灰烬，驾驶员也滚出了驾驶台，成了火球。不到两分钟的时间，师指挥部王师长来电话说："刚才多管火箭炮就消灭了敌人200多人。"同时我们又从报话机中，收到许多敌人从步话机中互相指责、埋怨、叫骂的声音。我们听到这些后都非常高兴。有的同志说："我们的多管火箭炮只对敌人做个初试，就把敌人吓成了这个样子，如果它大显神威，就叫美李匪军去发抖吧！"

# 26. 周恩来总理亲自动手为志愿军炒面

在抗美援朝时期，由于朝鲜志愿军需要大量炒面，东北的生产能量又很有限，因而造成很大的缺口，周恩来总理得知此事后，立即指示政务院向东北、华北、中南、西南各省布置发动群众，家家户户都炒炒面。

周恩来总理还亲自到北京市的一些机关视察炒炒面的生产情况，亲自与机关的同志一起动手炒炒面。周总理左臂曾负过伤，炒面单靠右臂用力，脸上的汗珠直往下流。一位女同志上前抢他手中的铲子，说："总理不要累坏了身体。"总理说："不要紧，我们在国内受点苦，这算不了什么，志愿军在前线很艰苦，要把炒面做好了给他们当干粮，支援他们打胜仗啊！"

在周总理的带动下，中央党、政、军领导人都在繁忙的工作中抽出时间，亲自同北京市的一些机关干部和人民群众一起来炒炒面。

周总理亲自动手为志愿军炒炒面的消息传到朝鲜前线，给志愿军广大指战员以极大的鼓舞。炒面伴随着志愿军指战员浴血奋战，打了许多胜仗。战士们感激炒面解决了大困难，喊出了"为祖国人民立功！"的口号，以报答祖国人民的关心。在炒面运输的过程中，志愿军后勤人员冒着敌机轰炸、封锁交通的重重困难，拼命保护志愿军的口粮，留下了许多可歌可泣的动人事迹。

# 27. 在前沿炮兵指挥所

在这条只有30米长的坑道中，从里到外挤满了人，如果有人要外出解小便，不是踩到别人的脚，就是扑跌到别人身上，挤了半天才能出去。

我们在坑道的顶柱上安装了三部电话机，一部是通往一炮和二炮的，另一部是通往前沿观测所的，还有一部是通往团指挥部的。电话班长王勇将三部电话接通后，我们在前沿的炮兵指挥所就算建成了，只等上级发布开炮的命令。

在坑道里的人们，有的整理着干粮和弹药箱，有的斜躺着身子养养精神，准备迎接今晚的战斗。

在8点钟时，这是我连两门炮分别对敌人的地堡进行破坏性的射击的规定时间，到处是我炮射击的出口声和从阵地上传来的爆炸声。这时，我在想：“这回让美李匪军尝尝我们志愿军炮火的厉害吧！”忽然有人说：“咱们这一门炮一打，敌人还以为我们就只有一门炮呢，一会叫他们一门一门的数吧。”引得同志们哈哈大笑。

现在8点50分了，大家都紧张起来，有的人在看表，并互相对表，突然金城一带，我军的炮兵轰轰隆隆的急袭起来。我们知道这是友军开始轰击了，他们进攻的时间规定比我们早五分钟，这就是再过五分钟，我们也要狠狠地揍敌人了。

轰！轰！榴炮弹首先打破了周围的沉寂，这时，指挥排长杜永森接到团指挥部开炮的命令。杜排长在话筒中大声喊：“一炮，三炮，预备——放！”霎时间，我们所有的榴弹炮、野炮、山炮以及前沿的各种步兵炮，全部开始了对敌人阵地的猛烈的轰击，整个敌人的阵地像山崩地裂，在前沿的步枪、机枪声以及一切的声音，全被雷鸣似的炮声所淹没了。我们只能看见对面人的嘴角在张动，但却听不见对方在说什么，耳朵都被震聋了似的，只能听见一片轰隆声。

在规定的15分钟射击后，所有的炮火转移向后延伸射击时，步兵连的勇士们像离弦的箭头，猛烈地冲上了敌人的阵地，正与敌人在工事中进行交战，或抓俘虏的格斗呢！

这时，团指挥部来电话通知，炮兵暂停射击。但我们还要待命准备着，不能放松通过一天一夜坚持着紧张的准备和战斗，每个人都疲劳极了，现在半躺半坐地倚在坑道的墙壁上打起瞌睡来。战斗虽然暂时结束了，但我们的工作都还在继续着。这时，我替电话班长王勇看守三部电话机，让他休息一会。这时，我接到团指挥部来电话通知说：“这次战斗获得了很大的胜利，仅我们的正面就占领了敌人六个阵地，缴获了各种大炮30门，坦克3辆，汽车50多辆，各种武器装备有一大批，俘虏敌人200多名。”政治指导员石长安听到这些喜讯后，立刻让我打电话把喜讯通知各炮上的同志们，让他们也高兴高兴！

在坑道里的人们闻讯后，都兴奋地跳了起来，唱了起来，被胜利的消息激动地忘记了一天一夜的疲劳，像过年一样热闹。

# 28. 反“绞杀战”的战况

在清川江新安州铁路大桥上，一列满载军衣、粮食的火车，正疾驰而过，突然飞来了十几架美军轰炸机，“轰隆、轰隆……”一阵狂轰滥炸。浓烈的硝烟过后，大铁桥被拦腰炸断了三四节，一辆军列翻倒在路旁，军衣、炒面、高粱米抛撒一地。这就是美军进行的“空中封锁交通线战役”的“绞杀战”的一幕。

美军施行“绞杀战”的具体做法是，在横贯朝鲜半岛的腰部划定一个阻滞地带，以绝大部分空军B-28、B-29型大飞机和海军航空兵飞机，进行长时间毁灭性的轰炸，切断我志愿军后方交通干线，破坏志愿军向前方运送粮食和弹药，窒息我军的作战力量。因此，敌人的“绞杀战”又称为“阻隔战”“窒息战”。破坏志愿军和朝鲜人民军向前方运送战备物资。为此我军要进行坚决的反击“绞杀战”！

在现代化战争中，后勤保障的程度，对决定战争的胜负有着十分重要的意义。志愿军入朝参战后，所需的装备基本上不能取之于敌，所需的给养也不能取之于当地之民。几十万出国大军的作战和生活需求，全部都要由国内供应。正因为如此，侵朝美军依仗其空中优势，对志愿军和人民军后方战略要地、军事设施及交通运输线，进行狂轰滥炸的破坏，以阻止志愿军后勤供应，就成为其战略组成部分，并随着战争的发展一再加强。至1951年7月，美国空军投入朝鲜战场的兵力增加到24个大队又10个中队，拥有各类飞机1700多架，其中包括美军当时最先进的F-86型喷气式战斗机，以及可载千磅炸弹的B-28、B-29型战略轰炸机。

在朝鲜停战谈判刚开始时，侵朝美军就着手制定了空中封锁交通干线战役的“绞杀战计划”。“联合国军”李奇微对其空军首脑——美国远东空军司令奥托·威兰下令：“给我狠狠地炸，在此谈判期间，应采取行动充分发挥空中力量的全部能力，取得最大的效果，来惩罚在朝鲜任何地方的敌人。”威兰踌躇满志地说：“铁路运输系统对敌军具有至高无上的重要性，我们计划以90天左右的时间摧毁它，使其陷于完全停顿的地步。”在威兰的策划下，美军决定动用大部分轰炸机和全部战略轰炸机，封锁交通干线作为首要任务，并计划从8月份开始，出动80%以上的飞机，以平均每天32架到64架的编队多次出动，不分昼夜地轰炸志愿军后方铁路、公路、桥梁和人员物资车辆。

面对美军的“绞杀战”，志愿军和朝鲜人民军，不分前方和后方，不分白天和夜间，战斗部队和后勤机关、战士、铁路员工，都奋不顾身地投入了战斗，表现了高度的英雄主义和革命乐观主义精神。彭德怀司令员说：“这是破坏与反破坏，绞杀战与反绞杀战的残酷斗争。”他号召志愿军铁道部队、工程部队、运输部队、公安部队、高射炮兵、航空兵和兵站仓库、医院诸兵种联合作战，与敌人针锋相对地打一场大规模的反“空中封锁”的战役。

为了扭转后方运输和物资供应的被动局面，志愿军后方部队集中力量开展了反“绞杀战”的斗争。主要措施是：将当时掩护运输的高射炮兵，集中保卫重点桥梁；铁道兵采取各种技术手段，集中兵力重点抢修大同江、清川江和沸流江上被破坏的铁路桥梁；工程兵、汽车运输部队和装甲部队在桥梁、线路被破坏的地点组织槽渡或实施分段倒运，使各线路有机地连接起来，以保持向前线运输战略物资不中断。

朝鲜北部的新安州、西浦、价川铁路的“三角地区”是整个朝鲜北方铁路和公路运输枢纽和咽喉。志愿军后勤部门的运输车辆昼夜不停地从这里通过，大批军用物资给养源源不断地运往前线。因此，9月份，美国空军把轰炸的重点转移到这里。平均每天出动飞机5批100余架次，集中对京义线渔坡至新安州段和满浦线顺川至价川段进行轰炸，并逐步压缩范围。到11月，将轰炸范围收缩在肃川至万城间的“317”至“318”一公里地段和龙源里至泉洞间“29”公里处的一个连接点上，企图在一线、两点上造成深度破坏，使志愿军和朝鲜人民军无法修复，从而达到切断向前线运输供应战略物资的目的。

在“三角地区”的几段路仅长180公里，被敌机炸的几段长为73.5公里，遭受敌机的破坏达2600多处次，占朝鲜北部铁路被破坏处的45%以上。从9月到12月的4个月中，美机在这一地区投弹3.8万余枚，平均每两米即中弹一枚。此外，还在价川到顶川投放许多500公斤重的定时炸弹，入土深度竟达4米至5米。

按照威兰司令“要摧毁敌军所有公路交通和每条线路上的每一辆卡车”的指示，美军空军在频繁轰炸志愿军的铁路交通枢纽的同时，对公路线及运输车辆也加紧袭扰。白天以战斗轰炸机扫射躲避的车辆和囤积物资，在重要线路上投掷定时炸弹和一触即爆的蝴蝶弹，阻止我车辆通行；夜间在公路上投放照明弹，用轻型轰炸机区分搜寻目标，跟踪追击，以便达到切断公路向前方运输供应的目的。

美军的“绞杀战”对志愿军后勤补给造成了极大的困难。9月，志愿军后方部队采取了一系列措施，开始转入全力进行反“绞杀战”的斗争。中国年轻的志愿军空军，在实战的基础上，9月下旬，奉命正式投入作战，到12月底，共出动5个师飞机3526架次，击落敌机70架，击伤25架。9月25日，志愿军空四师首次与美112架战斗机和战斗轰炸机编成的庞大机群作战，中国雏鹰刘涌新首创了志愿军用米格-15击落F-86的纪录。继9月25日空战后，英雄的志愿军空军又连续两天同美军大机群激战，一次比一次规模大，一场比一场战果显著。美第五航空队哀叹：“这三天战斗是历史上最长、最大的喷气机战役，显示了共产党的飞机与飞行技术的明显改进。”“敌人的战斗轰炸机除了扔掉炸弹，四散逃命之外，别无其他办法。”到了10月中旬，美军被迫作出决定：“战斗轰炸机以后不在米格走廊（米格飞机作战范围）内进行封锁交通活动，只对清川江与平壤之间地区内的铁路交通线实施攻击。”

随后，中央军委作出加强铁路及江桥方面的防空力量的决定。根据这一决定，志愿军于8月底抽调高射炮兵1个团、11个独立营和6个高射机枪连，加强原部署在铁路运输线上的高射炮兵部队，在铁路线上组成四个防空区，到11月底，采取了“集中兵力，重点保卫”的方针，把在朝高射炮兵部队总数70%中的三分之二兵力配置在“三角地区”。为了统一指挥作战，12月成立了铁道高射炮兵指挥所。随着志愿军防空力量的加强，仅12月击落、击伤敌机106架，其中仅高炮英雄阎舒魁的一门炮，就击落敌机6架，击伤12架，对保护目标安全起了很大作用。

由于采取了一系列有力的措施，志愿军和人民军的后方交通运输状况得到了大大的改善。1952年5月，志愿军和人民军超额完成了上半年的运输任务，并提前完成了朝鲜政府的物资运输和接运救济粮的任务。1月至6月，志愿军共击落、击伤敌机1025架。4月间，美战斗轰炸机实力降到了最低点。已无力对志愿军铁路两头同时进行“饱和轰炸”，而只能轰炸清川江以北的一头了。6月下旬，美军被迫放弃了“绞杀战”，将其轰炸重点转移到电站、工厂、矿山、重要城镇和志愿军、朝鲜人民军防御正面80公里纵深的目标。志愿军和人民军同美军航空兵斗争的重点，也随之转移到正面战线。

至此，侵朝美军及联合国军的“绞杀战”被粉碎。志愿军和人民军在10月的反“绞杀战”斗争中，建立了“打不断、炸不烂的钢铁运输线”，基本上解决了作战物资的补给问题，取得了战略上的一个重大胜利。

1952年5月31日在汉城，范佛里特面对数百名记者，无奈地承认：“虽然联合国军的空军和海军尽了一切力量，企图阻断共产党的供应，然而共产党仍然以难以令人置信的顽强毅力，把物资送到前线，创造出惊人的奇迹。”此番话顿时引来多数记者的追问。

# 29. 在朝鲜战场上过春节

1952年春节前夕，在朝鲜战场上，我部奉命阻击美七师的进攻。我连被派往铁原以西地区856的一座高山上，占据有利地形，挖交通壕，修筑防御工事，以准备迎击美七师的进犯。此时，已是腊月二十九，气温在零下30多摄氏度，严寒刺骨，滴水成冰，鹅毛大雪下个不停，地上的积雪已达一米多深。

我连经过铁原反击战三天三夜的浴血奋战，我山炮一连在步兵二营的配合下，打退了敌人两个连兵力的四次进攻，在阵地前沿的一片树林中被我炮火杀伤的敌人血肉横飞，死尸成堆，只有少数残余的敌人抱头逃窜，已溃不成军。被我步兵连步机枪、手榴弹的堵截追杀，已全部将其消灭。由于天寒地冻，大雪封山，气温在零下30多摄氏度。为此，美军再未敢发动新的进攻。

这时，我们全连的指战员都坚持在阵地上的交通沟和猫耳洞内，时刻都在准备着战斗。可是人的体力也是有限的，现在每个战士身上只穿着一件薄棉衣，难以抵挡零下30多摄氏度的严寒侵袭，有的体弱有病的指战员，已感冒发烧，躺倒在战壕中。这时，人的疲劳已达到难以忍受的程度。可是，在这个关键时刻，炒面供应不上，整个连队处于饥饿的断粮状态。此时，大雪封山，道路被堵，汽车难以通行。再加上美军的飞机对我军主要道路实行惨无人道的“绞杀战”，桥梁被炸断，道路遭到严重的破坏，我军前线部队处于极其艰难险恶的境地。

此时，正值新春佳节，我连已经断粮四五天。在前沿阵地坚守的一排长温亚东率领部分战士，在林带里一米多深的积雪下，搜集柳树叶、榆树叶供战士们充饥。全连指战员在一夜之间吃掉了自己腰间的皮带。八班战士吃掉了缴获敌人的两双皮靴，我连全体指战员200多人，处于饥寒交迫的状态……

在此种情况下，张连长派一个班的10名战士，在班长高军的带领下，下山接应送粮的后勤部队。可是，他们下山已经三天了，仍然没有回音，把全连战士都快要急疯了。政治指导员石长安主持召开了党支委扩大的紧急会议，号召全连指战员团结起来，咬紧牙关，共同渡过断粮的难关。这时，有一个名叫姜伯川的身高体壮，他饿得实在受不住了，他说：“这样活着受罪，还不如死了算了。”他的言行未引起本班同志们及领导上的重视。在夜间他用手榴弹自我爆炸身亡。引起了连党支部领导的警觉！要求班排干部都要做好断粮期间战士的政治思想工作，以防类似事件的再次发生。

在敌我双方均处于大雪封山、严寒袭人的僵持状态下，如果此时敌人发动突然袭击，后果则不堪设想！幸好，被派出的一个班的战士在夜间扛回来五袋炒面，解决了全连的燃眉之急。

后来，师指挥部为了摸清美七师的动态，派侦察参谋王树群带领侦察小分队，趁着夜色摸到敌人阵地的前沿，发现三名哨兵躲在鸭绒被袋中御寒，便将他们捉住带了回来。经过审讯，他们交代对方上上下下都在防寒保暖，没有向我方阵地进攻的打算。

上级得知前线断粮这个消息后，让铁道兵部队派出一个营的兵力，肩扛人挑，昼夜兼程地向前线阵地运送粮食和弹药。为此，我连全体指战员在朝鲜战场上，度过了一个令人永生难忘的春节。

# 30. 山炮的神威

5月，在抗美援朝的战争中，美军及“联合国军队”，在战场上吃了败仗，他们妄想在朝鲜开城板门店谈判桌上，耍花招占便宜，美军的代表竟然狂妄地提出了强迫扣留我方战俘的建议，遭到我方代表驳斥，使举世瞩目的停战谈判，又陷入了僵局。与此同时，敌人还向我阵地进行多次挑衅性的进攻，引起了我全军指战员强烈的愤慨。为了打击他们的嚣张气焰，我军部署了这次新的战斗任务，于5月16日，我山炮一连奉命配合一团二连主攻883.7敌人的阵地。举目向对面敌人的阵地上望去，883.7是高出我阵地一倍多的险恶山峰，山坡上树木茂密，杂草丛生，由于山高坡陡，易守难攻。因此，敌人把工事全部建筑在山头上。在敌我之间，由东北向西南，横着一条大山沟。这是敌我之间的自然分界线，敌我之间存在一个2500多米，山高坡陡，从我方阵地前沿到达攻击目标，需运动三四个小时，为此，上级决定，为了缩短部队接敌运动的距离，减少部队伤亡，保证战斗的胜利，采取潜伏的打法。就是在发动攻击之前，于17日把参加突击的二连全连的兵力，在夜幕降临时，秘密地运动到敌人前沿阵地的半山腰里，潜伏在树林草丛中，等到第二天晚上9点30分夜幕再降临时，在我方炮火猛烈袭击之后，突然向敌人阵地发起冲锋，夺取敌人山头上的883.7阵地。5月16日，我山炮一连将四门炮架设在我方阵地的坑道口中，可清晰地瞄准敌人的阵地工事，张连长派出前沿观测哨三人，由杨秋林班长率领，潜伏在敌人阵地的眼皮底下，随时观察敌人的动态。测绘排长杜永森测绘出敌我之间的距离及方向。二排长贾仁合令瞄准手在瞄准镜中，定好距离及方向。弹药手将炮弹引信装好火药，堆放在炮架两侧。四门山炮安装完毕，只等待命令发射。这时，我以文教的职责在我炮阵地上进行广播："我们对面的883.7高山上，盘踞着李承晚伪军，有一个营的兵力。我们要用炮火打烂他们的碉堡，消灭敌人的有生力量。为毛主席献礼！为祖国争光！"得到了战士们一致的响应，纷纷向张连长、石指导员写决心书、请战书，在炮阵地上形成了打好这一仗的热潮。

在下午2点时，前沿观测所突然报告说，从883.7敌人阵地工事里走出来三个敌人，向潜伏区方向走来，如果不把他们赶走，就会暴露我潜伏部队的目标。指挥部王团长当即通知山炮一连迅速发炮，把这三个敌人赶跑。张连长命令四门炮各发一弹，每发炮弹均落在敌人周围，吓得他们猫着腰逃入工事。

5月18日晚9点30分，这是预定的战斗发起时间。夜幕降临了，潜伏的二连指战员怀着对胜利喜悦的激情沸腾了，摩拳擦掌等待命令。上级首长从电话中向山炮一连下达命令：开炮，放！张连长命令四门炮齐放！霎时间在883.7敌人的阵地上，爆发成一片火海，把半边天都染红了，整个大地都在颤抖，望着我们山炮发挥出这样强大的神威，潜伏部队都情不自禁地叫起好来。敌人被打得晕头转向，鬼哭狼嚎，抱头逃命。炮击20分钟后向纵深延伸转移时，潜伏的二连全体指战员，以勇猛冲锋的姿态，只用15分钟就占领了敌人的883.7阵地，迅速扫清了表面的一切障碍，三排长李志刚带领全排的勇士们搜捕地道中负隅顽抗的敌人，从敌人地道宽敞的一间指挥部中就活捉李伪军联队长金斗岸等8人，在这次战斗中，共俘虏敌人125名，其中军官11名，缴获各种枪支121支，钢炮8门，取得了夺取883.7高地的全部胜利，获得了上级的通令嘉奖。

# 31. 在祖国人民赴朝慰问团到来的时候

1953年5月在抗美援朝战争中，美军及“联合国军”在前方遭到了失败后，竟然狂妄地公然违反日内瓦公约，蛮横地要扣留我方战俘。他们还蓄意破坏停战谈判，并在金城川、文登里地区，向我军阵地发动了连续的进攻。为了打击敌人的嚣张气焰，我军准备发动大规模的金城川反击战。正在这关键的时候，祖国人民赴朝慰问团的到来给我军全体指战员鼓舞了士气，增长了战斗的信心。

在夕阳的光辉照耀下，透过茂密的丛林，山坡染上了一层金色的彩霞，在参天绿树的覆盖下，热烈欢迎祖国人民赴朝慰问团大会在左侧的树林中准备召开，我连有许多战士，正在与祖国人民赴朝慰问团的亲人们热烈地交谈着，有的在打听祖国建设的情况，有的在谈论着家乡的风景人情，笑声、掌声不断地从人群中迸发出来。在我们前面一片杨树林下，人特别多，在那里摆放着四门山炮，战士们一面擦拭着炮身和炮膛，一面哼着欢快的歌曲，阳光洒在擦得锃亮的炮弹上，金光闪闪。这时慰问文工团的一名女同志，有十七八岁，名叫姗姗，她满面堆着喜悦的笑容，用双手捧着用红纸写好的两个条幅，她为一炮贴上：“让炮弹打入敌人阵地中爆炸！”她为二炮贴上：“让炮弹打入敌人的碉堡中爆炸！”引起了一阵热烈鼓掌和欢笑。慰问文工团的另一位女同志名叫娟娟，她长得与姗姗好像是双胞胎姐妹，只是高鼻梁、大眼睛，微笑着用双手也捧着两个条幅，她为三炮贴上：“让炮弹打入敌人坦克中爆炸！”同时她也为四炮贴上：“让炮弹打入敌人指挥部中爆炸！”引起了全连战士一阵的欢腾雀跃！这时文教李雨村带领大家振臂高呼：“向祖国人民学习！向祖国人民致敬！毛主席万岁！”“打击侵略者美帝国主义！”“要严惩破坏停战谈判的李承晚！”

在欢迎祖国人民慰问团大会中，分团的赵副团长授予我连一面锦旗，旗面上绣着“打击侵略者！”金光闪闪的几个大字。由政治指导员石长安代表全连受领，并授予每个指战员“抗美援朝纪念章”一枚，还有慰问品：大中华香烟、水果糖、茶缸子（茶缸子上写着“最可爱的人”）、日记本，还有一幅最珍贵的丝织手巾，上面绣着毛主席的头像等。

在欢迎大会之后，连长张顺堂宣布命令，我们一连四门山炮配属一团四连步兵，攻打敌人的据点方形山，要求我连炮兵与步兵协同作战，要严格地听从指挥，根据步兵在前沿的要求，他们指向哪里，我们的炮弹就打向哪里，不得贻误战机！政治指导石长安讲话，他说：“这次攻打敌人的阵地方形山，任务十分艰巨，步炮协同作战，要讲团结顾大局，我连的干部和广大共产党员要以身作则，在艰苦战斗中要作出表率，打好这一仗为祖国人民慰问团献礼。”

5月4日，我连将四门山炮拆卸开，用骡马驮上山，在我方阵地的两个坑道口上架设起来四门山炮，炮口对着敌人的方形山阵地，我方的阵地距敌人的阵地，直径有2000多米，瞄准手可以直接瞄准敌阵上的碉堡，指挥排长杜永森派出一个观测组三人，由张心宽率领，跟随四连步兵，在发起冲锋时，根据敌人的动态，要求炮兵及时的支援，并修正弹着点的偏差，让炮弹打入敌群中爆炸。

5月5日四连全体指战员，在连长李庆祥的率领下，于8点半出发，趁着夜幕的笼罩，迅速越过1500米的开阔地，秘密地延伸到敌人的眼皮底下。这是取得胜利的关键，也是最紧张的时刻，连长李庆祥命令各排找准冲锋的道路和突破口，隐蔽起来待命。这时团指挥所里，每个人的心情都非常紧张，但空气却异常沉寂，各项工作都在有序地进行着，报话员把受话器贴在耳朵上，参谋们都手中紧握住电话机，祖国人民赴朝慰问团的成员们，都在瞭望孔前观战，人们都在屏息地等待着，整个指挥所中形成了一片沉默，连喘气的微息声都能听得到。突然报话员打破了沉闷的空气："报告王团长，四连已经顺利到达冲锋位置，无一伤亡！"这是一个良好开端。

王团长看了看手表，这时正好是10点整，这是预定开炮的时间。王团长下达了开炮的命令，"开炮！"张连长命令四门炮："齐放！"紧接着榴弹炮、野炮、重炮一起开炮！顿时在敌人的方形山阵地上，犹如山崩地裂一样轰鸣起来，炮弹从高空中噢哩飞来，砸在方形山的主峰阵地上，爆发成烟云火海，敌人在主峰上的一面旗子也消失在烟火之中，敌人鬼哭狼嚎、横尸遍野，狼狈逃窜。炮火袭击20分钟后向纵深延伸，步兵四连在连长李庆祥的率领下，向主峰敌人阵地发起勇猛的冲锋，由于地堡残存的机枪的阻击，李连长身负重伤，副连长张军率领部队冲上主峰中弹牺牲，一排长段德志挺身而出，代理连长指挥全连部队占领了主峰阵地，迅速肃清了工事内顽抗的敌人。经过清查，俘虏敌人85人，缴获小炮6门，轻重机枪20挺，步枪、冲锋枪100余支。还有炮弹、子弹、手榴弹，战备物资一大批。

为了巩固主峰阵地，段德志动员全连紧急行动起来，在前沿阵地上挖出一条交通壕，加固掩体工事，以防敌人再来反扑。由于两部步话机全被敌人打毁，后经炮兵观测哨赶到，用他们的步话机才与指挥所取得联系。王团长听了段德志战斗情况的汇报后，赞赏了段德志同志机智、灵活、勇于担当重任的精神，并任命段德志为连长，还提出要为四连请功！

这时团指挥所的空气就沸腾起来了，兴奋活跃的交谈声、欢笑声、欢庆胜利的欢呼声，充满着指挥所的上空。这时，祖国人民赴朝慰问团分团的赵团长走过来，握着王团长的手表示祝贺这次战斗的胜利，并说："这次战斗打得非常成功！"

# 32. 患夜盲眼的遭遇

在抗美援朝的战争中，枪林弹雨中出生入死的战斗，并不可怕，最可怕的就是断粮，没有吃的，饿着肚子打仗，是最难忍的痛苦。有不少的战士一致认为："不怕在枪林弹雨中打仗，就怕饿着肚子浑身没劲心里发慌！"我们在前方打仗，炒面经常供应不上，饿着肚子打仗是常有的事。有的炒面经过暴雨淋湿、发霉变质，送到前方已发黑，吃到嘴里发苦发涩，但也毫无办法！由于常年没吃过油和肉，再加上经常打仗，身体消耗大，致使不少的指战员嘴角裂口子流血、患上夜盲眼。这对部队行军打仗造成了极大的困难。在"李奇微的狂暴行动"的策划下，美军向我军发动了大规模的向北进攻，在我们夜间组织兵力紧急反击的情况下，有的战士饿得浮肿，有的患夜盲眼跟不上队伍的前进步伐掉队，还有的战士由于体弱多病摔倒在炮弹坑中爬不起来。幸运的是石指导员指定连部的通信员李吉昌带领我行军作战，有了这个扶手和依靠，使我在思想上得到了极大的安慰。

在向上海峰进军中，夜间乌云密布，漆黑的天气，我部奋勇向山峰发起了进攻，在前进道路上的一条山沟里，桥梁已被敌人炸断，贾排长找到一棵死树干搭在桥上，即成为"独木桥"。眼睛好的战士们沿着独木桥展开双臂，可以迅速地大步窜过去，但遇到我这个夜盲眼就难过了。这时李吉昌刚扶着我走到独木桥的中间，在后边有很多部队挤着要过桥，当时我心情有些紧张，又加上眼睛看不到脚下的独木，一脚踩空，“扑通”一声摔倒在桥下，当时李吉昌和几个战士跳到桥底下，把我救了出来，衣服全被打湿透了，腰腿多了几处跌伤，弄得鼻青脸肿。这时李吉昌向我作检讨说：“都怨我未照顾好你！”我说：“这不能怪你！当时人多拥挤，是难以预料的事。”我们两人相携着慢慢地向山半腰攀登。

在一片树林里有本连的副指导员李大魁和卫生员张丕勋在一起，收容了患夜盲眼的病号10多名，进行防治。可是卫生员没有治疗此病的药物。当时听有人传说吃青蛙肉能治疗夜盲眼，于是大白天，大家分散在这条山沟里，都去捉青蛙吃。他们捉住青蛙，撕开青蛙的外皮，就生吃它的肉和肝。几天下来，有的战士吃了十几只或几十只青蛙，他们的眼睛都较快地恢复了正常的视力，高兴地主动提出回到原部队去了。后来只有体弱多病的四个战士仍留在这里等待着治疗，可是他们的手脚都不够灵活，抓不到青蛙吃。正在无望之时，上级传达来了消息，经患夜盲眼群众的实践，用山上的马尾松煮水喝，就可以有效治疗夜盲眼。这时我身上的摔伤也有所好转，在山坡上捡到一个美国兵的钢盔，把它洗干净，舀上一钢盔水，折一把马尾松枝，放入盔内水中，架在石头缝上，用干柴点燃煮两个多小时。然后每人喝半茶缸子马尾松液，连续喝了几天后，眼睛的夜盲症，竟然奇迹般的，视力完全恢复了正常。从此在我们军内因缺乏营养而造成的夜盲眼，都得到了较好的治疗。这是一项科学的新发明，应该得到国家的承认，给予专项专利的奖励。

# 33. 敌人施放的烟雾

雾，是我们炮兵射击的最大障碍，可是在朝鲜5月的天气，差不多每天都有雾。今天的雾更浓，在对面几米远的地方就看不到人。对面敌人占领的山岗上，离我们的前沿阵地，在不远的一片小松林里，都沉没在一片白茫茫的雾海之中，在几步远以外，什么也看不清。这讨厌的大雾，很可能使我们失去良好的战机，因此，杨营长连续下达命令，要观察员切实注意搜索，不要放过一个可打的目标。

7点钟左右，雾气渐渐地隐退到山谷的深处。杨营长急忙跑到观察所，拿起望远镜，当观察科湖里前沿阵地的时候，他几乎不相信自己的眼睛，一营多的敌人，已经接近了我步兵前沿的阵地，敌我相距只有20多米，步兵的指战员已经向敌人开了火，各种枪支的射击声和手榴弹的爆炸声响成一片，硝烟遮蔽着山头，战斗异常激烈。由于相距太近，我们的炮兵已无法对敌人步兵进行直接射击，只好压制敌人的炮火和火力点，支援我们的步兵反击敌人了。

敌人终于被我们的步兵打下去了。但我心里很不痛快：狡猾的敌人以晨雾做掩护，逃过了我们炮兵的眼睛，摸上了步兵的阵地，这是我们炮兵的耻辱！我们没尽到炮兵的责任。

正在这时，观察员向杨营长报告："敌人在阵地前面施放烟雾。"杨营长登上观察位置，只见敌我之间的一条山沟里，平地升起一片淡蓝色的浓烟，随风伸展，正好遮掩着敌人阵地下面的一个山脚。杨营长判断，这些又胆怯又狡猾的敌人，不是企图逃跑，就是运动兵力，不管怎么样，这一回他别想讨到一点便宜。

杨营长亲自操作炮队镜，仔细地搜索着敌情，他天真地想，要能生一双穿云透雾的眼睛多好。说也奇怪，他真的窥穿了敌人的秘密。透过烟雾飘散的空隙，他看见三三两两的敌人披着伪装，从松树林向左侧洼地运动，只见人进去，未见人从洼地里出来。很明显，敌人正在洼地里集结部队。他立刻将情况报告给了炮群指挥所，指挥所命令我营做好准备，听候命令。

杨营长继续观察着，那蓝色的烟雾忽浓忽淡，从烟雾后面跑过去的人影，已经有600多个人了。这时，各连也向杨营长报告，战斗已经准备完毕。杨营长一面焦急地等待着指挥所的命令，一面精细地数着敌人，当数到700多人的时候，指挥所传来"全营放"的口令。

杨营长马上大声喊着："全营放！"转瞬间，全营的野炮、榴弹炮、迫击炮以及火箭炮都咆哮起来，千百发炮弹直向小洼地倾泻，炮弹爆炸的火光和那滚滚的硝烟，吞蚀了敌人淡蓝色的烟雾。

从炮队镜里杨营长清楚地看到，遭受我炮火突然袭击的敌人，乱成了一团，慌慌张张向松树林里逃命。丢下的尸体，像割倒在田里的庄稼一样，一大片一大片地铺满了洼地，仅从一个烟雾稀薄的地方看来，就有150多具尸体。敌人没想到他们企图用来反扑的最后兵力，在他们施放的"烟雾"里，永远在小洼地上"集结"住了。敌人不管他们是施放的"晨雾"还是施放的"烟幕"，都不能挽救他们灭亡的命运。

# 34. 记夺取281.2高地的战斗

今天团指挥所突然热闹起来，用子弹箱摆成的桌案上摊满了地图，电话员忙着进出试线，上级机关派来的科长、参谋和军报记者都满头大汗地赶到了现场。

我们团今天晚上要攻打李伪军盘踞的281.2高地，大家都焦急地等待着攻击的时间。但是，今天太阳好像落得特别慢，总是等不到天黑。有一阵子照在坑道口上的太阳不见了，我急忙跑出去看时，却见天空中黑云从四面八方赶拢密布，一刹那，狂风暴雨笼罩在瓢泼大雨之中。

天逐渐黑了，担任主攻的六连部队冒着风雨向冲锋出发地运动，这时，孙斌团长与各营指挥员、炮群指挥员一再的对表。我们怀着激动的心情等待着六连部队安全地到达冲锋出发地的报告。好容易等到9点整，距离发起攻击的时间还有30分钟，仍然听不到六连的消息。忽然步话机员报告："与六连攻击部队失去了联系。"

这可是个意外的情况！我紧盯着表，9点5分、10分、20分……还是没联系上。

团长宣布着时间："9点25分。"

炮群指挥员复诵："9点25分。"

“9点26分。”团长紧锁着眉头。

“9点26分。”炮群指挥员复诵。

“9点27分，炮弹上膛！”炮群指挥员发出了命令，紧接着电话中传来各炮队射击准备完毕的口令。离开炮的时间只有两分钟了。但是，六连仍然没有联络上。团长的脸绷得像铁板，坑道里的空气也像凝固了似的。

在这焦心的一刻，我们反复考虑多少次，根据时间、地形和攻击部队战前充分准备的情况来看，是不可能发生什么特殊的意外情况的，而一般的困难是绝不会阻止我们部队前进的。特别是我们今天的战斗，是在上级统一指挥之下同时攻击许多个点中的一部分，如果我们这里不按时发起进攻，就会影响整个作战计划的进行，准时开炮。但我们还希望着在炮击前一分钟内，能联络上六连突击部队。这时候又嫌时间走得太快了，终于最后的一分钟也过去了一半多。团长一向是这样，事情一旦决定下来，无论遇到多大的险阻，他也是镇静的。这时候，只听他安定的声音：“20秒、10秒、5秒，9点30分，时间到！”

“开炮！”炮群指挥员紧接着喊道。

半空中突然像滚过暴雷，我们的坑道也被震得嗡嗡响起来。我跑进观察所朝南望去，281.2山头上升起了猛烈的火焰，西边石岩洞也一片火海，东边394.8高地上在夜间挂满了照明弹，我们正面的整个前沿阵地上都燃烧起来了。5分钟的炮火袭击之后，炮火准时向敌后延伸，这才是最紧张要命的时刻！在指挥所坑道里静得没有一点声音，我听到后面有人喘着粗气。是啊，考验指挥员的判断和决心有无差错、能不能抓住胜利的战机，在这个时候。如果我们攻击部队没有发生意外，现在就该……简直弄不清时间过去了多久，忽然，从敌人阵地上传来激烈的手榴弹声，夹杂着我们十分耳熟的连珠般的冲锋枪声。

“上去了！”谁在旁边兴奋地喊了一声。我看见团长吁了一口长气，掏出手帕擦掉额头上的汗珠。看看表，才10分钟。这10分钟真比10年还难熬啊！坑道里顿时活跃起来了。观察所报告：“敌人向自己的主峰阵地打空爆炸弹。”窃听组报告：“主峰上敌人乱成一团，已经顾不得使用暗语，向他的上级嚎叫着：‘共军已经冲上来了，快快增援！’……”

10分钟后，指挥所更振奋了，我们终于和六连攻击部队取得了联络。原来我们所作的判断无一差错，六连在接敌运动中，受暴风雨袭击，步话机临时发生了故障，在失去联络的情况下，他们仍然按时到达了攻击位置，按时发起了冲锋，勇猛地攻占了281.2敌人的主峰阵地。

# 35. 在敌阵山腰里的坑道

敌人占据883.7高地后，对我部威胁很大，为了监视敌人的活动，我部派出了一个小分队，在敌人阵地底下的山腰里，修建一条坑道。为了掩人耳目，在打坑道中，尽量降低响声，在用铁锤打铁杆时，在铁杆上垫上胶皮，在用炸药爆炸时，就与炮兵联系，利用在向敌阵地发炮时，放炮炸石方，以免敌人发现。

这个坑道不大，只有60米长，洞口高宽只有一米多，口上一个交通壕也只能走一个人，但它却是埋在敌人心窝里的一个定时炸弹。打防御战的时候，这里随时给敌人准备好连续打击的兵力和弹药。打反击战的时候，这里是埋在敌人心脏的一个炸药包。

现在敌人拼命想夺回已失守的山北阵地，兄弟连队已在山上激战了两天三夜，我们山炮连派出一个指挥排，乘夜间向这里运动，准备在阵地前沿设置一个炮兵观测所。在接敌运动的路上，敌人的炮弹迎头爆炸，天上的暴雨下个不停，在弹坑里的泥水中走，经常滑倒。不知滑了多少跤才爬到半山坡。在我前面的一个同志停下来，悄声地说："到了！"我怀着一颗好奇的心，想看一下这个坑道距离敌阵的山头有多远。趁着指挥排进入坑道的间隙，我站在坑道口的交通壕里，向上望去。山头上弥漫着一股浓烟，啥也看不清，但从枪炮声的距离来推测，距离山头的敌阵约有100多米，如果我们从这里出发，只要一个跑步冲刺，就可以与敌人交上手了。

在进入坑道时，就有一股热气扑面而来，里面闪烁着隐约的灯光。我弯着腰爬进坑道里，洞子里挤满了人，每个人都背靠着墙，膝盖抵着膝盖地对面坐着，简直伸不进脚。一个同志见我迟疑的样子，笑着对我说："李文教，往里走吧！"说着便拍了拍膝盖说："这不是路吗？"于是，我就从七八十个人腿上爬到了尽头。里面堆放着弹药箱和炒面袋，挤得满满的，我就挤在一个炒面袋旁，既抬不起头，也直不起腰，闷得我直流汗。听到敌人的炮弹打在坑道顶上，像擂鼓一样，震得人难受。

这时王连长规定在坑道内不准抽烟，又让大家再挤紧一些，说还有后续部队要进来。若在平时，早就忍耐不住了，可是现在大家都在有说有笑的，讨论着今天在敌人眼皮底下屯兵的故事。有一个战士说："我们的这个坑道，像是给敌人的心脏上挂一个地雷，他想扒又扒不掉，他想吃又吃不着！"引起大家一阵哄笑！在天快亮的时候，石指导员接到指挥部的电话，他大声喊道："杜永森排长，命令观测班到前沿阵地去设观测所！"杜排长只响亮地答了一声"是"。他扒开拦路的腿脚，率领观测班挤出了坑道。他们飞快地向山顶冲去，像是憋了一夜的劲头，全部使出来了。

这时，阵地上又补充了生力军，迎敌的枪炮声越来越紧了，王连长接到前沿的电话，说要向前沿运送10箱手榴弹，步兵两个排，全排几十双手，都举了起来，一片声地叫着："报告，我去！"任务交给三班、四班的同志，他们兴奋地扛着手榴弹箱钻出坑道，冒着敌人炮火冲了出去。

在天黑时，兄弟的步兵连为配合大部队攻占主峰883.7敌人的阵地，都准备投入战斗。由于我部的榴弹炮、野炮、山炮一齐发射，经过20分钟猛烈的轰击，将敌人高地上的工事全部摧毁。从敌人阵地山腰里的坑道中冲出两个排的步兵，只用了五分钟的时间就占领了主峰883.7阵地，并恢复了失去的方形山阵地，活捉了俘虏70多人，缴获了一大批枪支武器及战略物资等。

在敌人山腰里的坑道，起到了关键性的突击作用。

# 36. 在反击826高地上的战斗

我们的文训队，是由师宣传科直接领导的。张凯镇科长在百忙中找我谈话，他了解我是军政大学毕业的，有较好的写作水平，于是交给我一项重要任务——调我去当一名《前线报》随军战地记者，跟随穿插部队，把战斗胜利的消息和在战斗中涌现出来的英雄、模范人物的事迹，及时写成通讯报道、新闻稿件，迅速通过报纸和电台传播出去，以便鼓舞我军的战斗士气。我临危受命，表示郑重地接受这个神圣的任务。这虽然不是和战士们一起直接参加与敌人的交手战，可是跟着连队总算参加直接的战斗啦！我只简单地准备一下，带上所需用的纸笔，就急匆匆地向前沿阵地奔去，寻找到向敌人阵地穿插的三团四连的步兵，跟随他们冒着敌人炮火插入敌人的阵地中去！在主峰的山崖下一片树林中潜伏起来，等待夜幕降临后，9点30分，我方炮火向主峰阵地发起猛烈的轰击后，向敌人纵深延伸时，按照指挥部的指令，四连在朱连长的率领下，待命向主阵地发起冲锋！

在通往前沿阵地的路上，从表面上看是一片平静，可是只要注意仔细观察，那些隐蔽在交通壕里的人员，都在忙碌着，有的在整理电话线路，有的在向前沿阵地运送弹药和炒面，有的坐在工事里养精蓄锐，准备向敌人阵地发起冲锋。到处都是大战前忙碌的气氛。看到这些情景，真是让人心中感到非常兴奋呀！

穿插部队都隐蔽在交通沟里，有的躺着，有的背靠背坐着，在他们的脸上都露出了兴奋和焦急的神色。有的同志在不断地询问着时间。有一个战士急躁地说："老天爷你快些天黑吧！"另一个战士却说："你急什么？你看我去睡上一觉！"说着便向后一仰，就闭上了眼睛。可是还没过两分钟，又急得坐起来说："还是抽支烟吧！"

有一个战士经过我身旁时，披挂得很特殊，仔细看，原来他除了全副武装以外，还把自己的上衣后襟折上去，缝成一个大手榴弹袋，里边满满地装着手榴弹和手雷。我不由得有些惊讶！他这一身该有多重呀！我问他："你带了多少颗手榴弹？"他说："十五颗！""按规定带多少？"他说："六颗手榴弹和一颗手雷。""那你为什么带那么多？"他说："这次战斗不同寻常！我们要插到敌人的心脏里去打仗，要把战线向南推得很远，不能依靠着运输人员来送弹药，我们开过诸葛亮会，研究出这个办法，不只我一个人这么带，你看！"我随着他的手一看，可不是吗，全班的同志都是这样装备的。

这个战士很健谈，经了解，他是四川遂宁县人，是我们部队入朝时招收的那批兵源。他叫赵光腚，是个孤儿，小的时候经常光着腚，因此，人们都叫他赵光腚，是吃百家饭长大的，17岁参了军。通过交谈他已经成为我的好朋友了。当话头一接，聊到这次战斗的时候，他的劲头更足了，凑到我跟前说："上级把任务一交给我们连，真让人高兴呀！你想想我们守2号阵地的时候，敌人的阵地比我们的阵地高出一倍多，敌人仗着地势高，每天向我们的阵地上打几百发炮弹，真让人窝火呀！我连几次向上级要求干掉它！可是都没有批准。这次你看我们不仅要干掉它，还要像理发员推头一样，向南推进呢！"他说着做个向南推进的手势，高兴得手舞足蹈。

天黑下来了，果然大地在震动，时针已指向9点30分，我们所有的大炮都怒吼起来，只觉得像山崩地裂一般在颤抖。由于长期的战斗生活，使我养成一种本领，只要炮弹从头顶上空飞过，我就能够分辨出来是什么口径的炮，弹着点距我能有多远，是否需要防避。可是今天不灵了，由于火炮太多，只能听到呼呼地像刮台风一样，天空映成了火红色。突然我的肩膀被拍了一掌，回头一看，是武指导员对着我笑，他张大了嘴巴，我也听不到他说的话。

这时我们的部队都抖擞着精神，按照排列的次序站着，挺着胸、昂着头、威武雄壮的。在滂沱大雨中，紧盯着我们炮弹爆炸的敌阵，等待着冲锋的命令！看啊！我们的这支穿插冲锋部队，多么像一支搭在弦上的箭啊！只要一撒手，它就会立刻穿进敌人的心脏。

我们的大炮急袭20分钟，把826敌人阵地上的碉堡全部摧毁了，炮火向纵深转移。正在这时，高空中升起三颗红色信号弹，朱连长率领全连的勇士们，以勇猛的动作，只用了15分钟就冲上了主峰阵地，迅速打扫了战场，只用了20分钟就结束了地面上的战斗。只有二排在一条坑道中，与负隅顽抗的敌人还进行着战斗。据一个俘虏交代，坑道中敌人有很多，三班长罗广德一伸手就投进两颗手榴弹，炸倒了几个敌人，然后向里喊话："腰包！缴枪投降不杀！"可是敌人仍然不投降。高珠排长气坏了，随手扔进去两颗手雷，两声巨响后，这时里边哇哇乱叫，没用喊话，敌人就举手投降了，连续出来15名俘虏。这时各排都带着俘虏在顶峰上会合，共俘虏敌人85名，缴获机枪12挺、步枪135支、子弹一大批、小炮8门。

朱连长用报话机将这个喜信报告给武团长，武团长兴奋地说："你们连这一仗打得好，打出了我们团的威风！要尽快做好打击敌人反扑的准备。同时，要让后续部队接替你连的阵地，你连可以腾出手来，继续向前推进！"

# 37. 在反击738高地上的争夺战

这几天刊登前线战斗的报纸，已成为大家关心的焦点新闻，美国纵容李承晚破坏停战谈判，竟然要扣留我方战俘27000多名，激起了广大指战员的愤怒。

有的战士读着报纸，就气愤地挥起拳头大喊："不把敌人打得直不起腰来，它是不会有诚意停战的！"在这样的形势下，我们决定对敌人的738阵地进行反击的战斗。

在战斗的前夜，我以记者的身份，跟随王团长检查了主攻二连的战斗姿态，经实地查看，战士们用破油布做了一种特制的冲锋枪衣，既能防沙尘又不妨碍射击。在坑道里连大小便桶都准备了好几个。从这些备战中可以看出，我们的指战员都为这次战斗的胜利，献出了全部的智慧和精力。

这时我又随同王团长、徐政委一起进入指挥所，召集了作战股长、炮兵主任及各参战部门的负责同志一起，又检查了指挥所里的全部设施及人员配备，结果都表示满意。

在攻击部队进入冲锋集结地以前，王、徐两位领导又召开了主攻部队的营长及教导员的会议，这是作战前的一次决策会议。他们都反复表示："请首长放心，我们一定会完成任务！"这时敌人还照常向我阵地打着瞎炮壮胆。

傍晚，我主攻部队二连和三连，乘着夜幕，开始向冲锋的集结地运动，这时天空黑云密布，下起了暴雨，全体指战员都站在一片密林中，淋雨待命。

快到9点时，指挥所像一部大机器似的，各个部件的齿轮，都开始运转起来，所有的人都各就各位，所有的电话机、报话机都被人抓着按在耳朵上，所有的手表都托在手掌上，全坑道里的人都屏住了呼吸，全都等待着师指挥部发布的命令。当电话中传来王师长发布“放！”的口令时，只听数百门大炮，从各个不同的位置上，一齐爆发了雷鸣般的轰鸣，冲破了雨夜的黑暗，在敌人阵地上爆发出一片火海，炸得敌人鬼哭狼嚎，横尸遍野，狼狈逃窜。在表面上的碉堡、工事，都已被我炮火所摧毁。

在我炮火向敌人纵深转移之际，二连连长孙永先大声疾呼：“同志们！立功的时候到了，向前冲啊！”全连战士像四个箭头一般，在一片杀声中冲上了主峰阵地。这时主峰上沸腾了，整个阵地被我们占领了。有一个坑道口的重机枪，刚向我们开火，就被一个战士投进两颗手榴弹给摧毁了。由于我们冲锋的勇猛迅速，发射的火力猛烈，把主峰上的敌人给打蒙了，失去了还击之力。我们只用了20分钟，就把美七师一个加强连给消灭了。在敌人的工事里，有好多重机枪都架得好好的，子弹也装得满满的，只要用手指一勾，就可以向我们开火，但当我们冲到机枪跟前时，敌人还都躲在坑道里，没来得及进入射击位置，就被我们的手榴弹给消灭了。

现在我们全部消灭了在坑道中潜藏的敌人，打扫了战场。活捉了美军俘虏72人，缴获轻重机枪18挺、步枪210支。当孙永先连长用报话机，向王团长报告这一战斗喜讯时，得到团长的赞誉，他说：“你们这一仗打得好，打出了你连的勇猛和威风！你们要力戒骄傲，迅速做好打击敌人反扑的准备，修筑好现存的工事，准备打一场恶仗！”

这时，在次峰上三连的部队也发动了猛烈的冲击，现在火光闪闪，是他们爆破敌人的地堡，二排长王振东带着他全排的兵力，在围歼一个坑道中的火力点，正在紧张的时刻，报话员与指挥所取得了联系，杜营长接过电话向王团长报告："在突破738主次峰战斗中，进展顺利，敌阵已全部被我占领。现在只剩下坑道中的一个火力点，被二排包围着，马上即可解决。现在主次峰上的防务已全部布置好。请首长给予指示！"王团长听了很高兴！命令他："尽快做好打击敌人反扑的准备，要坚决消灭来犯的敌人！"

当敌人炮火疯狂向我们阵地轰击时，战士们都已进入到新占领的坑道里。为了打击敌人的反扑，我们对阵地上各个坑道里的人员和武器进行了调整，让战士们把炸坏的坑道口和射击孔修好，又在各个坑道口上派出监视哨。上述准备做好之后，让战士们抓紧时间进行休息，恢复体力，准备迎接敌人反扑的战斗。

这时，指挥所又进入了紧张的沉静之中，通往观察所的电话，也在不断地报告前沿敌人活动的状态，敌人的几次反扑，都被我们打垮了。我们的炮火与前沿阵地的步兵配合非常默契，敌人成群的上来，大部分被我炮火所消灭。为此，引起了战士们的称赞叫好！

现在，整个738高地主次峰，都在我团严密的控制之下，敌人曾组织多次大规模的反扑，都遭到了失败，我们的阵地现在坚如磐石，我们已经撒下了天罗地网，敌人来多少，就让他们有来无回吧！

# 38. 防原子弹的战斗

在朝鲜的战争中，以美国为首的“联合国军”把所有的先进武器都用上了，还是屡遭惨败，汉城也被我军占领，世界为之震惊。美军的五星上将，“联合国军”总司令麦克阿瑟将军恼羞成怒，他狂妄地提出要扩大战争的范围，“对中国进行报复性的措施”：“轰炸中国本土，封锁中国海岸，让台湾参战，鼓励蒋介石军队在中国东南沿海进行军事行动。”甚至还叫嚣要使用原子弹，完全能够把中国置于死地。

美国总统杜鲁门在1950年11月30日召开记者会时表示，为了扭转联合国军不利的军事局势，美国“将采取任何必要的步骤来挽回败局”。

有记者问：“总统先生，你说的任何必要的步骤，是否包括使用原子弹？”

杜鲁门毫不讳言地回答，我们一直在积极地考虑使用它。为此，在世界上引起了极大的轰动，世界各大报纸都进行了报道。当毛泽东听到这个消息时笑了，他就原子弹问题这样说：“这是一种恫吓，一种赤裸裸的核讹诈。”“不要说苏联已经掌握了核武器，杜鲁门不敢冒险打一场原子战争，就是像对日本一样，也在朝鲜实施原子弹，那杜鲁门也没有义务事先通知对方，让对方先做做准备呀！说来说去，杜鲁门这种做法的实质就是威胁和恐吓。”对此，毛主席发出号召：全军积极动员起来，为防止美国的原子弹爆炸，要做好一切防止核辐射的准备，深挖洞、广积粮、贮备水，人员外出时尽量用白布单隐身。他们的倒行逆施，不得人心，总会遭到全世界人民起来反对的。要用我们的战斗胜利，来粉碎美国的核讹诈的阴谋。

为了防止核辐射对人的伤害，上级进行了传达布置，并给每个人都配发一个白布单，以便在外出战斗时使用。我们全连为响应毛主席的号召，在阵地上采取了白天轮班深挖洞（打坑道），夜晚出动小分队袭击敌人的措施。在几个月的时间里，我连把阵地上的一座高山，从山底下挖成四路通达的出入口，在山腰中和山顶上挖出对敌人的射击孔。把我们的阵地造成了既有住室又有仓库还有贮水池，形成了一座如钢铁般的坚固堡垒。任凭原子弹的爆炸和先进武器的袭击，也奈何不了我们的阵地。

我们中国人民志愿军和朝鲜人民军，在沿“三八线”一带的各个阵地上，把占领的山峰、道路、平原，全部都挖空成为袭击敌人的通道，并将其连接起来，形成了为防原子弹、储备粮弹，打击敌人的地下长城，有力地粉碎了美国侵略者用原子弹讹诈的阴谋。

朝鲜战争虽然已经过去65年了，硝烟战火早已散尽，但战争遗留下来的痕迹依然存在，在“三八线”上，具有一座长250公里、宽30公里的地下长城，仍然保存得完好无损。它对朝鲜人民共和国的国防和经济建设，起着非常重要的保护作用。

现在的朝鲜，不怕美国核导弹的威胁和经济的封锁的原因之一，就是因为他们具有一座地下长城，能够保证全体人民的生命、财产的安全。

# 39. 夺取两座高地战斗的胜利

## ——攻占883.7和902.8高地战斗纪实

6月10日，在东线前沿阵地上人们都在忙碌着，为了保证这次战斗的胜利，尽管敌机在空中疯狂地盘旋，但白天拉着弹药的汽车照样在公路上奔驰，参加这次战斗的炮群，各种口径的大炮都擦得锃亮，伸长着脖子的炮口对着敌方；特别是我们最心爱的火箭炮也进入了阵地，弹药手将长形炮弹摆放在钢轨上，在工事里等待着发射的命令。

在前线指挥所里，王团长拿着望远镜不断地向前方敌阵进行观察；参谋们手里的电话机捂在耳朵上；油印员预先赶印着红色的“捷报”的报头；信号员们不断地出入指挥所探听消息；人们都露出一种严肃激动而又紧张的神色。

11日晚上9点多钟，乌云密布，天黑得伸手不见五指，许多支潜伏部队都吃饱了干粮、喝足水，做好了一切战斗的准备，迅速撤离了自己的阵地，迈着矫健的步伐，悄无声息地出发了，他们穿过深山峡谷，陆续摸着前进的道路向敌人的阵地上进发，班长和小组长都严密地掌握着自己的战士，不准乱走乱动或走错路，后边的人必须踏着前面的人的脚印走，爬坡的时候，先用手把活动的石头搬掉，自己上去了，然后再回头轻轻地拉后边的人。遇到树枝时，前边的人就把它握住向后边的人传递下去，到最后一个人过去了才放手。下坡时，一个挨着一个地向下滑行，衣服挂破了，手脸刺破出血，但又有谁还顾及了这些呢，大家的精神都集中在一点上："钻进潜伏区，不让敌人发觉，对这次战斗的胜利就有了把握。"潜伏区选择在敌人的眼皮底下，在茂密的丛林中，藤条像蜘蛛网一样密布，部队钻进树林底下，用手扒开常年积存的树叶，挖出一个掩体来躺进去。由于半夜的爬山越岭，身上的汗水湿透了内衣，又躺在这阴湿的丛林中，还感到浑身冷得发抖。为了夺取这次战斗胜利，只有用坚强的毅力忍耐着、坚持着。

太阳从东方升起，阳光从树叶的空隙中射进来，给大家一种温暖的感觉。敌人的哨兵来回踱着脚步的声音，都听得非常真切，可不敢动一动，否则就会遭到灭顶之灾。更不敢咳嗽一声，战士明学志的咳嗽实在忍不住了，他急得抓住脖子不敢放手，副班长递给他几块水果糖，才算把咳嗽压下去。有一个新战士由于心情过度紧张，心里扑通扑通的直跳，他自己感到声音很大，像擂大鼓一样，他想把胸部抓住以便止住心跳，可是越抓得紧越跳得凶，最后他干脆放开了，反而正常了。

中午，大家坐在掩体里，有的吃着炒面，有的喝水，有的在闭目养神。我们的炮兵陆续不断地向敌人阵地上发射炮弹，这叫作"关敌人的禁闭"。在炮弹爆炸的声浪中，可以听到有不少的同志巧妙地利用这个打炮间隙进行咳嗽。

今天的时间过得特别慢，西边太阳挂在天上，好像凝固住了似的，就是不向下落，眼巴巴地盼着天黑。谁都警觉地知道，这么多人潜伏在敌人的眼皮底下，如果有一个人暴露了目标，就会影响整个战场，如果能够安全地度过这一天，就会给敌人一个重大的打击，打得敌人晕头转向，无所适从，我们就会取得全局的胜利。

天逐渐地黑了下来，大家在潜伏区度过了艰难的一天，觉得比一年还长，这时，同志们在精神上都感到轻松起来。在一个掩体里埋伏一天，四肢都麻木了，服从命令，听从指挥，谁也不敢乱动。这时利用天黑的间隙活动活动身躯，就准备参加这次猛烈的冲锋战斗。

突然，敌人打过来一发冷炮，落在新战士张保才的身边，他的两条腿被炸伤，他忍着难熬的剧痛，额头上的汗珠像断线的珍珠一样往下落。他没吱一声，翻身滚到一边，把路让给部队。在出发前他写过三次保证书，他的决心是：服从命令，服从整体，向伟大的战士邱少云学习！在出发前，他填写了入团志愿书，让组织上在战斗中考验自己争取入团。他负伤后，指导员上去安慰他，他简短地回答说："指导员，我没有忘记我的决心，你放心吧！"

在时针指向8点20分时，信号弹像鲜红的五星，升到空中，在潜伏区内大家都热烈地欢呼起来。同时，我们的数百门大炮猛烈地向敌阵轰鸣，沿着883.7高地和902.8高地，在10平方公里的一线进行了激烈的排射。刚开始还能听到连续的爆炸声，像山崩地裂一片火海，山谷都被震得直发抖。各个炮群炮口喷射出来的火光，汇成了无数道长虹，为黑暗的天空增添了美丽的光彩。在整个天空中交织成一个巨大的火力网，883.7至902.8高地一线的山头，被密集的火力笼罩着，像山洪暴发一样倾泻着火流，这时，我们的火箭炮伴随着众炮的出口声也发射了，整齐的红色长弹飞速划过夜空，爆炸声在崇山峻岭中回响，好像地球在颤抖。这对敌人真是晴天霹雳一般，敌人在阵地上的碉堡、工事被我炮火打得残垣倒塌，东倒西歪。冒着炽烈烟火燃烧起来，交通沟被打得坍塌不堪。打击是这样的出其不意，使敌人完全慌乱起来，他们向各个山头上乱打照明弹，想看看是怎么回事，但是，又被疾风暴雨般的炮火打熄了。在敌人手足无措、晕头转向之时，我潜伏部队按照计划的突击队形，迅速集结起来，端起手中的武器，做好向山头冲击的准备。

当我炮火向这两个山头轰击20分钟后，向敌人的纵深转移时，在敌人眼皮底下的潜伏部队，各班排以迅疾的三三制的队形，向敌人阵地前沿发起了猛烈冲锋，红旗手李搏冒着敌人的炮火，高举着红旗奋勇向前拼搏。战士们跟随着红旗像潮水般地席卷着敌人的阵地，在红旗上写着每个战士的签名，表示着他们钢铁般的杀敌立功的决心。现在，红旗在前面招引着，勇士们像万马奔腾一样，迎着炮火，在子弹纷飞、弹片四射的道路上冲锋。机枪手刘万海在前进的道路上，高呼着："钢要加在刀刃上，英雄立功要在战场上！"这时，新战士萧正祥在突破口上被铁丝网挂掉了一只鞋子，后来，他的另一只鞋子也被挂掉，他赤着脚跟随部队前进，铁丝网的断头和炮弹碎片一次又一次地扎破他的脚板，他的脚板踏在哪里，哪里就有一个红脚印。但他一刻也没有耽误向机枪盘里压子弹。

在另一条向前冲击的路上，被敌人的铁丝网拦住，时间紧迫，在炮弹爆炸的光亮中，火箭筒班班长李云峰高喊："同志们，从我身体上通过吧！"他毫不迟疑地伏在铁丝网上，用身体盖住了尖利的铁刺。这时，谁也懂得时间和争取胜利的关系，同志们为此都深为感动。从他用肉体铺成的通向胜利的桥梁，通过了三次铁丝网，为取得胜利赢得了宝贵的时间。

五班的勇士们在向前冲锋的冲击中，被敌人的尸体绊倒，再爬起来踏着敌尸前进，炮火闪烁，子弹纷飞，火药硝烟夹杂着烧焦了的敌人尸体的腥臭气味充满山谷，呛得人喘不过气来。战士雷树凯在冲锋时，左眼被敌人子弹打穿，他仍坚持勇猛地追击敌人200多米；有的战士与敌人遭遇，开展了交手战，抱住敌人滚下了山崖；有的用手榴弹敲碎了几个敌人的脑壳；还有的扭住敌人摔进正在燃烧的工事里。满山遍野，杀声震天，血肉横飞，打得敌人丢盔弃甲，狼狈逃窜，溃不成军。敌机在空中转圈盘旋，但它也不敢投弹。

在向黄土包主峰冲锋的突击手吴子清刚爬到铁丝网处，敌人从地堡里向他疯狂地射击，他左手负伤了，顾不得包扎，迅速躲开敌人的火力，勇猛地扑过铁丝网，从右侧接近敌人的机枪射口，对准投了一颗手榴弹，只听轰的一声，机枪哑了。他借着照明弹的光亮瞭望，后续部队还没冲上来。他想：夜战不在人多，只要机智灵活，一个人也要为后续部队开辟冲锋的道路。他顾不得消灭两侧的敌人，只向主峰猛冲，离主峰只有200米了，敌人一挺重机枪又封锁了他前进的道路，他从左侧绕过去，向地堡口投进去一包炸药，轰的一声巨响，地堡坍塌下来，气浪冲倒了他，他爬起来后又冒着炮火向主峰冲去。终于，第一个登上了主峰。他用尽全身的力量高喊："同志们快向上冲呀，我们胜利了！"红旗手张俊紧跟着第一名突击手冲上了山顶，把红旗插在制高点上。后续部队在红旗的招展中，像骏马奔腾一般勇猛地冲上了主峰，经过反复的战斗，歼灭了残余的敌人的顽抗，占领了883.7的主峰阵地。

又经过打扫战场搜捕地道、暗堡中敌人的战斗，我们全部巩固地占领了902.8的阵地。

这样，我部经过潜伏后1点10分的激烈的战斗，一举攻占了883.7和902.8两座高地及一线方圆10多平方公里的敌军阵地，歼灭了李伪军一个团的大部。经过四昼夜的巩固阵地的战斗，打退敌人百余次的反扑，歼灭敌人8500多人，缴获各种枪支8400余支，各种口径的火炮15门，炮弹18700余发，子弹32万余发，其余战备物资无数。受到了中国人民志愿军和朝鲜人民军总部的通报表扬。在通报中说："这一次战斗首创我军防御作战以来，一次歼灭敌人一个团的大部的范例。"

# 40. 历经战斗仍从容

时光荏苒，岁月如梭。抗美援朝战争已经过去60多年了，每当回忆起自己参加历次惊心动魄的战斗时，我的内心就难以平静。

1950年10月，我正在中国人民解放军西南军政大学政工系学习时，为了响应毛泽东主席的抗美援朝、保家卫国的伟大号召，我认为自己是一个知识青年，报效祖国就是我的志愿。为此，我就毅然地报名参加了志愿军。当时在召开全校的欢送大会时，政治部主任范克让当场宣布我们报名参加志愿军的30名学员大学已经毕业，并发给了毕业证书和毕业证章。校领导为我们披红戴花、敲锣打鼓，予以欢送。我们30名学员全部被分配到志愿军第六十军一八一师担任相应的职务，我被分到炮兵营一连担任文化教员工作。

1951年4月我部参加了高台山阻击战，我部面对的敌人是美军第三师和土耳其旅，他们都是机械化部队，并有飞机、坦克及火炮的配合，由于他们装备先进炮火猛烈，有骄横冒进弱点。我们炮兵一连进入阵地后，我在阵地上拿着广播筒对全连部队进行广播：全连的战友们，我们现在面对的敌人，是美三师和土耳其旅，他们都是机械化部队，并有飞机、坦克的配合。我们要打败他们，取得战斗的胜利，必须要挖好工事，做到战前多流汗，战时少流血。具有“一不怕苦、二不怕死”精神，打好出国第一仗，为毛主席争光，为祖国献礼。各班排听到广播后，都纷纷向连长、指导员写保证书、决心书。为此，在阵地上掀起了群众性的迎战高潮。

上午8点，敌人就派来10多架飞机对我阵地上进行了轮番轰炸、扫射，然后使用燃烧弹、汽油弹，把整个阵地变成一片火海，把树木荒草全部烧光。这时他们认为我们阵地上，再不会有人抵抗了。有一个营的兵力大摇大摆地向我阵地进攻。遭到我炮兵山炮一连4门炮猛烈的袭击，炸得他们横尸遍野，血肉飞溅，狼狈逃窜。他们连续七次的进攻都遭到可耻的失败。我师集中两个团的优势兵力，一举突破了土耳其旅的防线，将其包围，打了一个歼灭战，消灭了土耳其旅的大部，共消灭敌人7000余人。获得了战斗的辉煌胜利。

随后，我部又参加五次战役，解放了南朝鲜的首都——汉城。继续向“三八线”以南袭击敌人，打到“三七线”以南的中州地区，打得敌人丢盔弃甲，狼狈逃窜，溃不成军。

狡猾的美军在前方吃了败仗，他们不甘心失败。就用飞机对我后方的道路、桥梁、城市、村庄，进行狂轰滥炸，造成无辜的百姓横尸遍野。致使我前方战斗部队断粮多天，忍饥受饿还要坚持顽强的战斗。

在运动战中，由于美军具有机械化装备，炮火猛烈，又有飞机、坦克的配合。南朝鲜多是平原地带，又无深山森林的覆盖，难以阻挡他们的进攻。为此，我军就采用坑道作战的战术，把高山、平原道路全部都挖成坑道。这样就发挥了我部机动灵活的战略战术，有力地消灭了敌人的有生力量。使敌人陷入泥潭，难以逃脱我部的袭击。

1953年7月，在金城川的战役中，我部消灭了李承晚的伪首都师，逼迫李承晚承认了停战协定。7月27日以美国为首的“联合国军”总司令克拉克将军在停战协定上签了字。他承认自己是签订了没有胜利的停战协定的美国司令。我军取得了抗美援朝战争的伟大胜利。

每当我回忆起抗美援朝战争，在历次战斗中与我并肩战斗的战友，他们为了战斗的胜利，献出了自己宝贵的生命时，我心中就非常难过，愿他们安息吧！！

1953年12月，抗美援朝停战胜利回国后，作者穿着志愿军干部服装回国留念。

# 41. 不倒的红旗

## ——记特等功臣赖永泽同志的战斗事迹

1953年5月，敌人向我方阵地发起了多次挑衅性的进攻，引起了我军广大指战员的愤怒。为了打击敌人的嚣张气焰，我军向破坏停战谈判，高喊“北进”的“联合国军”侵略者，发起了强大的攻击，成千门大炮发出震天的雷鸣！在一夜之间，我军突破了敌人四个师的正面防御阵地，控制了敌人中线的制高点——黑云吐岭、白岩山一线。像一把利剑刺进敌人的心脏，卡住了敌人的咽喉，这里成为敌我争夺的一个焦点。

赖永泽同志是我师某团六连战士，为了要求参加这次最艰苦的战斗，他曾写过三次申请书，虽然在二线担负着运输任务也是光荣的，但他总希望在前线亲手消灭敌人。连长段降田认为赖永泽是个很精干的小伙子，当夜就批准了他的请求。

拂晓敌人向我主峰阵地发起猛烈的进攻，前沿的一个排伤亡惨重。段连长决定派赖永泽战斗小组的杨长开、王和甫三人增援主峰。通过几道炮火的封锁线，在主峰阵地上他们见到了杨排长，排长嘱咐他们说：“这次阻击战与往常不同，为了巩固我们这个新阵地，配合友军消灭敌人，我们排插得最远，主峰最突出，三面受敌，背水作战没有工事，我连炮火支援不上，一切供应都很困难，这就要靠革命战士对党、对毛主席的无限忠诚，靠勇敢机智来战胜敌人，一定要守住阵地”。赖永泽向排长表示决心：“排长你放心吧！就是剩下一个人，我们也要坚守住阵地！”

赖永泽看到阵地上只有30来米长，五六米宽的简易工事，到处都是弹坑的小山梁子，既没有掩蔽部，也没有掩体，仅有一条15米长的交通沟。蹲进去还露半个脑袋，阵地上都被炮火炸得尽是虚土和碎石。赖永泽带领他的战斗小组，坚守在这个狭小的阵地上，随时监视着敌人的动态。

从拂晓到中午，敌人投入了一个团的兵力，接连进攻20多次，都被赖永泽和他的战友们打了下去。敌人恼羞成怒，用激烈的炮火猛烈摧毁着我们的阵地，妄图把这个小山头用钢铁摧毁，以此为据点来攻取主峰黑云吐岭，扩大战果。

凌晨敌人四架飞机向我阵地发起猛烈的袭击，轮番进行俯冲、扫射和轰炸，霎时间山崩地裂，飞沙走石，气浪腾起，天昏地暗。赖永泽第一次经受这样猛烈的炮火，他沉着地趴在弹坑里想：“只要我还活着，敌人就休想攻上来。”就在飞机轰炸后的一霎间，赖永泽感到“忽”地眼前发黑，昏倒在地。当他醒来时，发觉被埋在弹坑里，嘴里发苦，身上发软，耳朵里仿佛听到敌人在嚎叫。他急忙从弹坑的土中挣扎出来，此时发现敌人将要从他的阵地正面发起攻击。战友们都去搜索弹药了，他立即从虚土中刨出自己的武器，准备迎接敌人的反扑。敌人借着山坡上残存的树枝作掩护向前蠕动，开始是散兵群，而后队形逐渐密集、拥挤、乱哄哄地往上爬。赖永泽把两颗手榴弹的线扣在指头上，怒视着敌人。敌人以为阵地已被毁，上面不会再有人了。他们像鬼一样狼嚎着大摆大样地向上冲。赖永泽一再克制自己，把敌人放近一点，以便打得更惨些。直到敌人离阵地只有20—30米时，他和战友陈明福二人，从心里发出了命令“打！”狠狠地向正面进攻的敌人，甩了一阵子手榴弹。敌人遭到沉重打击后，丢下了一片尸体溃退下去。在四五十米处，赖永泽发现敌人的一个军官，正在阻止溃逃，他瞄得准准的“叭”一枪，敌人的军官应声倒下，剩下的逃兵群龙无首，彻底败退下去了。

经过三天三夜，几次敌机的轰炸，炮火的袭击和敌人的反扑，此时只剩下赖永泽一个人了。几天来他未吃过一口饭，未喝过一滴水，喉咙干得直冒烟。仅有的一条浅短的壕沟，已成虚土平地，衣服被打得满是窟窿，鲜血透过衣服，不住地向外浸着血，黑长的脸上沾满了灰土和血迹，只有两只眼睛发出愤怒和坚毅的光芒。这时他清醒地意识到，这个阵地关系着主峰的安全，一定要守住！他在心里庄严地宣誓：人在阵地在，一定要坚持到最后胜利，为祖国人民争光，为毛主席争光！为此，浑身增添了无穷的力量。夜幕降临后，敌人拼凑了有一个营的兵力，向他发起了疯狂的反扑，分三路向上进攻，面对凶恶的敌人，赖永泽毫不畏惧，紧握着搜集来的手雷等待着，左边的敌人先逼近了他，他狠狠地把两颗手雷扔到敌群中，正面的敌人乘他在左边打时，蜂拥上来了，他急忙又把爆破筒投出去，一声巨响，敌人倒下一片，剩下的敌人继续向上扑过来，他又把第二个爆破筒掷了下去，乘着烟雾赖永泽跳到排指挥所，取来了弹药，趁敌人立足未稳，又把敌人反击下去。在这千钧一发之际，赖永泽被敌人的手榴弹击伤了。遂跳进排指挥所，但还顽强地继续坚持战斗。此刻，连指挥所向我排阵地发起了冲锋，在我山炮一连强大的炮火袭击下，在我前沿阵地下的山坡上，有一个排的兵力在集结，被我炮炸得血肉横飞，死尸遍野。刚爬上来的敌人一片惊慌混乱，在立足未稳的情况下，赖永泽乘机把敌人赶了下去，又收复了阵地。这时段连长带着兵力支援上来，取得了战斗的胜利。连长握着赖永泽的手说：“你真是好样的，任务完成得很好，你真是一面不倒的红旗！”

# 42. 夺取敌人973高地的战斗

## ——记武占魁团长灵活机动的战斗指挥艺术

### （一）

1953年5月，在抗美援朝的战争中，美军及“联合国军”在战场上吃了败仗，他们不甘心失败，对我阵地用飞机施行了狂轰滥炸，敌人还向我阵地进行多次挑衅性的进攻，引起了我军指战员强烈的愤慨。为了打击敌人的嚣张气焰，我军部署了新的战斗任务。

武占魁同志是五四二团团长，他在军委扩大会上，接受了新的战斗任务，要夺取敌人的973高地。在阳光的照射下，我们举目向对面敌人的973高地望去，是高出我阵地有一倍多的险恶山峰，山坡上树木茂密，杂草丛生。由于山高坡陡，易守难攻。因此，敌人在半山腰中无法存身，所以才把工事全部建筑在山头上。敌我阵地之间，由东南向西北横着一条又宽又深的大山沟。这是敌我之间一条自然分界线，由于俯视角度所限，我们看不到沟底的情况。

由于敌我阵地之间的距离达3000多米（约六华里），山高坡陡，从我方阵地前沿到达攻击目标，要运动三四个小时。为了缩短我部运动距离，减少伤亡，保证战斗的胜利，因此，上级决定这次战斗采用潜伏的打法。就是在发动攻击的前夕，把参加突击的部队，秘密地运动到敌人的前沿半山腰里隐蔽起来。到第二天黄昏，在我方炮火对敌阵猛烈袭击之后，向纵深转移时，突然向敌人发起冲锋，抢占敌人的阵地。

武占魁团长为了勘察潜伏区的地形及敌人部署火力的情况，他亲自率领几名参谋和各营长，乘夜幕前往敌人前沿阵地三四百米处，在一条山腿上去侦察敌情和潜伏区。我以记者的身份有幸地参与了他们的这次行动。当我们到达侦察位置时，已走出了两个多小时，可是天还不亮，侦察工作无法进行。武团长在想："敌我之间距离太远了，还要下二里路的山坡，过一道大沟，爬900多米的高山。如果让战士们全副武装，还要通过敌人炮火的封锁线，就会把战士们累也累坏了。如果不经过这次亲自的侦察实践，就很难体会到这些实际情况。"

东方开始发亮了，周围的山峰逐渐清晰起来。敌人阵地上用钢轨、木料、麻袋砌起来的地堡上的火力点，也都清楚地看到。我们将视线集中在潜伏区，在未来大反击的前夕，我团1000多名指战员，要在这里度过艰难的20多个小时，可以说是一个奇迹。

一个青年参谋兴奋地小声对武团长说："团长！你看潜伏区多好呀！同时派出去的一个警戒小组就隐蔽在潜伏区里，现在连我们自己也看不见他们！"武团长小声责备他说："声音要小点！"向前看眼前的973高地活像一只鸡从山顶上向下伸出来的爪子，到处都长满荒草、藤蔓及野树丛，在这样一个复杂的地形、地貌条件下，如果认真搞好伪装，趴在山腰里不声不响，埋伏下我们的部队，山顶上的敌人确实是很难发现的。武团长自言自语地说，"真是一个理想的潜伏区呀！"思想上就立刻轻松起来。侦察工作在紧张地进行着，根据敌人阵地上的地形及火力点的分布情况，选择了主要突击道路和突击连的潜伏区。然后各营干部根据本单位的任务，开始了更具体更细致的侦察，并绘出了详细草图。

中午时刻，敌人向我们隐蔽的山腿前面的半山腰里打来几发炮弹！这是敌人为了壮胆，盲目发射的冷炮。这几发炮弹正好落在我们派出的警戒小组潜伏区附近。我们透过烟雾望去，没有任何动静。武团长在想：“难道他们三人都牺牲了，还是没有伤着？”心里像猫抓似的，但现在也无办法！为了防止暴露目标，只有等到天黑再说吧！

参谋们拿着笔记本，默默地继续工作着，从神情上来看，几发炮弹给他们增加了沉重的心情。伏在武团长身边的几个干部小声议论着，将来在大部队潜伏时，敌人随便打来几炮，就会使我们遭受伤亡。也不可能互相包扎，负了伤只有学习邱少云的精神！在潜伏中如果有人咳嗽一声，敌人就可能听到等。武团长听到这些议论，心里毛焦火燎的，他以责备的口气说：“算了，算了。有问题回去再研究吧！”制止了他们的议论。可是武团长心里却是汹涌地翻腾着，要使1000多人像一个人一样，神不知鬼不觉地在敌人眼皮底下潜伏一昼夜，有多少实际问题需要解决！这是一个极其复杂的思想工作，首先要相信群众，发动群众，把准备工作做细，做到每一个战士的心坎里，让他们想出解决困难的办法来。

## （二）

太阳落山的时候，预定的侦察任务终于完成了。我们不仅掌握了敌人前沿阵地的地形、地貌、工事、火力部署等情况，甚至记下了敌人地堡上有多少枪眼。特别庆幸的是，担任警戒任务的小组三人安全归来。他们兴奋地说，因为待在死角里，没有伤着。在暮色苍茫中，我们带着完成任务的喜悦心情，静静地踏上了归途。

在大反击前夕，准备工作在紧张地进行着，根据上级的指示，我团以潜伏为中心，开展了轰轰烈烈的群众性提困难、想办法的运动，这几天部队在阵地上沸腾了。武团长为了让参加突击连队的班以上干部熟悉潜伏区的道路、地形及敌情，令他们都轮流到敌人的前沿去侦察一次。然后把他们带回来的情况摆在沙盘上，让战士们以班为单位进行研究战术和打法，分析潜伏中可能遇到的问题和解决的办法。夜间在我方阵地的后方，进行反复的潜伏冲击目标演习，把演习中暴露出来的问题，记录下来在班务会上再研究、再实践。在紧张的日日夜夜里，战士们的眼睛都熬红了。这就是“战前多流汗，战时少流血”。为了战斗的胜利，劳累一点不算什么！

## （三）

武团长下午到八连去检查工作，八连是我团的主要突击连，他们的任务是直插敌人伪五师二一七团核心阵地973高地主峰，他们也和其他突击连一样正在忙碌着。战士们坐在坑道口的石头上和炮弹箱上，有的捆炸药包，有的给十字镐、水壶缝制布袋，以防夜间潜伏时发出响声。有一个年轻战士，弯着腰在腿上绑着什么东西？武团长走过去好奇地问：“小鬼！你在搞什么名堂？”旁边一个老战士替他回答说：“这小鬼人小心大！他想争取当红旗手，在腿上绑沙袋练腿劲，现在已经跑150米上坡冲锋，只需一分钟就能冲上去啦！”团长赞许地说：“你该给大家介绍介绍经验！”小战士脸一红害羞地笑了。

坑道里有一个班正在开“诸葛亮”会，讨论得非常热烈。武团长感兴趣地挤在战士们中间坐下来。有一个满口四川口音的战士说：“潜伏时离敌人那么近，咳嗽让敌人听到了哪个办呀！”班长说：“这是一个实际问题，如果一个人咳嗽一声，引起几个人都咳起来像打雷一样！我们应该研究一下止咳的办法吧！”于是围绕止咳问题，大家提出了很多办法，有土的、有洋的、有大的、有小的……有的战士还说：“如果这些办法还制止不住咳嗽呢？”班长说：“有办法！这次侦察潜伏区时我就有体会，想咳时在地上挖个小坑，用毛巾堵住嘴，对着小坑咳嗽，声音就小多了。要是遇上敌人在阵上打炮，可以随着爆炸的响声大声咳嗽一阵子！”武团长掏出笔记本正记着这些细小的，但又十分珍贵的建议时，忽然有一个粗大嗓门把他吸引住了。有个战士小声告诉团长：“他名叫罗继华，外号叫大炮！”他说：“敌人冷炮打伤了应该怎么办？”这个问题显然与每个人都有密切的关系，使全班活跃的气氛一下变得沉重起来。“我说”，那个四川战士语调慢而稳重地说，“我们可不能把话说得一个老鼠坏了一锅汤！这么大的部队，战斗又这么重要。谁要当了软骨头，让敌人发现了我们！谁就是全军全国人民的罪人！我保证如果被打伤了，决不乱叫，乱动！”紧接着又有人说：“我说！”“我说！”会场立刻像开锅的水，人人争着表示决心！班长看着大家都说过了，就望着在墙角里的一个没有发言的战士问道：“苟子清同志你的意见呢？”大家的视线都集中在他身上，这时武团长顺着大家的视线看去，这是一个新战士，身材矮小，面颊黑红，两只大眼睛闪闪发光，他显得很窘，低着头，慢慢地从衣袋中掏出一个纸头，递到班长手里，“血书！”班长惊叫了一声，接着便念了起来，“我决心向伟大的战士邱少云学习！请上级考验我，吸收我加入共产党吧！”

晚上武团长和三营几个干部一起，去检查部队演习情况，我们站在假设的敌人阵地的山头上，向下望去，虽然明明知道，几百人在山腰里运动着，但看不到一个人影，听不到一点声响。在明亮的星光下，只见满山的荒草在夜风中轻轻摆动。从八连回来，武团长觉得浑身充满了信心和力量。这天夜里他破例睡了个好觉。

## （四）

在上级党委的领导和兄弟部队的支援下，我团经过一阵紧张的演习，完成了一切的准备工作。在后勤坑道里像小山似的囤积着粮食和弹药。炮兵部队已经将大炮拉上了山，大炮张着炮口，在向着敌人阵地上张望。工兵的同志们已经协助我们排除了突击道路上大量的地雷，各营的连排干部也都熟悉了敌情地形和任务，战术、技术已经过严格的训练，已经达到了万事俱备的状态。6月9号，是战斗发起前的一天晚上，部队就要开进到敌人前沿去潜伏起来。这天下午团党委成员要分别到所有突击连队，召开授旗誓师大会。下午2点钟，武团长来到八连，看到战士们正在坑道前围着雨布，以班为单位仔细地擦拭武器。文工队员们都围着即将出征的英雄们紧张地活动着。政治指导员陈文才同志坐在一块大石头上整理着战士们送来的决心书、保证书及要求入党、入团的申请书。他见武团长来了，便站起来问："团长现在开会吧！"团长满怀喜悦地说："开吧！"在坑道口上，八连的部队全副武装整齐肃立，每个战士的脸上都显得异常紧张和严肃。武团长站在队列的前面，望着他们刚毅的面孔。武团长高高擎起师党委制作的"一定要把红旗插到973高地上！"的旗帜，说："我代表团党委把这面红旗授给你们八连，希望你们全连共同努力奋斗，一定把这面鲜艳的红旗插到973高地上！"然后他授给了八连连长蔡麦田同志。蔡麦田同志在解放战争时，是武团长的警卫员，这时他们激动的互相紧紧地握着手，久久地不愿松开。

红旗在战士们头上迎风飘扬，这是党和人民的信任，给战士们以巨大精神力量，八连的同志们望着红旗，眼里闪动着激动的泪花，在连长和指导员的领导下，面向北方，举起拳头庄严地宣誓："为了和平，为了祖国，为了朝鲜人民，我保证指到哪里，打到哪里，英勇战斗……"

## （五）

天黑下来，吃过晚饭，喝足了水，班排干部们检查了每个战士的着装后，部队开始向潜伏区进发。武团长和史副政委站在前进的路口上，向每个战士握别："同志们！全军和全国人民都在看着我们，这一仗只能打好！""请领导放心，我们保证完成任务！"战士们迈着矫健的步伐消失在夜幕中，踏上了前进的征途！

回到指挥所里，武团长安排完工作，刚想休息一会儿，忽然听到前方传来几声炮响，就连忙跑到观测所，担心部队被敌人发现，过了会儿阵地上又恢复了平静，心想可能这是敌人打的壮胆炮！天快亮了，让参谋通知炮兵严密监视敌人的行动！武团长心里好像吊着一块大石头，是一生中最难熬的一天。半天水米未沾牙，既不渴也不饿，警卫员拿来两筒樱桃罐头，没有一点食欲，他说等打完仗再吃吧！

下午2点钟，从973高地上出来五个敌人，向我潜伏区走来，前沿观测所用电话向武团长报告。武团长当机立断，马上让参谋通知：“山炮一连张连长，把他们赶走！”半分钟后几发炮弹落在几个敌人身边，吓得他们躬着腰跑回了地堡里去。

下午5点多钟，山谷里天就黑了，武团长的心情开始轻松起来，正在这时敌人向潜伏区打来10多发炮弹，他在思忖：“这次潜伏区里可能会有人伤亡！”

果然不出所料，八连有七个同志负伤，战士苟子清同志被弹片击中腰部，肠子流了出来，他把肠子又塞了回去，用毛巾堵住伤口，毛巾也染红了。苟子清同志面色蜡黄，汗珠直滚，他却一动也不动。为了胜利，为了集体，他履行了用血写出的保证，流尽了最后的一滴血！战后为他申请了邱少云式的战功。

盼星星，盼月亮，总算把黑夜盼来了，8点30分，这是预定的战斗发起的时刻。武团长抑制不住自己紧张的心情，对着通往炮兵的耳机大声喊了一声“放！”霎时间，我们的数百门大炮一齐轰鸣，在敌人的973高地上，变成了一片火海，映红了半边天，整个大地都在颤动，我们看到大炮强大的威力，都叫起好来！在我炮火轰击20分钟后，向纵深延伸时，我攻击部队的三连，只用15分钟，就占领了973高地的东北高地。七连同时也占领了973高地的东南高地。他们都发来了胜利的信号。真是出人意料的迅速。可是就是攻击973高地主峰的八连尚无信息！武团长有些着急！一个小时后，终于与三营教导员闫齐文同志取得了联系，他用激动嘶哑的声音说：“报告团长！红旗已经插到了973高地上！由于八连在冲锋道路上受到敌人火力的阻拦，连长牺牲了，指导员负重伤，当时由二排长徐家录代理连长指挥，他向部队振臂高呼‘同志们！跟我来，我们一定把红旗插到973高地上！’他率领八连迅速占领了主峰阵地！”武团长说：“我们一定要为他们请功！并叮嘱他们赶快加修工事，准备打击敌人的反扑！”闫教导员说：“我们能攻得下来，就保证能守得住！请团长放心吧！”

武团长听了主峰胜利的消息后，心里的一块石头落了地。他马上向王师长汇报说：“这次战斗获得了完全的胜利，消灭了敌人李伪军五师二一七团大部兵力，摧毁了敌人苦心经营了一年多的阵地，俘虏敌人1000多人，缴获的各种武器正在清查中。”王师长满怀喜悦的心情说：“你们打得好！打出了风格、打出了我们志愿军的士气！只要他们不愿意停战，我们就要继续打下去！一直打到他们愿意停战为止！”

在我们的阵地上，像过节一样热闹，大家都怀着胜利兴奋的心情，呈现出一派欢欣鼓舞的新气象。

# 43. 记战斗中的电话兵

我们的电话班，每人背着40多斤的电话线和电话机，跟随反击部队向前挺进架线，好不容易架到新占领的阵地，还未喘口气，连指挥所又向前挪动了。当电话班长高瑞年检查电话线时，不禁大吃一惊，我们部队已前进了七八公里，所剩下的电话线只有几十米了。现在看来才是胜利的开始，还不知道部队要前进多远呢？我们拿什么去完成架线任务呢？这时急得他满头大汗。他突然想到，可用敌人的电话线来代替，就急忙爬出交通沟，在敌人的阵地上到处去搜集，可是，我们的炮火太厉害了，把敌人的阵地打得全都翻了个，电话线不知埋到哪里去了。这时被敌人的烂铁丝网、烂木头，绊得直摔跤。后来他索性就爬着用手摸，还好，这里拉出一丈，那里找到几米，居然拼凑了一大拐子电话线。当连指挥所到达主峰时，我们电话兵把线路也架到了主峰。

当连长向团长报告战况时，一排敌炮又把线路炸断了，高瑞年急忙跑过去，线头却不知炸到哪里去了。夜间又无照明的亮光，只有擦着地皮用手摸，双手都磨破了，线头还没找到，这时，阵地上枪炮声非常激烈，敌人又反扑了，可是他还未能接通电话线路，急得他心里直冒火。凑巧这时敌人在空中挂起了照明弹，他趁着光亮找到了线头，又把另一个线头找到，扯到一起还不够长，他想另找一段线接上，就把线头用牙咬住，好腾出手来接线，也没想到刚一着牙，嘴里就觉得猛然一麻，他刚想把它吐掉，却忽然想到这是首长在通话，如果不坚持住，首长的命令就不能下达，就会影响战斗的胜利。为此，他就用手捏着另一个线头，让电流从全身通过，电流击得他头发晕，全身麻木，几乎站不住脚了。但他又想到如果倒下来，就会拉断电线，就会让首长的声音中断。为此，他下定决心，咬紧牙关，坚持下去！

坚持几分钟后，通话完了。他才倒在地上，全身像瘫痪了一样，失去了知觉，连一点力气也没有了。休息了一会儿，才又把线接上。

电话班长高瑞年同志用身体作为线路的导体，在紧急的时刻让首长通话，完成了通信任务，受到了表彰。

# 44. 这件血衣的来历

在新占领敌人的阵地上，我采访到一个负伤后从医院康复回来的战士，他的名字叫赵增光。我们攀谈时，他顺手从背包中拿出一件血衣来。打开一看，在一件上衣上，竟有30多个弹孔和窟窿。为此，我就问起了缘由，他对我说：

在1953年6月12日，我连参加了夺取十字架山的战斗。这对老同志来说，并没有什么稀罕。但对我这个参军不久的新战士，却是个极不平常的事。

我像在家里过年一样，穿上了那套新军装，为的是不要忘记一个战士，应该怎样地去参加战斗。学着老同志的办法，在衣袖和肩膀上都缝好了绳结，准备接近敌人时插上树枝作为伪装。我跟副班长在一个机枪小组里，他是经过多次战斗锻炼过的老战士，跟着他打仗，心里觉得有依靠。虽说是这样，但在接敌运动的时候，我望着头上晃来晃去的探照灯和照明弹，听着一阵紧接一阵的枪炮声，心里总是跳个不停。副班长好像看出了我的心态不稳，向我悄悄地解释：这个是从哪里打来的，那个有多远的距离，敌人的企图怎样；又告诉我战斗时要沉着，让我紧紧地跟上他。弄明白这些道理，我心里亮堂多了，也就平稳得多了。当我伏在冲锋出发地时，忽然从头顶上滚过来迅雷般的声音，震得耳朵嗡嗡直响。副班长扯了我一把，我抬头一看，原来是我们的炮火已经发射了。只一转眼工夫，就把敌人的阵地打得一片火海。

我正看得高兴，忽然有个同志大声喊道："同志们！炮火延伸射击了，冲啊！为祖国立功的时候到了！"紧接着，只见先头黑影像箭头似的冲了上去。我好像是给一种力量从地上托了起来，紧跟着也冲上了山坡。树杈子、石块绊得我直摔跤，我就左手抓住树枝，右胳膊夹住机枪向上跑，简直把副班长给忘了，冲到敌人铁丝网跟前，敌人有的火力点复活了，集中火力向我们扫射。这时我才发现副班长在我侧后十几米的地方。可能是他急着要赶上我，竟忘记了隐蔽，敌人的一发炮弹就把他炸倒了。

当时，我心里像火烧火燎的一样，正想去照护他，只见后面的同志们抓住敌人炮火的间隙，从副班长身旁跑上来继续向前冲。我被猛然提醒了，在这个紧要关头，我的责任是冲上去消灭敌人，后面还有救护的同志呢。

在这关键的时刻，左边地堡里的火力打来的那么凶，冲锋又被阻住了。我咬咬牙说："副班长我给你报仇！"便就架起机枪，一猛气地向敌人地堡打了两梭子。可是引来敌人的火力就集中向我扫过来了。这时我听见同志们又喊着杀声冲上去，心里刚一痛快，就被飞来的一颗子弹和一块手榴弹片打伤了左腿，原来我只顾急着打枪，却忘了选择地形了。

我摸摸左腿，弄了一手血，立刻觉得心往下沉，劲也小了。可是猛又想起决心书上那句话"轻伤不下火线"！这还像话！于是赶忙离开险境，向地势较低火力稀少的左前方爬去，钻过铁丝网的缺口，就滚进了交通沟里。

这时，恰好一颗照明弹在头顶上挂起来，借着光亮，我发现交通沟正朝着右边一个地堡门，里边有两个敌人正在打机枪。我端起机枪就朝那地堡搂火，可怎么也打不响，立刻又找不出什么毛病，真活活急死人！后来触摸到腰上那两颗手榴弹，才算松了口气。我赶紧向前爬了几步，把两颗手榴弹一块儿扔了进去，轰隆一声，地堡的机枪再也不响了，可是我的右腿又给炮弹片打伤了。

我用救急包把两条腿绑扎好，想站起来继续坚持战斗。可是身子刚一抬起，又跌在原地，两条腿都负伤了，站不起来了。这样一来可就慌了神，心想：机枪坏了，又不能走动，敌人扑过来可怎么办？于是思想里又作起第二次斗争：战前订的立功计划上，有那么多条条，怎么就没有想到机枪打不响这一条呢？真恼火！可又想到一个青年团员不能在困难面前低头，副班长嘱咐我在战斗中要沉着，怎么现在也给忘了呢？想到这里，我再定下心来仔细检查一下机枪。原来是向这里滚进时，没注意保护枪口，土都灌进枪膛里去了。想擦吧，没有探条。正在为难，猛然想起前些天反击官岱里战斗的二等功臣刘彦春给我们作报告的时候说，他自己的枪发生了故障，就找敌人的枪继续战斗，我这一下子有了主意了，赶紧朝着被我炸毁的那个地堡爬去，打算把敌人那挺机枪弄到手。

还未爬几步，副排长从交通沟里过来了。他一见我负了伤，马上命令我下去。我说："我的立功计划还未完成，腿坏了，手还能打枪！"要求留在阵地上。副排长见我决心硬，就把我带到主峰下边，叫我们几个伤员暂时隐蔽在这里擦枪。他又带着部队继续解决那些退守坑道里的残敌。

我们只顾擦枪，交谈着战斗的情况，没有很好地观察周围的敌情，没有注意到敌人一个坑道口，就离我们不到10米远的地方。就在大家谈得有趣的时候，突然飞来了一排子手榴弹。有的同志牺牲了，有的同志负伤了。我的右半边身子，从头到脚给炸伤了。连弹片带石头大大小小不知挨了多少块，一下子就晕了过去。等到抢救组把我抬到一个破地堡里，给我包好伤之后，战斗已经胜利结束了。卫生员要找担架来抬我，但我拒绝了他，自己挣扎着爬下了阵地。

医疗站的同志给我换下了身上的血衣，我看到上面那些大大小小的弹孔，就想起副班长，心里又难过又惭愧。我请求护士长允许我把血衣保存起来。以后就带着它到了后方医院，养好伤后又带着它回到了连队。一些新同志看见这件透着30多个破洞的衣服，问我怎么打得这样凶？我告诉他们："这是我第一次参加战斗不沉着，运用地形不好，协同动作太差，再加上麻痹大意，这就是我在这次战斗中，所取得的经验教训。"

# 45. 抢渡金城川江

下午4点半，我以记者的身份，跟随三营的部队向前锋挺进，这时轿岩山上战火纷飞，上级命令三营：一定要在两个小时以内，插到金城川江南岸602.2高地，切断敌人的后路。

天上下着大雨，部队以急行军的速度前进。到达金城川江北岸时，前面的部队突然停止前进了。陈营长正要到前边去看看，前卫连的通信员气喘吁吁地跑来报告："营长同志，金城川江上的大桥已被敌人炸断了，江水流速很急，部队不能渡过！"陈营长听了这话心里好像被刀子猛戳了一下的紧张，赶紧甩开大步跑到江边察看。江水正在上涨，猛烈的浪花在江面上翻腾着，后浪推着前浪，前浪撞击着岩石，发出嘭嘭哗哗的巨响。水流很急，好像箭似的顺流而泻，倾盆大雨洒在江面上，更助长了江水的声势。战士们都站在江岸上，浑身的衣服都被大雨浇湿透了，但他们都焦急地望着对岸，恨不得能飞过对岸去。陈营长的心里这时比他们还着急，如果部队不能按时插到目的地，他应该承担最大的责任。凝望对岸，他仿佛看到敌人在向他狞笑；环顾身边的战士，一双双闪光的眼睛都在盯着他。这时他懂得，在这紧要关头，不能犹豫，要当机立断做出决策。

他望着战士们大声喊道："哪个会水？下去探路！"在战士群中响起

一片喊叫声："我会！我会！"无数只手高举着。还未容他选择，通信员支绍林和杜全文二人，却从人群中挤出来，挺起胸脯，抢着对他说："营长同志，我们是在长江边上长大的，从小就学会了浮水，水再大也不能把我冲走！"他说："好！下水吧！"两个小伙子利落地脱掉军装，像两只小青蛙扑通、扑通跳进了滚滚的江水中。他们的游泳技术确实很高，虽然被翻滚的江水阻拦，但他俩还是顺利地到达了对岸。机警的支绍林留在对岸监视着敌人，杜全文又从对岸游回来，向陈营长报告江水的情况。

江水没过肩深，在朝鲜没腰深的水就会冲倒人，要想渡过没肩深的水是很困难的。这时，陈营长看了看手表已经5点半了，到达602.2高地，还有将近10华里的路程。再不下决心，就要失掉战机了。于是陈营长下达命令："重火器部队留在江北，随后再想办法跟上来。其余人员一律跟着我涉水渡江。会水的、体力强的、个子大的同志走在两头；不会水的，体力弱的、个子小的同志走在中间，大家拉起手来，赶快下水！"

同志们一声欢呼，迅速地脱下衣服，捆好东西，等待命令过江。有的同志学着朝鲜老乡的样子，用湿淋淋的头顶着东西，当大家一切都准备就绪的时候。陈营长只喊一声口令："前进！"就听得响起了"扑通、扑通！"的声音，同志们一个挨一个地都下水了。大家互相牵拉着手，把武器横放在肩上；有的用手托起重机枪，两边的人就拉着他的皮带。全营同志结成一股巨大的力量，和滚滚的江水搏斗着。身边的通信员激动地说："营长同志，我们好像是一条铁链了。"营长说："用铁链形容它还不够，因为它是一条钢链，任何激流也不会冲断它！"

就这样，我们胜利地渡过了金城川江。提前20分钟到达上级指定的602.2高地，和从别处插到这里的四路友军会师了。

我们与友军联合协作起来，一起布防，切断了敌人逃跑的路线，为我军大部队消灭美李匪军创造了条件。

# 46. 一次紧急会议的遭遇

1952年8月15日，我以记者的身份，有幸地参加了我们师部的紧急会议，在这条大山沟里防空洞式的礼堂中举行。会议由师政治部主任范克让同志主持，由师政委张春生同志传达毛泽东主席对抗美援朝战争的指示，毛主席在1952年8月4日说："抗美援朝战争是个大学校，我们在那里实行大演习，这个演习比办军事学校好。如果明年再打一年，全部陆军都可以轮流去训练一回。"

毛主席在1952年总结志愿军坑道战的经验时说："办法是钻洞子。我们挖两层工事，敌人攻上来，我们就进地道。有时敌人占领了上面，但下面还是我们的。等敌人进入阵地，我们就反攻，给他极大的杀伤。我们就是用这种土办法捡洋炮。敌人对我们很没有办法。"

毛泽东就抗美援朝战争提出："我们是彻底地认真地全力地打，只要我们有，朝鲜前线要什么就给什么。""要爱护朝鲜的一山一水一草一木，不拿朝鲜人民一针一线，如同和我们在国内看法和做法一样。"

1953年2月7日毛泽东主席在全国政协会议上严正宣告："我们是要和平的……但是，只要美帝国主义一天不放弃那无理的要求和扩大战争的阴谋，中国人民的决心就是只有同朝鲜人民一起，一直战斗下去……美帝国主义愿意打多少年，我们也就准备跟他打多少年，一直打到美帝国主义愿意罢手的时候为止，一直打到中、朝人民完全胜利的时候为止。”

毛主席的讲话充分显示了中国人民要同美国侵略军战斗到底的坚强意志、信心和决心。美国只因屡吃败仗，在战场上死人越来越多。它是死不起人的，人死多了，美国人民不答应，其家属也不答应，这仗怎能再打下去！因而还得回到谈判桌上来。

毛主席就朝鲜谈判问题说：“谈还是要谈、打还是要打、和还是要和。”

1953年4月毛泽东就朝鲜战争的形势指出：“争取和，准备拖。而军队方面则应作拖的打算，只管打，不管谈，不要松动，一切按计划进行。”

师长王诚汉同志在大会上，宣布攻打883.7敌人阵地的命令：五四二团团长武占魁、政委史玉飞听从命令，我以师长的名义命令你们，率领全团部队攻打883.7敌人的阵地，一定要取得完全的胜利。

武占魁代表五四二团全体指战员及部队，向师党委表示决心：“请师党委放心，我们全团的指战员和部队，坚决执行王师长的命令。组织坚强的突击队，突破敌人设置的层层火力网，我们全团的部队，一定要占领883.7敌人的阵地，取得完全的胜利。来报答师党委对我们全团的关怀。”会场上都热烈地鼓掌。然后由师政委张春生同志擎起一面红旗，上面写着：“把红旗插在883.7高地上！”

他把红旗授予突击队长高达峰同志手中，高达峰举手向张政委敬礼，并将红旗高举在大会场前面迎风招展。迎得了全场的热烈欢呼和鼓掌。

会议宣布结束。这时我走出会场，天刚放亮，开了一夜的会，口干舌燥，想到大山沟底下的河沟里去喝水，我刚到山沟中，突然听到高空中有飞机的轰鸣声，仰头一看，有4架敌机正向山沟里袭来，我急忙躲在一个陡坡下刚挖的有半米深的坑道口中，崔参谋和杨秘书也在我身后隐蔽起来。突然敌机向下俯冲，发出刺耳的怪叫，进行扫射，在坑道口的岩石上溅出子弹撞击的火花。只听轰的一声巨响，震耳欲聋，这时啥也听不到了，爆炸的冲击波把帽子也吹跑了，眼睛也看不到了，停了几分钟后，我忽然发现杨秘书的一只胳膊被炸断，血流如注，血像自来水管一样向外喷注，因为我经常在火线上抢救伤员有些经验，这时我迅速跑到山坡上找来一节被炸断的电线，用电线将他的胳膊扎起来，止住了流血。又发现崔参谋头上被炸进一块弹片，还在流血，弹片还在头中取不出来，这时连一个急救包也没有，只好为他撕块衣襟包上，等待飞机过后再送医务所进行抢救。

可是，这批敌机在这条大山沟中，往返来回地俯冲扫射、投弹轰炸。连续几个小时后，又派来一批中型飞机投下汽油弹、燃烧弹，引起了满山的大火，接连烧了几天还未熄灭。飞机直到晚上才算飞离现场。这时崔参谋已经昏迷。我把他背起来，爬过了三道塄坎，送到医务所进行抢救，取出了弹片。然后我又找来一名战士，我们两人用担架把杨秘书抬着送到了医务所，由毕医生为他进行了包扎。准备将这批伤员送到后方野战医院，然后转送到国内去进行治疗。

据当地民兵反映，这次敌机飞来这个山沟中进行扫射、轰炸一天，是李承晚傀儡集团的特务指示的目标，他们认为在这条山沟中，住着一个军的指挥部，为此便遭到了敌机的轮番轰炸。为此，警卫连组织了搜山，抓捕了三名特务，正在进行审讯。

# 47. 记反击883.7的战斗

在通往前沿阵地的路上人特别多，都忙着做战前准备工作。电话员在整理着电话线路，运输员在赶运炮弹和食品——炒面。战士们都在忙着挖交通壕和修复坑道，每个人都在忙着迎接反击战的胜利。

这时，我以记者的身份跟随史玉飞团政委来到了三连的坑道里。这里已经临时布置了一个庄严而简朴的会场。在坑道中的正面挂起了毛主席和朱总司令的画像，一面红旗悬挂在空中。

“要把红旗插在883.7敌人的阵地上。”各种彩色标语都贴在坑道中的石壁上，其中有一幅标语：“全歼守敌立大功！”最引人注目。

战士们都在忙着做准备工作，有的战士在钉鞋带，有的战士在缝手榴弹袋，有的在写立功保证书，有的在写入党申请书，同时都在准备着即将到来的反击战斗，显得非常紧张而有秩序。在众多的谈话声中，我听到一个战士在大声说：“过去我们都是打的反击战，今天我们反过来了，要让敌人打反击战！这就足以说明，我军越战越强大，敌人越战越垮台！”又有一个战士接着说：“过去我们三连立过几次战功，红旗得过好多面，这次战斗我们更要为红旗增光！”

当听到这些豪言壮语的时候，我非常兴奋。我相信，这次反击战的胜利，将要在这些坚定的、勇敢的战士们中创造出来。

下午3点，出征大会在嘹亮而庄严的歌声中开始了。首先，由李营长宣布作战命令并率领全体同志进行宣誓。他们面向祖国，举起拳头，庄严宣誓："为了和平，为了祖国，为了朝鲜人民，我们保证，服从命令，听从指挥，领导指向哪里，我们就打向哪里……"战士们雄壮洪亮的声音，在山谷中发出巨大的回响，盖住了阵地上的炮声。

宣誓后，史政委擎起一面"把红旗插在883.7高地上"的红旗，立刻，全场的眼睛都集中在这面红旗上。史政委讲了团党委的嘱托和希望后，把红旗双手交给了红旗手高达峰，这个年轻健壮的战士，他双手接过红旗并激动地说："请首长放心，我们一定要把红旗插在883.7敌人的阵地上！"这时，会场里沸腾起来了，"我们一定要把胜利的红旗插在883.7敌人的阵地上！""为毛主席争光！为祖国献礼！"的口号声震撼着坑道，在坑道里回旋着，经久不息。

天逐渐黑下来，战士们吃过饭，喝足了水，班排干部们又检查了战士们的着装以后，三连乘着夜幕迈着矫健的步伐，向着潜伏区出发了。他们越过1000米的开阔地，秘密地运动到敌人的眼皮底下。这是最紧张的时刻，在指挥所里的空气异常沉寂，我们每个人的心，都和正在前进的战士们紧紧地连在一起。这时，报话员把耳机贴在耳朵上，参谋们手中紧紧握着耳机，人们都在屏息等待着，连轻微的喘气声都能听得到。

突然，报话员打破沉闷的空气："报告武团长，部队已顺利到达冲锋的位置，无一伤亡！"这时，武团长立刻站起来，指挥所的所有人也都一齐站了起来。

这时，手表上的指针已指向10点，武团长下达了开炮的命令。只听得轰隆一声巨响，接着榴弹炮、山炮、野炮、迫击炮，都一齐开了火，轰隆隆，轰隆隆，100多门大炮从不同的地点向883.7敌人的阵地上轰击。炮弹呼啸着划破夜空，成吨的钢铁飞向敌人头顶，爆炸的火光像火山爆发，浓烟滚滚，敌人的阵地上变成了一片火海。战士们看到这些威壮的态势，一致欢呼"打得好，打得好！"

我们都挤在瞭望孔前，高喊着："狠狠地打击这些残害朝鲜人民的强盗！要他们用生命来偿还血债！"的确，谁看了这种情景，都会兴奋得欢呼起来。

武团长看看手表，20分钟的炮火袭击，已将敌人主阵地上的表面工事全部摧毁，马上命令炮兵向纵深延伸。这时，三连的步兵只用了15分钟就冲上了883.7的主峰阵地，红旗手高达峰，虽然负伤几处，但他凭着顽强的精神，硬是把红旗插在了883.7主峰阵地上，让它迎风飘扬。

这时，武团长接到了三连王卫东连长的电话："报告团长，我连已经冲上了883.7敌人的主峰阵地，与坑道内的敌人正在进行顽强的搏斗！"武团长说："你们打得好！要迅速打扫战场，做好对敌人反扑的战斗准备！"指导员王来喜接着报告团长，抓获俘虏108人。缴获各种枪125支，子弹25箱，小炮8门，战备物资一大批。这次夺取883.7的战斗，获得了完全的胜利！

武团长立刻向王师长作了战斗胜利的报告。王师长对五四二团取得的胜利给予了表扬，王师长说："你们团打得好，打出了勇猛的战斗风格，值得赞扬！但要做好打击敌人反扑的准备工作，要再接再厉，争取更大的胜利！"

# 48. 只身入敌穴的副班长

在前沿阵地上，吴志辉指导员给我介绍了一位在战斗中英勇入敌穴的副班长温良绪同志的事迹。在阵地上我采访了温良绪同志。他个头不高，但充满了智慧和力量。

他说："在轰击十字架山'221'高地的战斗中，团首长命令我带领两位工兵同志去扫除冲锋部队道路上的地雷。当我们爬到敌人阵地前沿时，小心地起出三个方形地雷，并且剪开了一道铁丝网。就在这时，敌人的一发炮弹在我们身边爆炸，两位工兵同志牺牲了。我的左腿也被弹片炸伤。

"现在只剩下我一个人，也要去完成任务。我忍着疼痛继续向前爬去。这时部队已经发起了冲锋。面前的三个火力点，像炒豆似的疯狂地向冲锋部队射击。我把大衣搭在铁丝网上，引诱敌人的火力，爬过了第三道屋脊形的铁丝网，首先向左边的那个火力点扑去。当那个火力点还在疯狂扫射的时候，我连续投进去两个加重手榴弹，枪声立刻就停止了。

"中间的火力点仍在喷射着火舌。我们冲锋的部队前进不远就卧倒了。我知道他们正等待我去炸掉这个拦路的障碍。但是这个火力点拼命地封锁着它周围的道路，使我难以接近。这时我突然想起战前从俘虏嘴里了解到的情况。敌人的火力点之间，都是以暗沟相互沟通的，我何不从左边这个刚被炸毁的火力点里穿过去呢？果然，我一进火力点，就发现这个火力点连接着一条盖沟。盖沟里似乎还有不少敌人直叫唤。没问题，顺着这条盖沟，一定能到达中间那个火力点。我想，乘着敌人这个混乱劲大胆地钻进去，盖沟里黑乎乎的，我浑水摸鱼，准能成功！

“主意一定，我就钻进了盖沟。盖沟里黑得真像一个敌穴，对面站着也看不清对方的模样。我拐了一个弯，就趁着黑挤进了乱哄哄的敌人中间，这时一个李伪军拍了我两下。我吃了一惊，但马上镇静下来，这么黑，敌人绝不会是发现我了。我估计可能是一种什么暗号。于是将错就错也照样拍了前面的李伪军两下。

“敌人老是乱喊、乱叫的，也不知他们喊叫什么。不管怎样，先把他们搅成一锅粥再说。我悄悄地掏出两颗手榴弹，朝着前后，一边扔一个，我自己却一闪身，贴在一边趴下来。只听轰隆两声，敌人可就乱了营了。前边的敌人打后边的，后边的敌人打前边的，枪声响成了一片。当敌人枪声稀少，乱喊乱叫时，也可能是追究责任的时候，我已经悄悄地摸到中间那个火力点跟前了！

“我清楚地看到在这个火力点里，有五个敌人正用一挺重机枪向我们冲锋部队扫射，他们万万没有想到志愿军会从他们的后边钻出来，向他们甩手榴弹。轰、轰两声！这个火力点给报销了。这时，冲锋部队冲了上来。

“透过火力点的射击，从山下传来战友们的杀声。但这声音突然间断了，传来的却是极端刺耳的重机枪声。这时，我扒着射口向外看，在左边又出现了一个火力点，正向我冲锋部队射击着。

“我向身上一摸，真抓瞎，手榴弹打完了。我急得直冒汗，想起了班长告诉我的话，自己的弹药打完了，就找敌人的武器打。我用手电筒一照，发现了好几个美式手榴弹。这时，一群李伪军向我跑来，我捡起手榴弹就向敌人投过去，敌人丢下两具死尸，挤成一个疙瘩向前跑，我就尾随着敌人往前摸，摸着手榴弹就向前投。就这样，打到右边那个火力点，我把四个美式手榴弹连接在一起，向正在射击的三个敌人投过去。轰隆一声巨响，我就被震晕了。过了一会儿我醒过来，由坍塌的盖沟缺口吹进来一阵凉风，我扶着工事的墙壁，爬出了敌人的地堡，望着冲上来的战友兴奋地高喊着：同志们冲啊，阵地是我们的了！

“前进的道路是那样狭窄，又那样的滑，同志们向上爬着很艰难，我就一个一个地把他们拉上来。最后，我又拿起伤员同志的武器，和战友一起冲向了山顶，占领了敌人的阵地。”

# 49. 一个苹果的故事

“一个苹果的故事”在朝鲜战场上广为流传，后经我采访了解到的详情为：上甘岭争夺战在激烈地进行着。此时，志愿军某部已转入坑道内，等待反击。几天来敌人连续不断地炮击，使后方运输补给极为困难，坑道被打短了，容量小，人在里面挤得不能活动。洞外气温在零下10摄氏度左右，而坑道内却如夏天一样闷热。连长张计法，借着洞口射进来的昏暗光线，正在聚精会神地查看地图，一旁的步话员李新民正在向上级报告战斗情况……

这时，一名身材瘦小，年龄不超过20岁的战士，背着沉重的弹药箱，跃进了防空洞。这是五连来支援战斗火线的运输员。卸下背上的弹药箱，他擦了一把汗，小心翼翼地从口袋里掏出一个苹果，用衣襟仔仔细细地擦拭了一遍，来到张计法身边。“连长，给！一个苹果。”张连长望着运输员递过来的苹果，愣了一下。出击整整七天了，除了前天晚上营长给了他一块2寸长的萝卜外，他们没喝过一口水。此刻，他的喉咙早就像着了火一般干燥难耐。“哪来的苹果？”“我在半路上捡来的。连长，你的嗓子哑了，吃了润润喉咙吧！”运输员说罢，将苹果塞到张连长手中。

张连长打量着面前的运输员，只见他满身尘土，衣服撕破了好几处，脖子上也划破了好几处，浸着血迹不用说，这一路上，他是顶着敌人猛烈的炮火匍匐前进到这里的。

“你们运输太辛苦，还是你吃吧。”张连长又将苹果递还给运输员。“不，不！”运输员羞怯地笑着，连忙推却说，“我在路上可以喝口凉水。”说完转身就走开了。

此刻，夜幕已经徐徐降临。望着运输员消失的身影，张连长的心中涌动着一股股热流，多好的战士呀！他知道，通往后方的三里路以内是找不到一滴水的。显然，这个运输员出于善意撒了个谎。

张连长端详着手中的苹果，这个运输员擦拭得干干净净的苹果，泛着红润的光泽，发出诱人的香味。这对于张连长干涩的喉咙，不啻是雪中送炭。然而，张连长却把目光移开，环顾着四周的几名战士：步话员李新民、通信员兰发保、司号员、卫生员及战士们也在忍受着干渴的煎熬啊！

李新民这时已汇报完情况。他的嗓子已经嘶哑，嘴唇干裂了好几道口子，血痂还凝在嘴唇上，两眼布满了血丝。张连长把手中的苹果递给他，说：“你们几个把这个苹果分着吃了，润润喉咙，好继续工作。”李新民深知连长的脾气，一旦话出口就绝不收回。他接过苹果，看了看另外几个人，又看了看躺在洞子里面的伤员兰发保，就将苹果递到兰发保手中，说：“苹果，你吃吧！”兰发保在一次执行通信任务时，被炮弹打断了右腿，战地的医疗条件异常艰苦，然而他硬是咬着牙不哼一声，只有偶尔在睡梦中才发出几声呻吟。他刚把苹果放到干裂发紫的唇边，忽然发现一共只有一个苹果，又将苹果放下了：“连长你吃吧！吃了好指挥打仗。”兰发保说什么也不肯吃这个苹果，又把它递给了连长。

张连长只好又把苹果递给了司号员，司号员又递给了卫生员，而卫生员呢，又递给了重伤员。苹果如此传递了一圈，最后又回到张连长的手中。

张连长似乎有些着急，他很想责备他们几句，但话到嘴边又咽了下去。他用沙哑的嗓音命令道：“谁也不要推让了，来，一人分一口！”大家你看看我，我看看你，谁也没动。张连长无奈地把苹果拿到嘴边，轻轻地咬了一小口，又递给了兰发保……就这样，苹果一个挨一个地传下去，又转了一圈，苹果还剩下大半个。“谁没吃啊？”连长沙哑的嗓音中透出一丝威严。没有人回答。洞中异常沉静。连长诧异地抬起头，在昏暗中，他发现面前那一双双黑色的眸子中闪烁着晶莹的泪光，一瞬间，一股激情涌上心头。

一滴清亮的泪珠，滚落在苹果上。

# 50. “向我开炮！”

在金城川前线的战场上，“向我开炮！”这一爆炸性的消息，传遍了志愿军的整个阵地，引起了广大指战员的关心和共鸣。为了落实真实情况，学习英雄先进事迹，鼓舞斗志！为此，我作为记者前去进行了实地的采访：天已经大亮了，281.1高地东山腿上仍然响着激烈的枪炮声。昨天晚上，我们的一支小部队，乘黑夜深入敌阵进行袭击，一举攻占了山头，消灭了守敌之后，却意外地和反扑的敌人纠缠住了，没能及时地撤出来。敌人用大量的炮火和步兵不间断地反复冲击，足足打了一个整夜，直到现在，太阳已经出来了，我们那支小部队还在重重包围的敌群中坚持着战斗，可是我们的人却越打越少了。

正是这种情况，使我们全指挥所的同志都心如油煎。天大亮了还撤不下阵地，那就是还要在敌人群中打上一个白天。步话机员于树昌不断地向团指挥所报告战斗的情况，请求炮火支援，最后他哽咽着说：“同志们已经全部牺牲了……”指挥所的同志意识到，大部队支援是无法在大白天通过敌人的严密封锁线的，他们所能做的，只有组织炮火支援，等待黄昏时大部队才能进行反击。孙斌团长沉着地接过话机说：“伪二师的部队已经被你们打痛了一个晚上，你们以小的代价换取了敌人重大的伤亡，你和你的战友们都做出了有价值的贡献。目前每坚持一分钟，都会给将来的全线反击增加一分的胜利……”于树昌坚定地回答说：“报告首长，我明白您的意思。我是共产党员，保证坚持到底，有我在，就有阵地在！”“好同志！我以全团的名义感谢你，你这就是对祖国的忠诚！”团长激动地说。接着，他详细地向于树昌指示了联络炮火打退敌人反扑的方案。281.1高地东山腿上的战斗，变成了步话机员于树昌加上团属炮火，同成排、成连进攻的敌伪军之间的较量。两个排的敌人又扑上来了，于树昌呼叫道：“天津2号！3251呼叫！两个排的敌人从2号、4号目标，分4路向我运动上来，请开炮！”一阵炮响之后，于树昌兴奋地喊道：“打得好！敌人一片片地倒下了，敌人向回逃跑了！快沿2号、4号目标跟踪射击！”“好啦！停放！炮兵同志，谢谢你们！”

于树昌就是这样从容不迫地调动着炮火，打垮了敌人一次又一次的疯狂进攻。此时，他的脸上沾满了硝烟和泥土，军装也早就被汗水湿透了，撕了好几条口子，嗓子干得冒火，烟熏火燎般地难受，要是有一口水喝，那该多美啊！

忽然，于树昌发现一股敌人偷偷地摸上来，一下子窜到地堡边。“好狡猾的家伙！”调动炮火已经来不及了，他顺手抱起地上的重机枪，朝扑上来的敌群猛烈地开了火，冲在前面的敌人倒下了，后面的敌人吓得一溜烟地往回溜。于树昌赶忙用步话机向指挥所汇报情况。可是没等指挥所回话，又一批敌人气势汹汹地扑近了地堡。于树昌顾不得思考，又用一连串的手榴弹回敬了敌人。

敌人一批又一批地被打垮了，阵地前布满了敌人的尸体，已经疲惫不堪的于树昌舒了一口气。突然，他的心猛地一沉，发现自己只剩下最后一颗手榴弹了，这是他唯一的武器，更严峻的考验正在逼近他。

已是正午时分了。敌人从三面涌向东山腿，发起第五次猛攻。此时的于树昌，早已把生死置之度外，他沉着地调度炮火：“注意，注意，炮打2号、4号目标！”“左侧洼部也有敌人，请炮火急袭！”炮弹在敌群中爆炸，但前面的敌人仍旧像蝗虫一般蜂拥着爬上来。“1号，1号，大家伙打远了，敌人太多，再打近些！”团长问：“打40米行吗？”“还远！”“30米呢？”“再近些！”“20米吗？”“行！”于树昌斩钉截铁地答道。这时，敌人已经把地堡包围起来了，几名敌人已经爬上了地堡，于树昌的声音更响更紧促了，他呼喊道：“炮兵同志，快开炮吧！向我开炮！为了胜利，对准我的地堡，开炮！”

“绝不能让步话机落到敌人手中！”于树昌深情地抚摸着心爱的步话机，发出了最后的呼叫：“首长，亲爱的同志们！再见啦！”然后，将步话机狠狠地砸到了地上。此刻，五六个敌人已窜到地堡中。他们惊奇地发现在这里同他们一个连兵力抗击的竟是一名年轻的志愿军战士！于树昌脸上的表情异常平静，他把手榴弹举到胸前。敌人见状大惊失色，纷纷向后退去。于树昌嘴角露出一丝轻蔑的微笑，猛地一拉导火索，“轰！”的一声巨响，地堡被炸塌了一半，英雄的于树昌，跟敌人同归于尽！

指挥所的报话机中，再也听不到那熟悉的声音了。前沿观测所报告说：“阵地上地堡口位置冒起一股浓烟，可以判定这是手榴弹的爆炸，山腿上已爬满了敌人……”

“全部炮火，急袭东山腿！”孙团长怒目圆睁，握紧了拳头，下达命令。话音刚落，所有的炮火一齐怒吼，炮弹带着复仇的火焰冲向东山腿，发出天崩地裂般的声响。

这场战斗一直持续到黄昏。志愿军反击部队一直冲上了281.1高地东山腿，在已塌掉了一半的于树昌最后据守的那座地堡中，找到了他的遗体。他的手里还握着半截没有炸完的手榴弹木柄，身旁躺着他最亲密的“伙伴”，那部砸扁了的血迹斑斑的步话机。

# 51. 虎口拔牙

## ——记战斗英雄杨太忠奋勇夺出敌人机枪的壮举

在采访杨太忠同志夺取敌人机枪的英勇事迹时，他还有些腼腆和羞怯。杨太忠才刚满19岁，说起自己在敌人枪口中夺取敌人机枪的事迹，还有点不好意思。那是1953年2月12日，8点钟，天黑了下来，指导员下达了准备出发的命令。坑道里的空气变得严肃紧张起来。40多名全副武装的战士，披挂着武装，一个个英姿飒爽。这时，指导员带领大家宣誓："打下小无名，歼灭侵略军，为毛主席争光，为祖国献礼，用胜利迎接新春！"

晚上8点钟，队伍在夜幕中迈着矫健的步伐出发了。杨太忠和他的爆破组每个人带着三个炸药包，紧跟着突击班后面前进。寒风刺骨，积雪没过膝盖，我们的队伍神不知、鬼不觉地摸到了冲锋出发地，距敌人前沿阵地只有120米处，在一条石坎下待命。

小无名高地，是敌人883.7主峰西北角的一个前哨阵地，它一头紧连着主峰883.7，一头伸向我方，威胁着我510高地和大黑山阵地的安全。由于攻占后不便于防守，兄弟连队攻占过两次，消灭了敌人的有生力量后，就撤了回来。今夜的任务，还是全歼守敌，只攻不守。

这时，在两侧兄弟部队打响了进攻战。按计划，进攻小无名高地的时间快到了，排长知道杨太忠这是第一次担任爆破任务，就嘱咐他说："小杨，你给敌人准备的'黑馅包子'，可一定要送上去呀！""没问题，保证送到敌人的嘴里！"

他的话刚说完，指导员就命令发信号。支援小无名高地战斗的大炮发射了。在敌人阵地上冒起了火焰，并对通往敌人主峰的道路上筑起一道火网，截断了敌人的退路，拦截了敌人增援小无名高地的道路。

这时冲锋开始了。杨太忠带领爆破组冲在最前面，惊慌的敌人拼命地用机枪扫射阻拦，小无名高地到处都是火光和爆破的气浪，通过连续的爆破，突击班冲进了铁丝网，迅速接近了敌人的前沿阵地，在离敌人30米的地方，遇到了一个陡坎，坎上结了很厚的冰，由于太滑，爬不上去，后续部队也跟了上来，队形非常拥挤，敌人的手榴弹也顺坎滚了下来，情况非常紧急。排长立即命令："搭人梯！"战士们一个踏着一个的肩膀攀了上去，几十支冲锋枪一齐开火扫射，压住了敌人正面的火力。突然从侧面不远处，在一个暗堡里，一挺轻机枪扫射出了一长串火舌。这时，突击班班长倒下了。有的同志负了伤，这个突然出现的火力点，迫使突击部队又跳下塄坎隐蔽。

杨太忠把身体紧贴着雪地，观察寻找这个新发现的火力点的位置。"哒！哒！哒！"……又一串火舌飞了过来。杨太忠和排长都看清楚了，在塄坎左上方有个新增加的地堡，与冲击方向呈45度，在塄坎下无法用力压制它。排长命令："爆破！"杨太忠抱起炸药包踏着一个同志的肩膀爬上了冰坎，趁敌人换机枪梭子的瞬间，飞滚了过去，滚进了敌人机枪射口的死角地方，悄悄地绕到了敌人暗堡的右侧，顺手把两个手榴弹甩了进去。暗堡里传来了两声闷响，机枪不响了。排长带着部队冲上了冰坎，刚跑出五六米，暗堡里的机枪突然又复活起来，部队又被迫得就地卧倒。杨太忠从雪地上刚爬起来，就看到敌人的机枪又伸出了枪眼，等敌人的机枪刚一出膛，他已扑到了枪眼跟前，枪口火光照亮了他的身影。

"啊？杨太忠要干嘛？"同志们不觉一惊："他要像黄继光那样去堵敌人的枪眼吗？"大家扣紧了心弦，两眼紧盯着杨太忠。

杨太忠左手抱着炸药包，只要右手一拉，靠上去，就可以炸毁地堡。但是，他没有这么做，他脑子里想的是时间，如果拉火到爆炸，敌人机枪要吐出多少子弹，会杀伤多少同志？！所以，当他听到同志们的冲杀声，发现敌人枪筒晃动的时候，就迅速接近枪眼，敌人刚一扣动机枪，他就用右手握住了敌人的枪管，用力一拉，没有拉出来。但敌人的枪口被他举了起来，子弹打上了夜空。火烫的枪管灼痛了他的手心，他牙一咬，心一横，索性放下炸药包，双手把枪管举过头顶，双脚蹬住地堡，下定“虎口拔牙”的决心，先突然向里一捅，趁敌人后仰的机会，一个猛不防，就把敌人的机枪从射口内拔了出来，他连枪带人一起滚到雪地中。“同志们，冲啊！”排长指挥全排冲上了山头。杨太忠这时拉燃了导火索，把炸药包塞进了地堡。他提着刚夺来的轻机枪转身走出不远，就听到“轰隆！”一声巨响，地堡和敌人一起飞了起来。

经过一阵激战，地面上的敌人全部被歼灭了。剩下的残敌钻进了坑道。杨太忠赶到敌人指挥所坑道外，听说班长牺牲了，他很难过。杨太忠大喊一声：“同志们，要为班长报仇！”

钻进坑道里的敌人，用两挺重机枪封锁着洞口。杨太忠请求排长：“我去炸掉它！”排长批准了他的请求，立即组织火力掩护。杨太忠把两个炸药包扔进了坑道，但敌人在坑道里的那挺重机枪还在狂射着。杨太忠抱起第三个炸药包，绕到敌人机枪口顶上，安好炸药包，“轰隆！”一声巨响，炸塌的石头泥土一下把敌人埋住了。这时，其他的爆破组的同志也都顺利地完成了炸毁敌人坑道中工事的任务。敌人一个加强排，全部被歼灭了，这次的战斗胜利地结束了。以此，向伟大的祖国献礼，为毛主席争光！

# 52. 无名山上的小英雄

## ——记二级战斗英雄宋祥华

1953年4月2日黄昏，四连连长、指导员在八连连长樊保娃的带领下，到刚被八连攻下的小无名高地上去熟悉地形，准备接替八连坚守这块在敌人眼皮底下的新阵地。随同干部去的还有通信员宋祥华，当时他还不满18岁，是个聪明机灵的小鬼。他见樊连长正在给干部介绍地形和敌情，就在一旁静静地听着。樊连长指着东南方向的883.7主峰说："那是敌人团的主阵地，敌人居高临下，火力完全可以控制小无名高地。"樊连长换了个手势，四连同志的目光都随着樊连长的手势转向小无名高地的南洼部，樊连长说："那里原来是敌人阵地的连接点，现在成了我们接敌的前沿阵地，是敌人反扑的必经之道，要特别注意防守。"

四连长边听边看，阵地上工事大部分被敌人炮火摧毁了，一棵完整的树都没有了。八连的战士们正在抢修工事，改造坑道。从阵地上的迹象可以看出，八连是洒出了鲜血才夺得和守住了这个阵地的。他紧紧地握住八连长的手说："我们全连同志一定向你们学习，坚决守住阵地，为毛主席争光！为祖国献礼！"回头又对通信员说："小宋，你去找八连的通信员聊聊，来个现场取经么！”这话正合宋祥华的心意，他答应一个“是！”就一溜小跑地走了。

八连通信员张万福热情地接待了自己的同行，他带着小宋从指挥所往前沿班走去。什么地方是敌人的高射机枪封锁线，什么地方有敌人的重机枪封锁；并把周围敌人阵地编号，作了详细介绍。宋祥华是个有心人，来以前就在沙盘上知道了这些地名和编号，现在实地一对照，记得更牢了。别看他年纪小，他对通信员的职责却很熟悉，他常说：“通信员是指挥员的耳目和‘嘴巴’，是连里与班排之间的联络员，可以起到步话机和电话起不到的作用。如果，在紧急情况下完不成上下联络的任务，不能保证首长的指挥和安全，就会影响战斗的胜利。”因此，他特别注意观察、熟悉地形和敌人火力封锁情况。

第二天黄昏，有两个排的敌人偷偷摸到八连的前沿，被前沿班打退了。看样子是来试探我们阵地的火力和兵力配备情况的。这预示着敌人即将开始大规模的反扑。在交防以前，八连的同志尽全力抢修工事，要给四连创造打敌反扑的条件。在夜间，四连接替了八连的防务。小宋像一位熟悉猎场的猎人一样，带着三班的同志，巧妙地通过了敌人炮火封锁线，安全地到达了前沿。听完八连前沿班同志介绍打退敌人反扑的经验，三班长对宋祥华说：“你报告连长、指导员，我们一定要守住阵地！”宋祥华说：“我等着听你们胜利的消息！”就和八连的同志离开了前沿。

果然不出所料，第二天下午敌人两个连的兵力就向三班扼守的前沿阵地连续发动了攻击，在我强大炮火阻拦下，都被打下去了。接着，敌人又以近百门大炮向小无名高地轰击，刚修起来的地面工事，大部分都被炸毁。前沿的同志在没有坑道的情况下，同多于自己几十倍的敌人在搏斗。就在这关键的时刻，前沿步话机的联络突然中断了。连长在坑道里着急起来，情况究竟怎么样？营、团指挥所也正等着前沿的消息。连长想亲自到前沿去，通信员李传根拦住了他：“我去！”李传根刚出坑道不远，就被敌人的机枪打中了，身负重伤。宋祥华看在眼里急在心中。他马上说：“我去，连长！”连长正在为李传根负伤而难过，现在小宋争着要去，心里为有这样忠于毛主席、忠于革命的战士而自豪，但又为他的安全而担心。便说："去吧，机灵些！弄清情况就马上回来报告。"

明知火伤人，偏向火山行。宋祥华紧了紧鞋带，掂起冲锋枪飞快地向前沿跑去。敌人十几挺机枪，严密地封锁了他前进的道路，炮弹不停地在周围爆炸。指导员和连长在坑道观察所目送着宋祥华，他俩的心随着宋祥华的动作在跳动着，不由得想起这个小鬼到连队以来的表现。

宋祥华是四川南部人，1952年7月才从祖国大西南来到朝鲜前线。在忆苦思甜会上他讲了自己悲惨的童年生活：他家只有半亩地和几间破草房，很小的时候，父亲就被地主逼死了，他10岁就又落进了地主的魔掌，给地主放牛、干活，终年吃不饱穿不暖，挨打受气，直到四川解放，才翻了身。入伍后，在党的教育下，阶级觉悟提高得很快，样样工作干在前面，决心要发扬国际主义精神，为解放全世界的劳苦大众而奋斗终身。他战前向党支部递送了入党申请书，立志做一名共产主义战士，誓将中国革命进行到底。现在，这个用毛泽东思想哺育起来的青年战士，在战斗中表现得是这样的勇敢和机智，完全无愧于共产党员的称号了。……

"轰！""轰！"几发炮弹在宋祥华周围爆炸了，打断了指导员的沉思。硝烟挡住了视线。连长、指导员正在焦急，突然，从烟雾中升起两发信号弹，这是请求炮火支援的信号，连长、指导员才稍松了一口气。

原来宋祥华发现敌人的炮火过于严密，不仅自己到前沿有困难，前沿阵地会更困难。他想起通信员集训时，通信股长曾经说过："通信员在特殊情况下，可以单独发射信号。"于是，他跳进一个弹坑，发出请求炮火支援的信号。敌人的炮火被我炮压下去了，但是，对面山头上高射机枪仍在疯狂地扫射。他发现身后有一被炮弹炸断的树桩，便机灵地把树桩移到交通壕边上，根朝上，梢朝下，很像一个人的上身，敌人发现了，就拼命往这棵树根上射击。宋祥华便乘敌人火力转移之际，巧妙地绕过了封锁线。

前沿班有四个同志负了伤，能坚持战斗的只剩下副排长白国亮和黄清云、赵文生、任仲元四个同志了。副排长正在给伤员包扎伤口，任仲元几个同志正在发热的泥土中搜集和整理弹药。副排长紧紧拉着宋祥华的手，激动地说：“我们已经打退了敌人两次的反扑，告诉连长、指导员，我们一定守住阵地！伤员等天黑后再转移。”宋祥华把水壶递给了任仲元，任仲元又把水壶递给了伤员。宋祥华向副排长说：“首长很关心你们，师里来了贺电，望你们坚决完成任务！”前沿的战士们坚决地表示：“请转告首长，我们保证人在阵地在，为祖国争光！为毛主席争光！”宋祥华带着前沿战友的钢铁意志和战斗情况，立即返回了指挥所。

连长听完了宋祥华的汇报，决定让二班副班长徐自福带四个战士前去增援。

宋祥华一听，就自告奋勇地说：“连长，我带他们去！我熟悉道路。”

连长被他这种强烈的革命精神和高昂的斗志所感动，点了点头。宋祥华扛上弹药带着二班的同志又一次通过敌人的火力封锁线，来到了前沿。天黑前，敌人又以两个连的兵力向我前沿阵地进行第三次攻击，正遇上了我们的生力军，遭到了比前两次更重的惨败。在炮兵配合下毙伤敌人170余名，给反扑的敌人以迎头痛击。

小无名高地的争夺战，成为敌我双方注视的焦点。我军各级首长都非常关心，经常询问前沿阵地的情况。我们要从反复争夺中歼灭敌人的有生力量，并取得巩固新占领阵地的经验。而敌人呢，唯恐我军撕开它们阵地的口子，遭到更大的打击，伪三师几乎动用了全部主力来争夺，并有美军飞机、炮兵的配合。所以，几天来战斗都很激烈。四连同志牢记毛主席的教导：“发扬勇敢战斗、不怕牺牲、不怕疲劳和连续作战的作风。”一面连续战斗，一面昼夜不停地加修工事和坑道，以便更努力地“保存自己，消灭敌人。”

4月7日，从早晨到下午，敌人以两个连到两个营的兵力进行轮番攻击。在这样一个小山梁上，敌人的炮火集中打北头我们的阵地，我们的炮火集中向敌人反扑的方向打击敌人。阵地上简直像用拖拉机耕翻过的生荒地，交通壕、工事都分不出来了。而当敌人炮火刚停，步兵发起冲锋时，我们的战士就出现在阵地上残破的工事里、弹坑里，用手榴弹、冲锋枪把成群的敌人打了下去。宋祥华往返飞奔在硝烟和弹坑之中，把连里的命令传下去，把各排情况带上来，碰到敌人冲上来时，就与战士一齐参加战斗。敌人投入的兵力越大，我们歼灭的数字也就越大。这一天，光敌人丢在我们阵地前的尸体就有215具。

夜幕降临，坑道壁上的灯，因炮弹的爆炸不断地颤动着。连长坐在木箱上聚神深思。他想，李伪军十八团反扑已经持续5天了，遭到了重大的伤亡，为什么今天最后几次反扑，还有那么大的兵力？是不是敌人增加了新部队？为了摸清敌人情况，他和指导员商量，准备派人到敌人尸体上去找证件证实。这个任务是艰巨的。连长望着已经入睡而胸前还挂着冲锋枪的宋祥华，知道他是疲劳了。但是，这个从小就在生死线上挣扎起来的硬骨头，在人民军队里锻炼成长的无畏战士，一贯吃大苦，耐大劳，敢挑重担，英勇顽强，相信他一定能完成任务。想到这里，连长便喊醒宋祥华。

“你到前沿今天打死的敌人尸体上去摸一摸，找到证章和文件来。”连长一字一句地交代。

“是！”宋祥华揉了揉眼，响亮地回答。

漆黑的夜，伸手不见五指，去摸敌人的尸体，宋祥华还是第一次。但他一想到这个任务的重要，就把冲锋枪往后一拉，向前走去。

前沿班的同志听他说明来意后，纷纷争着要去。宋祥华拦住了大家，坚定地说：“这是我的任务，我一个人去！”副排长白国亮说：“那好吧，我们来掩护你！”并具体规定了侦察方向和联络信号。

宋祥华顺着指定的方向往前摸去。在山腰洼部，一连摸了几个敌人尸体，什么也未弄到。宋祥华心想：敌人反扑时都是士兵在前，长官在后。只有再往前面摸，从当官的尸体上去找。他在尸体中爬来爬去，终于摸到一个腰间有手枪套的。宋祥华从敌军官尸体的衣袋里找到了一个小本子。接着，又在敌尸上取下一个臂章。他把这两样东西装好，向前沿同志发出信号，胜利地回到连指挥所。

连长、指导员在灯下查看敌人的日记本和臂章，发现上面有汉字写着“大韩民国国防军第二十二联队……”便立即向上级作了报告。师里根据这个新情况，连夜增调了炮兵，并通知四连准备应付敌人更大规模的反扑。

敌人惧怕我军强大炮火的杀伤，由白天攻击改为夜间偷袭；由整营的人海战术，改为分批轮番攻击。8日凌晨4时许，敌人一个营偷偷在南山洼部集结，企图乘我不备突然发起进攻。我们发现后，就让炮兵来了个急促射，打乱了正在集结的敌人，战士们尾随追杀，把敌人赶出一里多路。这下打乱了敌人的部署，直到天明后，才又重新组织反扑。

这一天，伪三师主力十八团全部和二十二团的一个营，共四个营的兵力对小无名高地进行不间断的轮番攻击。美军飞机、坦克炮和远射程炮也参加了战斗。敌人采用了“添油”战术，一队跟着一队，一批接着一批，在指挥官的枪口监督下，拼命地向我阵地冲来。前沿的同志勇敢、沉着、准确地射击着敌人。接连打垮敌人两个排到两个连的多次攻击。最后只剩下三个同志了，同敌人一个营的兵力拼死搏斗，都壮烈地牺牲了。

敌机在继续轰炸小无名高地主阵地，更多的敌人向我前沿涌来。连长负了重伤。卫生员高志荣把伤员抢进坑道里，阵地上能参加战斗的只有十几个人了。指导员赵振福在坑道里对着步话机沙哑着嗓子和营里联系。“轰隆”一声巨响，一颗炸弹落在坑道左侧，坑道口被炸塌了。指导员和伤员被埋在坑道里，宋祥华便招呼另外几个同志拼命地扒坑道口，忽然听到坑道里传出了坚定有力的声音：“宋祥华，快组织力量反击，不要管我！”宋祥华一听是指导员的声音，知道坑道没有堵死，便执行指导员的命令，翻身跳进残破的工事里。这时，成群的敌人正向该连的主阵地涌了上来。宋祥华面不改色心不跳，他机警地爬到机枪班任东泉、李华清、贾长诗跟前，又发现还有炮排的杨忠平，运输排的何德富，他立即发出号令：“连首长命令我组织大家反击，只要我们还有一个人在，就不能让敌人爬上我们的阵地！”机枪手任东泉和阵地上的战士随即表示：“我们坚决服从你的指挥！”

宋祥华指定一两个同志监视侧后方，防备敌人迂回上来。为了出敌不意，争取主动，他便和任东泉等六个同志带着机枪、冲锋枪，沿着残破的交通壕隐蔽接近了敌人。发昏的敌人迷信炮火的威力，以为山上不会有人了，便端着枪，直着腰，蜂拥而上。宋祥华等突然跃出战壕，向敌人群扔手榴弹。敌人遭到这突如其来的打击，又见炮火切断了他们的退路，开始溃乱了。宋祥华见反击时机已到，大吼一声："同志们，冲啊！"六位勇士犹如猛虎下山，直吓得敌人鬼哭狼嚎地乱作一团，连伤员尸体也顾不得拉，就狼狈逃窜。

宋祥华和他的战友们，在我军强大炮火的支援下，先后打退敌人几十次冲锋，共歼灭敌人1000多名，小无名高地依然牢牢地掌握在我们英雄战士的手中。

# 53. 记特等功臣潘正光

潘正光出生在四川省万县一个贫农的家里，在旧社会的盘剥下，终年食不果腹衣不遮体，过着贫苦艰难的日子。在16岁时，父亲因穷困潦倒不堪生活重负而去世，家里日子就更加难以维系。从此潘正光就奋勇地挑起了这个家庭的重担。

新中国成立后，他翻了身，分得了土地和耕牛，生活过得非常美满。当美军及“联合国军”把侵略的战火烧到鸭绿江边时，潘正光响应毛主席的号召，报名参加了中国人民志愿军，开赴朝鲜战场。在朝鲜他亲眼看到了美国侵略者用飞机、大炮把朝鲜的城市和村庄炸成一片废墟，使无辜的朝鲜老百姓遭受苦难，处在生命难保的水深火热之中，他目睹了这些事实，使他明白了一个道理：美国侵略者发动这场战争的目的，就是妄想以朝鲜作为跳板，把侵略的魔掌伸向我国。我们决不能让他们的阴谋得逞。为此，他在平时的学习和训练中，决心把自己锻炼成为坚强的革命战士，苦练军事技术和杀敌本领，准备在战场上与敌人进行搏斗！他到朝鲜部队后，得到了连队干部和老战士们的爱护和帮助。他在日记本里写着：“为了保卫家乡，保卫我们的祖国，我要像黄继光一样战斗！”1953年6月10日，我军占领了伪五师二十七团所盘踞的883.7高地以后，第二天敌人趁我立足未稳，调集了伪三师，妄想夺回这个高地。

11日拂晓，有两架侦察机在我阵地上空来回盘旋，寻找目标。侦察机飞去不到20分钟，又来30多架轻型轰炸机在我阵地上空进行轮番扫射、轰炸后，敌人的几个炮群配合着坦克，向我阵地猛烈地轰击起来，阵地上到处都是烟雾弥漫、沙石横飞，汽油弹爆炸掀起了一丈多高的火焰，烈火在阵地上滚滚燃烧。潘正光在连部接受了战斗任务。他带着本小组的战士们向西山阵地冲击前进。他们到达阵地后，迅速修筑工事，以防敌人的反扑。

西山的阵地，是937高地伸向949.2高地的一条900米高的阵地，它北面陡峭，南面倾斜，从敌方有一条坦克公路直通山顶。敌人妄想依托这里突破各个山头。潘正光小组奉命坚守这个阵地的正面。这是他第一次与敌人作战，心中无底，这时潘正光又兴奋又紧张，但是他已下定决心，坚决守住这个阵地，誓与阵地共存亡。敌人的飞机和炮群向我阵地轰击了多半天，却没有见到敌人的动静，在黄昏的时候，天下起了大雨。敌人不断地在空中扔下照明弹，把阵地照得通亮。潘正光潜伏在距敌人的阵地只有30米处，浸露在雨夜里，穿着湿淋淋的衣服等待着敌人的出动，在接近黎明时，有两个排兵力的敌人，分左右两路偷摸上来。潘正光在野战工事里抬起头来盯着敌人，很想对着这群强盗投去一个手雷。但是他又想：“离得远了点，打出去杀伤力不大，不如放得近一点。”敌人离他只有30米蜂拥而上时，他拉燃导火索，高举起手雷扔向了敌群。一声巨响，偷摸的敌人被炸得血肉横飞，躺倒了一大片。他接连又扔过去两个手雷，两个排的敌人被炸得死伤过半，而溃逃了下去。

敌人是不甘心失败的，接着用炮火对我阵地又轰击起来，烟幕弹不断地在阵地上爆炸，白色的烟雾笼罩着前沿。这时，连部通信员小周来传达命令：“潘正光同志，连长命令你们坚决守住阵地，没有命令不准撤退！”

这时班长于昆也从二组赶过来，再次检查了他们的工事和战斗的位置，武器弹药的配置。

敌人的炮火开始向纵深延伸时，在949.2高地上，敌人的高射机枪和六挺轻重机枪开始了疯狂的扫射。掩护着一个多连的敌人冲上来了。潘正光立即让郭长延和匡树荣坚守在左右两侧，他自己守在正面。这时，有一个多连的敌人，吼叫着发起了冲锋。面对疯狂的敌人，潘正光沉着、冷静，脸不变色心不跳。当敌人来到他跟前只有30米时，他大喊一声："同志们打呀！"冲锋枪声伴随着手榴弹在敌群中的爆炸声，冲上来的敌人被打得晕头转向，狼狈逃窜，慌乱地败下阵来。这一仗消灭敌人30多名。在这次战斗中，郭长延和匡树荣都负了伤，班长于昆被一颗子弹穿透了腹部而壮烈牺牲。这时潘正光有无限的悲痛，他回想刚到三班时，班长每天晚上，当大家睡得正香甜的时候，起来给大家盖被子拾衣服，冬天气温降到零下30多摄氏度时，他们住在坑道里，吃炒面喝冷水，全班没有发生过病号。在战场上班长特别关心战士，在冰冷的雨夜或在风雨交加的雪地里埋伏时，每当在紧急的时候，班长就亲自爬到战士们的身边，拍拍同志们的肩膀，悄悄地说一声："同志我在这里……"

潘正光想起班长以前对他的爱护，心里燃起了复仇的怒火，他抱起班长，像平时叫班长一样："班长你放心吧，我一定替你报仇！"在这次战斗中，潘正光的右臂早已负伤，血直向外流，他顾不得包扎，立即抢修工事，准备弹药，监视着敌人的活动，准备着打击敌人的反扑。

在阵地上敌人一个连的兵力被我们打下去后，敌人的炮火很快就倾泻过来。单人掩体、交通沟都被摧垮。此时阵地上只剩下潘正光一个人了，坚守阵地的任务完全落在他一个人身上。此时，敌人有两个连的兵力分成四股迂回上来，这时，敌机也在低空盘旋，不断地进行俯冲扫射。敌机刚走，反扑的敌人更加疯狂地围扑上来。正面离他只有30米时，左右两边的敌人更近了。情况非常严重，这时，潘正光毫不慌乱地沉着地监视着敌人。"为班长报仇！"这句话又浮现在脑子里。当敌人接近时，他的冲锋枪愤怒地发射出一连串火焰，早已捆成一捆一捆的手榴弹，在敌群中爆炸，敌人鬼哭狼嚎般地溃逃了下去，死伤一大片。

敌人恼羞成怒，集中两个营的兵力，从阵地四面八方包围上来，正面我们的阵地已经被敌人突破。在这千钧一发之际，潘正光的左臂又被炮弹炸伤两处，一条尖尖的弹片穿进了臂骨，鲜血喷流，他昏倒在地上，敌人已经向他接近，他翻滚了三四次，才从地上爬了起来，抓起早已揭开盖子的手榴弹，向围拢来的敌人扔去，敌人又被手榴弹的爆炸袭击下去。但马上敌人又拥上来，当敌人离他四五米时，潘正光又抓起敌人投来的手榴弹摔了回去，敌人被打退了。这时，九连的勇士们已迂回到敌后，激烈的枪炮声截断了敌人增援的后路，前后一起夹击，敌人两个营的兵力被彻底粉碎了。这时，我们的火箭炮也赶到现场，拦住了敌人溃逃的后路，把败退下去的敌人和正在集结的敌人大部分给消灭了。在两天一夜的战斗中，潘正光在我强大炮火的支援下，歼灭敌人200多名，他坚守的阵地雄伟地屹立在高地上。他孤胆顽强，身负重伤不下火线，给反扑的敌人以坚决的回击，他一个人打垮敌人一个营27次的反扑。潘正光荣立了特等功，应邀参加了祖国第四届国庆观礼，见到了伟大领袖毛主席。

# 54. 打进敌人坑道里“会师”

科里湖南山被我们部队占领之后，十字架山侧翼已被暴露，敌人要固守这座山峰，必然要增兵防守。我团乘敌人疲惫之机，发起了向十字架山的进攻。我们发射的炮弹像刮大风、下冰雹似的，十字架山翻腾得像开了锅似的，你看吧！铁丝网变成了一团一团的棉絮，盖沟和工事火力点几乎都是底朝天。就在炮火向纵深延伸的工夫，我们的部队像浪头似的潮水般地卷上了敌人的阵地。

班长邓高明和刘中喜，一个劲地朝着“二五”主峰向上爬，攀爬中他们脚下一滑，哗啦一声蹬掉了一块石头。敌人发觉了，子弹噗哧地直向跟前落。他俩赶紧隐蔽在一道塄坎下，轻易就找到了那个冒火光的地方。“搞掉它！”我们打了声招呼，就往前摸去，摸到跟前，才看清楚那正是我们要寻找的坑道口。

邓高明说，上级曾讲过“二五”主峰有一条坑道，这条坑道就是敌人的指挥所；打下这条坑道，就能巩固十字架山。因此，命令我和赵小球各带着一个战士，从两个坑道口进去夹击敌人，现在坑道口找到了，眼看着就要和赵小球“会师”了。

这时，坑道口仍继续不断地响着枪声，我盯着它，狠狠地说：“你等着吧！”

我贴近刘中喜的耳朵悄悄地说：“你在这儿等着我，我去试探一下。”说着就轻手轻脚地摸过去。一个箭步靠近了坑道口，扬起胳膊就投进去一颗手榴弹，但听得一声爆炸之后，叭叭又打出来一串子弹。我心里一火，就想用炸药包把它炸毁了，但又一想，不能！上级说过：“要占领坑道，以便利用它打敌人的反扑啊！”再说，炸掉这个口，敌人还会从那个口跑掉，也就不能与赵小球“会师”了。想到这儿，就把刘中喜叫到跟前问道：“你有手雷吗？”“有，还有两个。”他说着便递给我一个。我接过手雷，拔掉保险帽，狠狠地向坑道里一甩，心想：不炸死全部，也得震死他几个！手雷“轰”的一声爆炸了，坑道里的碎石乱飞哗啦啦地响。紧接着我与刘中喜一前一后地冲了进去。

坑道里黑乎乎的，刘中喜打着手电筒的光亮被瓦斯烟遮盖得什么也看不清楚，苦辣的火药味直呛嗓子眼。往里不老远，觉得脚下软咕囊的，用手电筒一照，才知道是被炸死的七八个敌人。我顾不得仔细看，端着冲锋枪就打进去。突然，我的枪打不响了，心一急，嘴里就喊出声来了：“刘中喜快到前边打两梭子，别让敌人缓过手来！”可是刘中喜刚刚打了一梭子，枪又突然不响了。

我们的枪声一停，敌人的枪声可就响起来了，子弹哩哩地从腿旁窜过去，有的打在岩石上，跳起一朵朵的火星子。“坏了，非吃亏不可！”我心里想着可没有说出口来；现在最要紧的是沉住气。我的脑子一转，就赶紧伸出手电筒向右边一晃，光亮把敌人的子弹引到一边去；我迅速地把刘中喜拉到怀里，一块儿躲在左边的石壁下边。

敌人的枪声朝着右边响得真叫猛，把坑道壁上的石头打得满坑道直飞，有的溅到脸上来，把脸砸得火辣辣的疼。这工夫我什么也不顾了，只想把自己的冲锋枪早早修理好。我把练兵时学到的一套本领用上，摸着黑把枪卸开来，擦掉沾在枪上的泥土，然后又把枪机和梭子上好，趁敌人一个冷不防，就猛劲地扫过去一梭子，敌人的枪声停止了。

我俩又开始弯着腰向里闯，手电筒的光线和冲锋枪的子弹给我们当了开路先锋。火药的瓦斯味，呛得我喘不过气来，头嗡嗡地发胀，眼睛直冒金花，腿也站不稳了，真像我的感冒病还没好似的。多么想到外边吸点新鲜空气呵，哪怕是一阵小风一颗雨点也好；可是这时候哪顾得上这些，光急着跟坑道那头的赵小球“会师”，一鼓劲地继续向前进呢！

“不要动！”刘中喜厉声喊叫起来。我仔细一看，眼前的坑道又分为两个岔道：左边的岔道卧着一个敌人，眼看就要死了；右边的岔道哆哆嗦嗦站着一个敌人，一支枪丢在他的脚下。我命令刘中喜：“看好俘虏，把住右边的岔道，我先向左边搜索一下。”左边的岔道空空的，只在顶端发现了三个枪眼，现在也没有敌人向我们打枪了。

从左边坑道里钻出来，我指着右边的岔道用朝鲜话问俘虏道：“那边还有你们的人吗？”俘虏哆哆嗦嗦地回答：“有！有！”刘中喜听说有敌人，就争着要求去打。我说：“你还是看守俘虏和岔道口，这个任务也很重要！”

我一边用冲锋枪扫射着，一边就钻进了右岔道。刚刚走进去不远处，就听得那头喊叫着：“不要打啦！不要打啦！”我一听是自己人，便大声问道：“你是谁！”“我是赵小球呀！”我一听是赵小球，心里可就乐了：“可以会师啦！”便大步地向里边闯。没走两步远，突然从右边打出一枪，炸得岩石直冒火花。我赶紧关了手电筒，靠着石壁向前摸，摸着摸着，那石壁向右边拐进去了，我一机灵，便缩回了身子，啊！原来这就是一个住室啊！拉开手榴弹弦，同时甩进去了两颗，趁着烟幕我冲进了住室，用手电筒一照，才看清楚三个敌人，都被炸死在地上。出了住室，我就边跑边喊起来：“赵小球，赵小球，会师啦！咱们会师啦！”

这时，赵小球和一个战士紧卧在坑道口，他想站起来，但又摔倒了。他兴奋而又遗憾地说：“六班长，你们什么时候打进来了？”没等我回答，他又说：“我俩真倒霉，冲到这儿，就叫手榴弹给炸伤了，只好守着这个倒霉的坑道口，等着你们来。”他紧握住我的手，我乐得不知怎样安慰他才好，赶忙给他们绑扎好了伤口。赵小球又对我说：“六班长你放心，我俩的伤还不重，敌人要反扑上来，我俩还能打手榴弹，保证守住这个坑道口！”

我安慰好了他俩，就重新钻进坑道里，把刘中喜和那个俘虏一起带到住室来。还是刘中喜警惕性高，他一进住室就用手电筒照来照去。手电筒照到右壁凹进去的一张床上，床上一垛毯子，铺着的一条毯子却一直拖拉到床沿下，他好像发现了什么秘密，跨前一步就掀开了那条毯子，跟着便喊叫起来，“六班长，床下还有敌人呀！”我到跟前一看，可不是，外边躺着一个，里边挤着三个，都一动不动地在装死哩。刘中喜拖着外边的一条腿就往外拉，我在前边端着冲锋枪喊：“缴枪不杀！”这些死癞皮狗只好哆哆嗦嗦地钻出来，趴在地上不敢抬头。

我们怕敌人还有什么鬼把戏，赶紧在各处又搜查了一遍。搜查到坑道中央，发现一架梯子直通向山顶，我蹬着梯子上去一看，原来这是敌人指挥所的观察位置。向四外看看，外面的枪声稀落，烟雾散开，战斗已将近结束了，我们获得了夺取十字架山的胜利。

# 55. 把红旗插上轿岩山顶

轿岩山是高耸云端的一座高山，它的左边东峰住着敌人约一个连的兵力，右边西峰也有一个连的敌兵把守，它正面的中峰盘踞着敌人营部的指挥所。都是今夜我们准备攻击的目标。

雨后的浓雾，像一层烟幕遮盖着高入云霄的轿岩山。这种天气，对我们的炮兵来说有些麻烦，因为所有的目标都被大雾掩藏起来了。不过我们的观测员在事前都把米位、射击诸元、距离、标尺瞄准好了，尽管敌炮仍然毫无休止地向我阵地轰击着，敌机也冒雨在高空盘旋轰炸着，炸起的黑烟和白雾混在一起，在起伏的山峦间飘游着，但它们都影响不了我们炮兵的射击。

8点30分，我师的榴弹炮、野炮、山炮以及前沿的各种步兵炮，全部开始了对敌人的阵地——轿岩山三个山头的猛烈轰击，整个阵地山崩地裂，电闪雷鸣，轿岩山已变成一片火海。对敌人阵地的每个角落，我军都喷射出愤怒的火焰。我们的炮火急袭20分钟后向纵深转移。

我连突击部队在乔继丑同志高举红旗的带领下，踏着泥水，奋勇向高耸云端的轿岩山主峰，发起了猛烈的冲锋。

突然，在前进的道路上，一个大碉堡拦住了我们的道路，连珠炮般的子弹向我们射来，把红旗打得嘭叭直响。不能让红旗停下，全连的同志都在红旗上签上了自己的名字，停下来就是全连的耻辱。

战士张福荣向排长提出：“让我去炸掉它吧！”排长答应了他的要求，并让田明仁用机枪掩护着他。

张福荣说，田明仁用机枪，把敌人火力吸引到他的身边，我趁着这个机会，急速地向前爬行着，只用一个炸药包，就把这个碉堡炸塌了，这时我觉得脸上火辣辣地痛，用手摸还有血，才知道是负伤了。排长命令我下去，可把我急得够呛；要求了好久，才允许我暂时留下，我高兴地又和同志们一起前进了。

红旗手乔继丑同志手举着红旗继续向主峰跃进。密集的机枪子弹从主峰上面撒下来，红旗倒了，乔继丑同志牺牲了！不能让红旗倒下来，战前我曾要求过当红旗手，排长看我年轻，没有战斗经验，没有批准。现在我下定决心：保护红旗前进，一直到插上轿岩山的顶峰。

这只是一闪眼工夫，我抢先几步跑到乔继丑同志的身边，从烈士手里接过来这面象征胜利的红旗。现在是我手擎着红旗向主峰猛冲，后边紧紧跟随我的战友们。漆黑的夜，庞大的轿岩山到处充满了杀声，敌人的炮弹和子弹慌乱地向各处乱打。我们在雨中泥泞的山路上，冒着严密的火网飞跑着前进。突然，我们亲爱的排长倒下了。一股怒火冲上了心头，我不由得喊叫起来：“为排长报仇！把红旗插在敌人的头顶上！”我们望着排长，把眼泪擦掉，继续向主峰迈进。

前面又出了两个拦路的碉堡，那里打出来的机枪子弹把前进道路封锁得密不透风。看起来不消灭这两个碉堡是很难到达主峰的。我把红旗放在田明仁的跟前，由田明仁掩护着我去炸掉这两个碉堡。

我顺着交通沟往上爬，爬有30多米接近了地堡，田明仁可真活，他突然把火力转向地堡的右侧。我就在这一刹那的时间里，一个箭步窜上去，把炸药及手榴弹塞进碉堡的射口，碉堡里像响了闷雷，从射口里喷出来的不再是机枪子弹，而是一股股爆炸的浓烟。

右边的碉堡仍在不停地射击着，我又用同样的方法把它拔掉。我重新拿起红旗，兴奋地把红旗举过头顶，用力地摇摆一阵，然后跨过敌人的铁丝网，踏着被炮火炸翻的泥土，直冲向主峰的峰顶迈进！

这时敌人恐慌了，用所有的轻重机枪、曲射炮、火箭筒一齐向我们打来，主峰左侧的一个地堡，更是拼命地阻拦着我们。必须先炸掉这个地堡，然后才能直取主峰，可是我只剩下四颗手榴弹了。情况紧急，主意来得也快，突然想起了把几颗手榴弹绑在一起炸地堡的办法。

任何艰险的道路，也挡不住我们前进。在田明仁的掩护下，我又把这个地堡给炸毁了。我们的突击连队紧跟红旗，奋勇前进，占领了主峰，后续部队也源源不断地冲上了主峰。敌人被压缩在主峰的凹部，我像飞一样越过了残破的地堡和塌陷的盖沟，把红旗插上轿岩山的主峰顶上。

我们五连在李连长的率领下，以勇猛的姿态，迅速地占领了轿岩山的主峰阵地，消灭了地堡中的残余敌人。俘敌人128人，其中军官4人，缴获各种枪支150多支，子弹、手榴弹一大批。组织修复被炸毁的工事，做好打击敌人来反扑的准备。并向团指挥部张团长报告战斗的喜报。张团长兴奋地说：“你们打得好，打出了你们连的风格！但要做好打击敌人反扑的战斗布防，提高警惕！巩固这次战斗的胜利。”

# 56. 攻占小无名高地上的战斗

## ——记特等功臣罗子周的机智、勇敢

6月10日，我五四二团攻下大无名高地。但在大无名高地的西南方，还有三华里的一道山梁，盘踞着敌人两个营的兵力，并有四个炮群配合，他们企图趁我部立足未稳，夺取大无名高地，因此我们要夺取西南山梁，就成为我们坚守大无名高地的关键。

6月11日，下午，团首长把夺取西南山梁主峰三号阵地的任务交给了一连六班。六班的同志们，两天来夜以继日地忙于运输，连饭也顾不上吃，只喝些雨水，眼睛都熬得布满着红丝。但一提到打仗，他们都把累和饿全都忘了。罗子周同志满怀信心地动员大家："为了祖国，为了我们自己的荣誉，我们一定要把三号阵地打下来。美国强盗在谈判桌上不讲理，叫他们尝尝我们的厉害吧！"

当时指针指向了攻击时刻，全班的勇士们在夜幕的笼罩下，迈着矫健的步伐，开始接敌运动了。刚到二号阵地，敌人的机枪便像雨点似的飞过来，罗子周顺着敌人的枪声，用冲锋枪回击了一梭子，又迅速把四名同志分成两路向前发展。自己一个箭步猛扑到敌人的防空洞上甩了一颗手雷，把防空洞炸得“轰”的一声起了火，敌人有的被烧得直喊叫，有的被烧成了焦尸。进攻到二号阵地与三号阵地之间一道山梁时，敌人开始反扑了。有两个班在机枪掩护下，像羊群一样蜂拥到我们阵地的前沿，罗子周马上命令马诗亭、谢成贵插到敌人的左翼去阻击敌人。当冲锋枪子弹突然打到敌群的时候，敌人被打得晕头转向，连13具尸体也顾不上拖就跑了。第二次、三次、四次反扑都被六班用巧妙的战术打下去了。罗子周同志在想：现在已经4点半了，占领三号阵地的任务还没有完成。他把自己的心里话，传给了战友们：“祖国在看着我们，全连战友在看着我们，我们要坚决打上三号阵地。”话音刚落，河南籍新兵崔钢锤猛然站起来，像宣誓一样地说：“坚决打到三号阵地上去！”这时敌人第五次反扑又来了，罗子周指挥守在左边的谢成贵向敌人猛投几颗手榴弹，把敌人打得到处乱窜，他敏捷地拾起敌人丢下的轻机枪，向右翼猛扫，把横在前面的敌人的阵地，冲破了一个很大的缺口。在三号阵地上，敌人架着两挺机枪疯狂地扫射着，如果我们从正面攻击，是要遭受伤亡的，罗子周同志没有这样做，对着王四魁的耳朵说：“我在左边喊话，你在右翼冲锋，动作越快越好。”

“缴枪不杀！”“我们优待俘虏！”罗子周的朝鲜语喊话越喊声音越高，敌人的机枪向着他，越打越疯狂。这时王四魁飞快地从右翼插上去，把捆在一起的两个手榴弹，投向了敌人正在发射的机枪工事里，“轰！”的一声，敌人左翼的机枪，变成了哑巴。罗子周趁着烟雾冲了上去，向敌人的右翼正在射击的那挺机枪突然射出一梭子子弹，右翼的机枪也哑了。这时三号阵地被我们占领了。

三号阵地对我们来说非常重要，只要扼守住这里，不仅能巩固大无名高地，而且还控制了通往883.7高地主峰的公路。因此敌人失去了三号阵地，就拼命地反扑，炮弹不分个地向我们阵地上倾泻，许多半米粗的大树，被连根掀起来，有的从半腰折断，人们的耳朵都被震聋了。新战士汪常忠、崔钢锤是第一次打仗，在这种情况下，他们不知道该怎样办。这时罗子周同志想起了接受任务前指导员的嘱托：“指挥员要沉着、冷静，情况越紧张，越要表现出有办法。”他迅速在阵地上设了一个精明强干的观察员，然后把全班召集在一个防空洞里做了动员："我们是志愿军，为了祖国，为了朝鲜，为了世界和平事业来打击美国侵略强盗。我们一个人要准备打敌人100个、1000个……现在我派马诗亭、谢成贵挖单人掩体，王世奎、杜子永挖交通沟，梁廷州去捡拾敌人的弹药，张凡平揭开手榴弹盖。"明确分工后，每个同志都有条不紊地准备着战斗了。不到半个小时梁廷州捡来的弹药、枪支已经堆满了防空洞。罗子周初步地数了数，轻机枪3挺、自动步枪10多支、手榴弹300多颗。同志们幽默地说："美国鬼子想死就来吧！咱们已经给他们准备好'点心'啦！"这时前沿的观察员看到公路上隐隐约约地有五六辆汽车向北疾进，敌人又准备反扑了，炮火更加激烈，顿时硝烟呛得人喘不过气来，雨也下得更大了，炮弹打在阵地上泥巴四溅，同志们身上、脸上都被溅成了泥巴，猛然看起来，每个人都好像是个泥菩萨。机智的罗子周迅速地把大家分别安排在防空洞里，在横宽16米的阵地上，只放了两个观察员，敌人一个排的兵力蜂拥着扑上来，离我们阵地还有30米，观察员用事先规定的讯号，把木板一敲，同志们都从防空洞里跳出来猛烈地投弹、扫射，打得敌人丢下30多具尸体落荒而逃。报复的炮弹连续打来，勇士们都迅速地钻进了防空洞里防护。罗子周分头鼓励大家："我们要沉着应战，敌人不到30米不打手榴弹，我们一定要守住三号阵地，让美国鬼子尝尝苦头。"就这样越打胜利越大，许多新同志更加勇敢了。马诗亭开始还不懂该怎样打，现在他摸着门了，他要求当观察员。敌人一次接一次的反扑都遭到失败。敌人也不断地改变花样，第七次反扑的方法不同了。先以炮火袭击几分钟后，就突然停止，等我们出洞后，又来一次急袭，企图杀伤我们坚守阵地的勇士。罗子周同志冷笑着说："攻上甘岭的鬼办法，又拿出来了，他们再耍鬼把戏，也逃脱不了死亡的命运！"罗子周对敌人并不陌生，他警惕地对同志们提出三勤：勤观察、勤报告、勤联络。三快：出洞快、进洞快、作战快。敌人的进攻一次接一次地失败，报复的炮弹更加疯狂了，刚挖好的交通沟又被轰平了，观察员不断地被炮弹掀起的泥土埋住又爬出来。昨天还是苍绿的山，今天除了石硝、秃树干以外，再也看不到别的东西了。敌人反扑一直持续到17次。第17次反扑中下了最大的赌注，以一个营的兵力，进攻着一块不到160

平方米的阵地。这时三班已经增援上来了。罗子周提议由三班坚守原阵地，他带领六班分两个小组往下插。这一方案得到了三班长江家清的同意，勇士们就像两把锐利的刺刀一样，插进了敌人的心脏。正在向前攻击的敌人，突然遭到了左右两翼的奇袭，就谁也不顾谁的溃退了。进攻在前面的80多个敌人，他们已经吃饱了我们的“铁元宵”和“洋花生”，用各种难看的姿势，躺在我们的阵地前。从此以后敌人再没有敢来反扑了。

六班在罗子周副班长的指挥下，从6月12日3时到20时的连续的战斗中，打垮敌人大小反扑战斗23次，歼灭敌人420多名，缴获轻机枪5挺、卡宾枪及步枪30多支，对坚守大无名高地，起到了保证作用。战后，经上级机关批准，罗子周为特等功臣。在贺功的大会上，罗子周激动得几乎流出了眼泪来，他紧紧地握着首长的手，在心里说：“今后我要努力学习，提高战术水平，做好各项工作。用实际行动来报答党和祖国人民！”

# 57. 夺取949.2高地上的战斗

9月17日，我以记者的身份去参加了这次的战斗。上级决定这次战斗采取潜伏的打法，由于949.2山高坡陡，从我方阵地前沿到达攻击目标，要运动三个多小时。为了缩短距离减少伤亡，保证战斗的突然性，夺取敌人的山头阵地，就是要在攻击的前夕，把我们参加突击的部队秘密地运动到敌人前沿的半山腰里潜伏起来，到第二天晚上，在我炮火发起急袭之后，突然向敌人发起冲锋，夺取949.2阵地。

为了完成这次的战斗任务，整个东线都在忙碌着，不管敌机如何猖狂，大白天汽车载着弹药在公路上照样奔驰着，各种口径的大炮都擦得锃亮，炮口伸长着脖子对准敌人的阵地在工事里等待着；特别是战士们最心爱的火箭炮也进入了阵地，弹药手们用整桶的煤油来擦净长弹体上的黄油，整齐地将其摆放在钢轨上。指挥所里的手摇发电机整天吼叫着，参谋人员手里握着电话耳机，指挥人员拿着望远镜不断地向前边连绵的崇山峻岭中观察；信号员也不断地出入指挥所探听消息，人们的脸上都露出一种严肃激动而又焦急的神情。

晚上9点多钟，夜幕伴随着乌云笼罩着山峦，夜间黑得伸手不见五指。我们潜伏的部队全副武装，迈着强健的步伐，他们穿过深山峡谷，勇猛地踏进了敌人的阵地，不知哪个没有走稳，踏掉了一块活石头，顺着山坡哗啦、哗啦地滚下山去。响声惊动了敌人，探照灯刷地照过来，机枪也哒哒地疯狂地进行扫射，炮弹也轰隆、轰隆地在我们身边爆炸。我心里暗暗地骂道：打吧！打吧！要不就没有时间了，明天晚上我们就要取消你们的“发言权”。敌人猛烈射击了一阵子后，再没有听到什么动静，便停止了射击。探照灯熄灭之后，山沟里恢复了一片黑暗。我们的部队又继续向前迈进，上坡的时候，发现有活动的石头，就用手搬掉放稳，自己上去了，再轻轻拉后边的人上。遇到塄坎时，战士们就要一个接一个地向上爬，遇到树枝时，就一个一个地递下去，到最后一个人再放手。下坡时，可排成几路纵队同时坐着向下滑行。衣服挂烂了，手脸碰破出血，也无人顾及这些，大家精神都集中在“钻进敌人眼皮底下潜伏起来，不让敌人发现，对这次战斗胜利就有了可靠的保障”。潜伏区是选择在茂密的丛林中，林带里长满了荒草，充满了树叶腐烂的气味，战士们钻进树丛底下，每个人用随身携带的小铁锹，在不发出响声的情况下，挖一个避弹坑躺进去。本来应该休息一下，可是由于走了半夜的路，身上的衣服都汗湿了，在这秋天的凌晨，潜伏在阴湿的树林中，感到分外冷。朝鲜的天气，夜间和白天有很大的差距，白天穿件单衣很合适，夜间却会冻得人发抖。早晨太阳从稠密的树叶间射进来，给大家带来温暖的感觉。

中午太阳照在丛林中，洒在掩体里暖洋洋的，有的战士吃着炒面，有的吃糖、喝水，有的在闭目养神。可是，我们的炮兵不断地在向敌人的阵地上发射炮弹，吓得敌人不敢出来活动，这叫作“关敌人的禁闭”。在我们炮弹爆炸的声浪中，可以听到有的人在大声咳嗽、有的人在小声说话，班排领导干部利用炮弹爆炸声浪的时机，不断地检查战士们隐蔽的形态，这叫作“步炮协同”。

这一天的时间感到过得特别慢，眼巴巴地都盼着天黑下来，谁都清楚地知道，这么多人潜伏在敌人的眼皮底下，如果能安全地度过这一天，就会给敌人一个突然袭击，使敌人手足无措，晕头转向，我们就会获得振奋人心的光辉胜利。

西边的太阳逐渐地落下了西山，同志们在丛林中潜伏了一天，都感到比一年还长，四肢都麻木了。现在，就要从这个小坑里跳出去袭击敌人，那又是多么兴奋呵！

突然，敌人打过来几发冷炮，引起了潜伏部队心理上的一片惊慌。可是整个潜伏部队都没有被惊动，都很沉着。只有一连六班战士何绍林被炸伤了头部。他以极为坚韧的毅力，在身负重伤的情况下还坚持不动，汗珠从脸上像断线的珍珠向下滴落，他的脸色变得蜡黄，他的双手扒在地上，把地都抓了一个深坑……

这时，王团长带着一种极为复杂的感情放下了耳机，他既因为潜伏部队未被敌人发觉而感到一身重担的减轻；又因为战士们的沉着、勇敢，而感到骄傲和自豪；同时他以沉重的心情，念念不忘这位邱少云式的英雄——何绍林同志，要为他申请战功。

天色慢慢黑暗下来，敌人仍然没有发觉我们。指挥所人员都严守着自己的岗位，参谋人员拿着电话耳机，看着手表，把一切准备工作都做好，并且每5分钟用步话机向前沿观察站联络一次，并且通知步、炮兵的领导干部和信号站对表。

这时，坑道里虽然很肃静，可是气氛却非常紧张。王团长站在观察所里紧盯着949.2高地那个方向，虽然10分钟后战斗就要开始，但此刻敌我阵地上，却是一片寂静。我手里拿着通作战室和炮兵室的电话耳机，眼睛却一眨不眨地看着手表，还有2分钟，还有1分钟，只有3秒钟了……“时间到！为了胜利，为了祖国和朝鲜人民，为了给人民的好儿子——何绍林复仇！”当王团长的手表指针指在8点20分时，他命令信号员发射三颗信号弹，当信号弹像鲜红的花朵升到高空时，我们的数百门大炮猛烈地向949.2敌人的阵地发射了。霎时间山崩地裂一般，爆发出一片火海，山谷被震撼得地动山摇，各种炮口发射出来的火光，好像一条条长虹，整个天空被火线交织成一个巨大的火网，949.2高地山头上，被密集的炮火笼罩起来。这时，我们的火箭炮也发射了，整齐的红色长弹飞速地划过夜空，爆炸声在山谷中回响，这对于敌人真是晴天霹雳，好像地球也在颤抖似的。在敌人的阵地上埋设的地雷被炸响了；碉堡、掩体被钢风铁雨打得坍塌破毁，炽烈的大火燃烧起来；交通沟已被炮弹炸平。打击是这样出其不意，使敌人完全处于瘫痪状态，指挥失灵，晕头转向地慌乱起来。

在山坡上我们的潜伏部队，这时候全都站了起来，看到我部的炮火这么猛烈，兴奋得都拍手叫好。迅速地整理好武器，按照突击队形集结起来。

当炮击20分钟后，向敌阵纵深转移时，我们的突击部队像猛虎一样，向敌阵前沿发起了勇猛的冲锋。战士们紧紧地跟随着红旗前进。红旗上签着每个战士的名字，表示着每个战士钢铁般的决心。现在，红旗在前边指引着，勇士们像万马奔腾一般，冒着敌人的炮火，在子弹哩哩横飞、弹片四射的道路上奋勇前进。机枪射手李国军高呼着："钢要加在刀刃上，英雄立功要在战场上，同志们向前冲呀！"我看见三班长李正德冒着敌人的炮火第一个冲在前面。忽然火光一闪，一团浓烟吞没了他。我以为他牺牲了……正在想着，他却猛地从烟雾中钻出来，回头向后边喊了一声："同志们向前冲呀！"他一翻身又冲向烽火腾腾的山坡。他扬手扔出一颗手榴弹，敌人的那挺疯狂嚎叫着的五〇重机枪，立刻变成了哑巴！这时，突击部队冲上山去与顽抗的敌人展开了交手战，有的战士和敌人抱在一起滚下了山崖；有的战士用手榴弹敲碎了几个敌人的脑壳；有的战士扭住敌人一同摔进正在燃烧着的工事里。满山遍野，杀声震天。敌机在山头上空盘旋，但也不敢投弹。敌炮不断在潜伏区发射，但勇士们已经与敌人扭在一起了！

五班的勇士们并肩战斗。由于冲锋时冒着敌人猛烈的炮火奋勇前进，勇士们在冲锋中被敌尸绊倒，再爬起来踏着敌尸前进，火光在面前闪烁，子弹在身边纷飞，火药硝烟夹杂着烧焦的敌尸腥臭气味，呛得人喘不过气来。有的战士与敌人展开了肉搏战，和敌人抱在一起进行搏斗；有的战士用刺刀勇猛地刺进敌人的胸膛，鲜血四溅，吓得敌人狼狈逃窜。

三排的勇士们向主峰发动了勇猛的冲锋，排长武志强刚冲到铁丝网处，突然敌人从地堡里疯狂地向他射击，他的胸部负了重伤。班长康明义挺身而出代理排长指挥，他在向山坡上冲锋中腿部虽然也负了伤，但他顾不得包扎，卧倒躲开敌人的火力，猛扑过铁丝网，从右侧接近敌人的机枪口，对准投了一颗手榴弹，轰的一声，机枪哑了。他借着爆炸的火光率领全排很快冲破了敌人的碉堡，后续部队还未冲上来。他要为部队开辟冲锋的道路。他顾不得消灭左右两侧的敌人，只向主峰猛冲。离主峰只有200米了，敌人一挺重机枪又封锁了他们的前进道路，他从左侧绕过去，向地堡进口投了一包炸药，轰隆一声，地堡坍塌下来，气浪冲倒了他，他爬起来又迎着炮火向主峰冲去。终于他们全排首先登上了主峰。这时，他用尽全身的力量高喊："同志们快向上冲呀，我们胜利了！"红旗手王岗紧跟着第一名突击手冲上了主峰，把红旗插在制高点上。后续部队在红旗的招展中，像潮涌一般冲上了主峰，歼灭了一股顽强的敌人，占领了主峰阵地。

经过搜索各地堡、暗道里的残存敌人的战斗后，俘虏敌人86名，其中军官6名。我们全部占领了949.2敌人的阵地。天空中出现了七颗红色的信号弹，表明战斗取得了完全的胜利。

我部经历了四昼夜的艰苦战斗，打退了敌人四五十次的反扑，歼灭了李伪军一个团兵力，共消灭敌人2600余人，对敌阵地向前推进方圆10多平方公里。缴获各种枪支980余支，各种口径火炮8门，炮弹、子弹及战备物资一大批。获得了军部的通令嘉奖。

# 58. 坚持到最后胜利

## ——记一等功臣指导员王名柱对战斗的叙述

7月14日拂晓，我部各路穿插部队，在插入敌人纵深20余华里后，就控制了各个咽喉要道，截断了金城川一线敌人与后方的联系。我连在黎明前一举攻占了下枫洞南山的无名高地，我率领二排固守主峰。在这个小小的山头上，满是坚硬的青石，一点工事也没有，仓促间我们只好蹲在散兵坑里坚持着战斗。

我连的任务着实很艰巨，在我们的后边，兜住了伪首都师的五个营，加上白虎团团部。在我们的前边，敌人像疯狗似的急着要增援被围部队，右后方的月峰山和左前方的大无名高地，都还被敌人控制着。这两座险峻的大山把我们这个小山紧紧地夹在中间，我们是插在敌人的包围圈里作战的。

激烈的战斗从上午8点钟开始，到下午打退敌人进攻的次数已经数不过来了。看样子，敌人真要拼命了；才打退前边的，后边的又上来了；第一次冲锋被打垮，第二次冲锋又开始了。

部队伤亡很大，情况异常严重。我正趴在散兵坑里观察敌情的时候，二排长韩风玉跑到这里来了。他显得特别冲动，急火火地对我说："指导员，阵地上只有13个人了，我看敌人再上来，咱们就和他拼啦！”

我熟悉二排长，他是个爆仗脾气，遇事容易感情冲动，但当他弄清道理之后，他会愉快地完成任何艰巨的任务。在这残酷的环境中，像二排长这样的人会产生拼命情绪是容易理解的；可是，这比什么都可怕。我觉得心里猛然翻腾了一下，紧紧地握住了二排长的手，眼望着他那涨红的脸说：“你怎么弄出这样的想头？目前我们最需要的是上下级的互相信任。师团首长命令我们插到这里，就是相信我们能切断敌人的后路，能打退敌人的增援，我们能顶到什么时候，上级会有正确的估计，绝不是把我们放到这里来拼命。胜利这么大，我们更应该相信自己的力量，你看…… ”

二排长静静地听着，他的眼光随着我的眼光转向后山边，那里的敌人的重炮群已经被夹在我们的铁钳之内了，一门门大炮在山峦的树丛中隐约地露出长颈，朝北指着，却无人开火，显然纵深敌人已经开始混乱了，只有几架敌机在天空来回盘旋，但并不向他的炮群丢一颗炸弹。

“看见了没有？这是什么意思呢？”我指着那片树丛继续说下去：“这就是说，敌人支持不了好久了。越是在这个时候，敌人就越是急着突破我们的阵地，企图把炮群救出来，把他们被围的部队救出来。现在我们最要紧的是善于保存自己，坚守住阵地，直到最后取得胜利。”

这些话我说的比平时慢得多，极力保持着沉着和镇静。果然，二排长把我的手抓住了，一边摇晃着一边说道：“我的想法错了！指导员你放心，我们一定坚持到最后！”说完，他就钻到烟雾里去了。

下午2点钟，敌人的攻击更加疯狂起来。从距离很近的月峰山和大无名高地上，用迫击炮和六〇炮居高临下地轰击我们的山头，炮弹颗颗在我们身旁爆炸，每个人身上都沾满了碎石和烂泥。那里的高射机枪和重机枪也毒辣地封锁着我们，只要我们阵地上有人一动，就哒哒地扫过来一排排密集的子弹。

这次有两个营的敌人从三面漫山遍野地冲上来。战斗更加残酷激烈了。坚守在我右翼的机枪副排长郑玉成，把全部机枪子弹打光了，当一个排的敌人冲到他跟前的时候，他拉响了爆破筒，和敌人同归于尽。

就这样，我们没有让敌人冲上我们的阵地。可是，敌人也没有退好远，竟在半山腰距我们四五十米的地方，构筑起工事来了。情况一步比一步紧，这时候，坚守在左翼的机枪射手满维平，气喘喘地跑上来向我报告说：“二排长牺牲了！左边只有我一个人了。”

这是多么痛心的消息啊！在战斗中，有些情况真是难以预料的，只在刚才那么一小会儿工夫，我还和二排长亲切握手谈话，他还向我表示决心，可是现在，敌人的子弹却夺去了他那充满活力的生命。

我望着满维平，想说些什么，他却激动地先对我说：“排长在牺牲之前，曾命令我们：一定坚持到最后！指导员，你放心吧！左边的敌人你不要管了，有我满维平在，他一个也别想上来！”

对这样坚强的战士，什么话也没有必要再讲，我只紧紧地握了一下他的手，望着他飞也似的跑回去了。

敌人从半山腰发起的进攻比以前更紧，而我们阵地上却只有八个人了。我心里好像直往外冒火，当敌人冲上来的时候，我站起身来一面甩手雷，一面喊着，指挥着战斗。当我第二次刚站起身来，猛地一下，就被身边的机枪射手向叔君按倒在掩体里面。

等打退了敌人的这次攻击之后，向叔君还没有忘记这件事，他满脸不高兴地带着抱怨的口气说：“指导员，咱们阵地上只有八个人了！这八个人全靠你来指挥。有你在，我们就更有信心守住阵地。你看，左边是满维平那挺机枪，这里有我这挺机枪，能对付得了。可你那样不注意隐蔽，自己站起来投手雷，还一个劲地喊，这不是给敌人造目标吗？”

他激动得连平时跟上级说话的口气也变了。这一席话说得我好羞惭！是啊！刚才我是一种什么行动？恰好是批评二排长的那些话，一旦打上火头了，自己也犯了同样的毛病，把一个指导员的沉着和镇静都忘到一边去了。

我想到眼前这两位机枪射手，内心里不觉涌起一种又是谴责又是充满信心的激动的感情，在战前，满维平曾连续发了两个月的疟疾，是经过多次要求才被批准参加战斗的；在战斗中，他真正发挥了那挺机枪的作用，现在只剩下他一个人，也保证了东南山脚的安全。向叔君呢，又是这样顽强的有经验的战士，昨夜突破敌人阵地时丢了鞋子，全没吭一声，仍然光着脚板插进敌人纵深20里。他们在任何艰苦残酷的战斗面前，从来没说过困难话。全心全意地相信上级的指挥，相信自己的胜利。在这样的战士面前，我有什么权力把自己暴露给敌人？对！不光是我自己，我们每一个人都应该注意保存自己，坚持，一直坚持到最后。

又打退敌人几次连续冲击之后，阵地上又有两个同志负了伤。特别严重的是，满维平只剩下150多发子弹，向叔君的子弹也不到200发了。我考虑一下，马上通知大家："敌人不到30米，机枪也不准射击，打退敌人以后，不多发射一颗子弹，隐蔽的时候，一个人一个地方，避免遭受无谓的伤亡。"我想：现在的主要问题是争取时间，一分一秒的时间都是可贵的。我们真像数珍珠似的一粒子弹一颗手榴弹地数着打，靠着这个又打退了敌人的两次冲锋。

战斗坚持到黄昏，敌人反扑的劲头小了，我们的弹药打光了，可是时间也到了。我们的后续部队，已经以破竹之势，涌入敌人的纵深阵地，歼灭被包围的李伪匪军。我知道我们不久就要改变在敌人心脏里单独作战的形势，跟整个铁钳合在一起。果然，在黄昏到来的时候，先是营指挥所派来四名运输弹药的同志打前站，从北面山坡来到我们的阵地上，接着又涌来了大批的增援部队。现在，任凭敌人再多，反扑的再凶，也只能作为我们的战利品了。

这时候，用兴奋、激动这些字眼，都不能表达出我们的心情，只有经历过与敌人残酷的搏斗，冲破一切艰险，坚持到最后胜利的人，才能体会到这种回到整体怀抱里来的满足与骄傲——我们没有辜负上级的信任，在伟大的胜利风暴中，我们又一次锻炼了自己的翅膀。

# 59. 在反击敌人的路上

李伪军在金城川一线的阵地，被我军全部摧毁攻占了。为了不让敌人有喘息的机会，我们不分昼夜地追击着溃逃的敌人。我也以记者身份跟随部队，一直插到金城川南岸的敌占区。

这时天空中传来一阵马达声，抬头一看，几架敌机正在头顶上空盘旋。

我习惯地对着正在前进的部队喊道："同志！注意防空！"走在我身旁的一个战士，一边擦汗一边对我说："不行啊！敌人跑得太快，一停下来就追不上了！"他又向公路两旁指了一下，接着说："放心地走吧，看，咱们的高射炮有多少！"我向两旁山头上低树丛中扫了一眼，真的！高射炮像小树林一样，炮口都指向高空。怪不得一路上我们根本就没用过防空的这个口令，而且也没有一架敌机敢俯冲下来！

在追击的途中，可把他们炮排的同志忙坏了，他们一面追，一面打，有时炮还没架好，就又要向前进了。后来，他们干脆不卸炮了，由三个人抬着向前追击。他们连一夜追击到三距里。天下起了蒙蒙细雨，道路上尽是烂泥坑。突然，前面传来沉重刺耳的马达声，他们追上敌人的坦克了！大家按捺住心头的高兴，尽量把步子再放快些。在前面公路上，10多个黑家伙正往前爬，一边爬行，一边哒哒地打着机枪。它这样不但打不着我们，而那闪闪的火光，反倒成了我们射击的目标。班长王安山带着一门炮，从山沟下面迅速绕过去，在路旁的草丛中把炮架好。第一辆坦克爬过来了，那蠢笨的黑影子，那煞白的“u吕”字样，全都看得很清楚。他对好了距离、速度，哨的一声，第一炮打偏了。修正偏差后，紧接着又是一炮，一辆坦克立刻冒出一股浓烟，红绿火苗四处乱窜，连续哼了两声，便像个死猪似的躺在泥坑里不动了。其余的坦克一见道路被堵，急得在原地直打转转，然后慌慌张张地掉转屁股，向北逃跑了。

我们把它们留给后续部队来收拾吧！就又按原计划继续向南挺进。

在追击的路上部队真多，好几路纵队都是向着一个方向挺进的，过桥的时候，我们只好闪在一边，让兄弟部队先过去。枪声已经听不到了，只有一架敌机在天空转来转去干着急，有时嚎叫着俯冲下来，但是没有扫射，也没投弹，我们的高射炮一响，它就慌慌张张地逃走了。

在路上，敌人丢下的尸体横七竖八的遍地都是，满装着军用品的汽车一辆接一辆地停在路边，有的司机被打死在驾驶台里，有的马达还在嘟噜嘟噜地响着，看样子，敌人逃跑的时间不会太长。

我又跟随部队两个钟头前进了20多里，插到了梨船洞。敌人的工事正在着火，冒出一股股的黑烟，在这里，敌人刚逃走不久。追呀！再向前追！

忽然山上响起了枪声，子弹哩哩地从我们头上飞过，敌人被我们追上了，揪住了。班长李先刚立刻架起炮来，张云青加好药包，霎时间，炮弹一颗颗飞向敌人，步兵们精神抖擞地向强盗们扑去，围歼了一股逃避在树丛中的敌人。

我们沿着敌人溃逃的道路，一口气追到了敌人盘踞的梨船洞。驻在这里的敌人刚逃跑不久。班长王道奎急火火地跑来向胡指导员报告说：“在东边沟口上有一群敌人正在向树林中逃跑！”我也顺着他的手指向东一看，可不是，一伙敌人正朝南逃窜！我对胡指导员说：这是从轿岩山上逃下来的，快准备追击这些逃兵，不要让他们逃走了！班长和几个战士快速架起了机枪，对着敌群就扣动扳机哒哒一梭子，敌群就倒下一大片。胡指导员又派三排从左侧进行包剿，敌人在走投无路的情况下，举着白旗向我部投降。经清点，俘虏李伪军76人，其中两名军官两名女文职人员。通过朝文翻译审查，李先朝为副联队长，金永吉为英文翻译，女的朴玉姬为文秘、金珠慧为军医。胡指导员迅即派二排长王林率领一个班的战士，把俘虏监护着送到师指挥部去。

我们立刻收拢部队，继续向指定的地点前进，翻过北岭山，我们预定要攻占高佛峰这个高地。在这里，一面阻击敌人后方增援的部队，一面截住向南逃窜之敌，在敌人心脏里安上一颗钉子，以便于我主力部队全歼纵深内的敌人。现在穿插到这里，我们准备迎接更艰巨的战斗任务吧！

# 60. 保护金城川大铁桥

## ——记二级英雄班长潘昌义

在金城川上最大的铁桥，是东山里大铁桥。这条大铁桥卧在一条大公路的中间，向南通往敌人的大后方，向北通往轿岩山。

对这座桥的重要性，上级早就讲过：它不但是江北敌人逃跑的必经之路，而且还是我们向江南进军的必经之道。因此，保护东山里大铁桥，就成为我们头等重要的任务了。

拂晓，大雨如瓢泼一般。轿岩山之敌准备溃逃时，我们部队踏着泥泞小道，开始向敌人后方穿插。

我扛着一挺机枪，一股劲地向前猛跑；战士赵世茂和王道奎，紧跟在我身后边，秋天的大雨像瓢泼似的袭击着我们，浑身刺骨冰凉，头顶还腾腾冒汗。在暴雨中急剧地行进，使我们感到呼吸困难。张着大嘴呼吸还感到直喘。

到达金城川北岸，天色已经大亮了。敌人的冷炮弹，不时落在金城川江心，把江水激起一股股白色的水柱。我停下来，仔细观察这铁桥的两端；北端空无一人，只能听到轿岩山零乱的枪声；南端却有几条黑影子，影影绰绰地好像是几个敌人。我正在凝神注视，却发现这些黑影子运动起来了。因此，可以肯定这是人，而且是几个敌人，在桥南端干什么？是掩护撤退的敌人，还是想把大桥炸毁？这时无须要一个肯定的答案，反正他们不会干什么好事情，如果他们把这大铁桥炸毁可就更糟了。

我把机枪架在一个高坎上，急促地说："王道奎准备子弹！"眨眼工夫，密集的子弹就猛然间扫射到桥南端，再向南望去，几个黑影不见了。

这时我爬向近处，又仔细端详了一下这座大铁桥。这座大铁桥名不见经传，它南北横跨在金城川江上，长约有50米，宽也有5米；两边的铁栏杆雄伟壮观，被雨淋得闪着黑黝黝的亮光。金城川江水在大铁桥下怒吼着，后浪冲击着前浪，好像无数匹野马在奔腾。如果没有这个大铁桥，穿插部队就得涉水过桥，那可就困难多了。这更坚定了我保护这座大铁桥的决心；在后续部队尚未赶到的时候，一定要保护好这座大铁桥。

"班长，快向东边沟口看，那边好像有一群敌人！"

王道奎急火火地向我报告着。我顺着他的手势向东一看，可不是，一伙敌人正朝这边走过来，后边还有一辆汽车慢慢开动着。我对赵世茂和王道奎说："这是从轿岩山上逃下来的敌人，快把子弹准备好，不要让他们逃跑了！"

我们把机枪架在铁桥的北端，趴在泥水地里静静地等候着敌人。敌人迈着蹒跚的步子，一点也没有想到铁桥北端我们的埋伏。他们走近了，距离我们越来越近了，这时，我扣动扳机，机枪子弹好像一阵狂风似的刮进敌群里，敌人马上就躺倒了一大片。那辆大汽车还响着马达，轮胎却被子弹打得跑气，不能转动一步了。司机刚从驾驶楼里跳下来，机枪子弹把他打倒在地上。这时，敌人到处乱跑乱窜，机枪子弹无情地追逐着他们，逼得他们不得不再退回东沟口。在战斗进行中，我的两位年轻的战友，一边压子弹，一边禁不住地喊叫着："好，打得好！打得好！"直到敌人退到东沟口，他们还在出神地喊着："好，打得好！"……我说："好什么？该节省点弹药了！"于是我就开始打单发，只要控制住东沟口的敌人就行。等会儿后续部队上来，保险不会让这些敌人逃掉一个。

赵世茂建议："这里已经暴露了目标，应该转移阵地。"我同意这个意见，就把机枪架在金城川北岸一块绝壁的下边，这里既可封锁东沟口，又可兼顾南岸敌人，他们逃跑时，便遭到我们的袭击。

哪想到敌人却从绝壁上投下一颗手榴弹来，赵世茂的头部负了重伤，我的双手和臀部也被弹片炸伤了。敌人也就趁此机会从沟口拥进来，眼看着离铁桥不远了，我朝着王道奎高喊一声："递子弹！"我忍着疼痛，继续扣动扳机，向冲击过来的敌人猛烈地射击起来。

敌人倒下来一大片，又冲上来一批，看样子是想拼命地通过大铁桥。就在这个时候，我们的杨连长赶到了大铁桥上，他带领全连部队很快地就把这批敌人全部消灭了。当杨连长看到我的伤口时，立即叫我下去休养。我说："我是班长，负这点伤怎么能下去！"

这时，我们的大部队踏上了大铁桥，向金城川南岸继续挺进。我扛着机枪，进入到部队的行列。走到桥南端，才发现桥墩上绑着七八箱炸药，旁边躺着一具被枪击毙的尸体，看样子是先前那几条黑影子，就是在准备炸桥的敌人。如果我们的机枪再晚响一会儿，这座大桥就可能被炸毁了。

当我们正在拆除桥上炸药的时候，我们的大部队向金城川南岸像浪潮似的涌来，接连不断地从大铁桥上向南方的梨船洞进军。

# 61. 金城川战役，全线突破

7月13日，在金城南30公里长的弓形战线上，挤满了我们志愿军东、中、西三路集团军的反击部队。

规定夜间9时，全线开始攻击，我在观测所里，看到了我军空前未有的强大炮火轰击的盛景。东起北汉江，西至下甘岭，到处都是火光闪闪，炮声隆隆，我们志愿军的炮兵在战斗中已经逐渐地壮大起来。她已不同于1951年，更不同于1950年，她的武装气势已经能够完全把敌人压倒。敌人炮兵横行的日子，一去不复返了。

我们中路集团军的兄弟部队，向轿岩山发起了攻击。我师也就从轿岩山西侧官岱里一线，开始向前突破敌人的阵地。

炮火刚向纵深延伸射击，我师各路部队的手榴弹、冲锋枪、机关枪的声音，就像敲击的战鼓一样，回荡在黑夜的山谷中。很快，各种红绿信号弹，连续不断地腾空而起，在这火光闪闪的黑夜里，构成了一幅壮丽景色。“727”高地发出红二绿一，是敌人的阵地被我军占领的信号。

“728”高地发出红二绿二，代表我军进攻到敌人的坑道里。

“738”高地发出红三绿一，是我军向纵深发展的信号。

各路部队的信号观察员忙碌了，一个跟着一个地喊叫着；信号传达员更忙，不停脚地跑来跑去，把各种信号报告给各级指挥员。

从火力点准备到突破敌人的阵地，总共不到半个小时。担任穿插任务的各路部队，就像无数把尖刀，直插敌人的纵深。很快接到上级的通报："西路集团军攻下了'552.8'敌人的高地，预先钻进敌人心脏里的尖刀班，摘掉了敌人白虎团团部的旗帜！"东路集团军突破了无名高地和"551.6"高地敌人的防线，正冒雨向金城川江南岸前进！这些消息是如此振奋人心。全指挥所不时响起一片热烈的欢呼声。武团长马上命令值班参谋，把这些胜利的消息，通报给参战部队，让他们在捷报频传的胜利气氛中，愉快而自豪地去完成各项艰巨复杂的任务。

我师的部队进展也很迅速，各部队已经打到二线阵地上了。这时观察员又开始忙起来了，一会儿报告我团占领了敌人的前沿阵地，一会儿又报告七连前进到达指定的位置待命的信号。

侦察参谋也来报告，在无线电话中侦察到的敌人情况的动态：自我军发动向金城川攻击开始后，敌人异常混乱，各处的敌人都要求炮火支援，但敌人的炮火指挥官却喊叫：顾不上！调不过来！阵地上落得炮弹太多，无法发射！……

开始，敌人指挥官命令："一线死守，二线增援，后退者一律枪毙！"但到后来，却干脆命令不分大队、中队、小队，一律撤到大后方集合。

敌人的防御体系被我军打乱了，敌人溃退了。我各路大军乘胜猛进，追歼溃敌。

4点30分，我师的一路部队进到敌人的弹药库所在地公项洞，另一路部队插到轿岩山后方，占领了东山里、商山里等地。在十字架山战斗中的一等功臣潘昌义率领一个战斗小组，抢占了东山和大铁桥，卡住由金城川通往敌人后方的要道。10点40分，渡过金城川江，进抵开野里。13时，进至曲岱里南山会师，这时，金城川江以南的月峰山地区，已完全由我部控制。部队继续向前发展，指挥所经常听到前方部队的报告：

"轿岩山的溃敌正向斤洞里方向逃跑！"

“在泉洞里有不少敌人的步兵和坦克向南溃退。”

“敌人的一架飞机，没来得及起飞，就被我们缴获了。”

“我们已经打到了敌人的后方医院。”

“我们缴获了敌人的吉普车5辆，大卡车12辆。”

到19时，我团的七连占领了伪六师师部所在地——巨里室，缴获了敌人溃逃时未来得及拿走的作战地图、作战计划、作战命令等重要文件。

这时，我在坑道口附近看到，我师的二梯队在连绵大雨中，向南奋勇疾进，文工队在三岔路口上设置了鼓动站，在松树上架起扩音喇叭，在响亮音乐声中欢送二梯队投入新的战斗，在山谷中回荡着胜利的口号和鼓舞人心的胜利消息，引起了前进部队的欢笑声。

这里昨天还是被敌炮封锁的地方，今天却大不相同了。敌人的大炮除被我军缴获了的以外，剩下来的都逃到很远的地方，他们的炮弹再也打不到这里来了！

在金城川战役中，我军突破了敌人的防线，向前推进500多公里，消灭李伪军五个整编师，取得了完全的胜利。

# 62. 在大反击的时候

敌人在金城一线的立足点——轿岩山，也被我军占领了，为了不让敌人有喘息的机会，我们不分昼夜地追击着溃逃的敌人，一直插向金城川江南岸，堵住了敌人逃跑的后路。

狡猾的敌人，在溃逃的路上到处都埋设了地雷。工兵是开路的先锋，用扫雷器在沿途搜索排除了各种地雷。步兵走在坦克纵队的两侧，拖着各种大炮的牵引车、火箭炮车、满载粮弹的卡车紧跟在后面。沉重的马达声和喧嚷的人嘶马叫声，震撼着金城川两岸的山谷。回忆起在五次战役时，用两条腿追赶敌人汽车的情景，再看看今天这强大的进军行列。我军的装备越战越强大，敌人的气势越战越垮台，这是侵略战争不得人心发展的必然趋势。

在金城川的桥头上，设有鼓动棚，文工团的女同志们高声喊道："同志们，快追呀！莫让敌人有喘息的机会！"随军摄影记者也忙得团团转，照相机的快门按得咔咔响，他们不放过任何一个精彩的场面。

当我跨上大桥时，发现在每个桥墩上和钢板梁上都堆着大包炸药，看样子，敌人是想炸毁大桥，阻挡我们前进。可是，为什么又没有拉火呢？这很明白，敌人决不会有意放我们过桥吧？那就是说，敌人为了保命而逃跑得太匆忙了。

我们沿着敌人溃逃的道路，一直追到梨船洞。住在这里的敌人已经逃得无影无踪了。一排排的军营房正在燃烧，黑色的浓烟里蹿出通红的火苗，衣物、枪支、弹药，丢得满地皆是，像是个大垃圾场。

营房旁边有一块操场，操场的正面竖立着一根大旗杆，一面李承晚军队的旗帜，已经被雨淋得分外狼狈，软塌塌地吊在旗杆的半腰里。看起来，敌人在逃跑前也曾拼命地想把旗降下来带走，但由于我们神速的追击，他们为了保住自己的性命，连这点短短的时间都用于逃命了。

在天亮的时候，我们登上了一座小山头。这里遍地都是敌人扔掉的铁饭盒、钢盔、避弹衣、毛毯等。在一条交通沟里，还趴着一个垂死的李伪军伤兵，两个敌伪军的卫生员正在给他包扎。在交通沟外边，还有一大堆花花绿绿的东西，开始大家都以为是女人穿的衣服，等到跟前一看，原来是一堆敌人未来得及带走的彩色传单。传单印出的时间并不久，还有一股臭烘烘的油墨气味哩！传单上有这样一句话："联合国军占有绝对空、炮优势，绝不会放弃这块阵地。"引得我们都哈哈大笑起来。

我到师指挥所去取捷报，指挥所设在558.7高地上。油印员王长立同志，正在指挥所旁边一个小坑道里赶印传单，我顺手拿起一张说："还是套色的呀，真漂亮呵！"他忙得头也不顾得抬说："这才是两色的哩，等这次大反击胜利结束的时候，套它个三色、四色的给你看看！"

在传单上画着图，一个个红色粗大的箭头，穿过十字架山，穿过轿岩山。忽然有个人匆匆地跑进来，老远就喊："不要印啦！前面的部队又有了新的进展，指向敌人的纵深，五支队已经突过梨月洲同了！"进来的是刘秘书。他把一张战报交给王长立说："再重刻一份吧，要快，慢了又得作废了！"王长立看看那叠印好的捷报，又心痛又高兴地说："总是赶不上形势，我看这玩意儿也非改成机械化不可！"

这时，我立刻想到部队也会向前移动的，等他刻印出来，我就赶不上部队了。我急忙照新的战报抄录了一份，飞快地跑了回去。

汽车驾驶员张信珍说："我们接受了运送俘虏的任务，大清早，便把汽车开到轿岩山下的五里洞。车刚停下，便听到一片吵吵嚷嚷的人声（我一句也听不懂），从车窗上向外一看，好家伙！公路旁黑压压的一大片，全都是俘虏。我心里想：‘这么多，啥时候能拉完哪！’看管俘虏的联络员忙了个满头大汗，他指挥俘虏上了车。我踩响了马达刚要开车，联络员急忙跑过来，扒在车窗上向我恳求道：‘司机同志！开快点啊！你们看……’他指着一群群正往这边走来的俘虏说道：‘全靠你们拉呀！’”

“我加大油门，挂上四挡，把车开跑了。可是等我们回来的时候，俘虏比以前更多了。我们紧忙着拉了一天也没拉完。还有一大批俘虏站在路两侧，等待着我们的汽车拉运呢！”

# 63. 复仇的炮火，胜利的号角

## ——记重新组建的一八〇师，恢复原建制后，投入金城川的战斗

一八〇师在五次战役中，虽然遭受了重大损失，但以突出重围的4000多人为骨干，通过调整组织机构和补充新的兵员，使全师又恢复了元气。真可谓是“铁打的营盘，流水的兵”，志愿军十五军四十四师副师长李钟玄，被调任命为一八〇师师长。全师官兵经过一年多的休整和严格的训练，现在群情激奋，他们要在血与火的战场上为战友复仇，为军旗增辉，为毛主席争光，为祖国献礼。

一八〇师的全体指战员与全军部队一起，在我强大的炮火配合下，向敌军阵地发起了勇猛的冲击，刹那间，在敌人的阵地上爆发出雷鸣般的怒吼，复仇的火焰席卷了金城川各个山头，在敌军阵地上全线被突破了，成百上千的敌军士兵，在我军喷射着复仇烈火的枪口下，纷纷地倒了下去……

7月14日，一八〇师李钟玄师长命令五三八团、五四〇团向白岩山、黑云吐岭发起猛烈的进攻！命令五三九团以一个营的兵力控制北汉江与金城川汇合处的461.9高地，作为师主力的预备队，随时准备投入激烈的战斗。

一八〇师踏上阵地，群情激奋，复仇的烈火伴随着战斗的胜利的消息，就接连不断。五三八团高射机枪连战士滕阳浦用27发子弹就击落敌机两架，九连机枪射手陈兴德以13发子弹击落美军喷气式战斗飞机一架，团侦察参谋李世振一个点射就击落一架敌机，在10多天的战斗中，五三八团就击落击伤敌机5架。

五三九团在反击战中，毙伤敌连长以下190多人，俘虏敌人14人，缴获重机枪3挺、卡宾枪25支，创造了一八〇师在小规模反击战中，歼灭敌人一个连的战例。

五四〇团六连在反击303高地的战斗中，由于最后一道铁丝网没有破坏彻底，冲锋部队无法通过，爆破手罗维兴奋不顾身地趴在铁丝网上，用自己的身体为部队铺了一条血肉之躯的冲锋道路。

1953年除夕之夜，五四〇团老战士赵永旺在部队反击渔云里东南高地时，他的弹药打光时，毅然用自己的身体堵住了敌人的枪眼，战后被志愿军总部追记一等功，授予二级战斗英雄称号。

在金城川战场上，“联合国军”败退的惨状一片狼藉，无数汽车的马达还在鸣响，可他们的司机为了保命，已逃得无影无踪；被击毁的坦克翻倒在路沟里，各种物资、枪支、弹药、衣物等在各个山沟中遍地都是，在路面上水沟里，到处都是美国兵面目狰狞的死尸。

五三八团在团长庞克昌、政委潘放的带领下冒雨向敌纵深追击，当天下午4时，前卫营五连连长秦福德率领部队在敌人密集的炮火中，从仅剩一根钢梁的金城川铁桥上通过后，并涉水过江。五连尖刀三排战士江成富和张兆祥二人直插到敌人的纵深，冲退了敌人正在集结的一个营，并打毁了两辆汽车，把敌人一个排的兵力赶入江中。这时，二营插到敌人纵深10多公里的黑云土岭，他们攀着树枝和抓着野草，在泥泞中爬到山顶上敌人指挥所时，敌人还在睡大觉，没来得及穿衣服就做了俘虏，并活捉敌营长以下50多名俘虏。在天亮以前全部占领了黑云土岭。为我军向前追击敌人打开了一个缺口。

五四〇团在团长周光璞、政委李懋召的率领下，从登大里渡过金城川江向白岩山突击前进，他们的前锋到达818.9高地以东，在山梁上发现了敌人，前卫连连长李鸿森判断，敌人做梦也不会想到志愿军已经到达他们的跟前，战士们一个冲锋就把敌人打得晕头转向，狼狈逃窜，战士陈如宁一个人把一个排的敌人追下了山。当时全团就消灭了敌人1000多个。在主峰上，敌人组织人马负隅顽抗，以4挺重机枪，10挺轻机枪向六连射击，李鸿森马上组织部队火力压制敌人，战士毛兴顺不顾伤口疼痛，与组长邓士秀坚决冲上了主峰，打死了顽抗的敌人，占领了主峰818.9高地，之后，六连继续向敌纵深追击前进，在攻击1118高地主峰时，四班战士杨万盛一个人冲了上去，文化教员陈少忠用敌人的重机枪，将向公路逃窜的敌人打死了30多名。12点30分，五四〇团攻占了1118高地主峰后，很快又打下了敌人白岩山前沿阵地，这一天，他们打到了金城川江的西岸，占领了有利地形，阻止了敌人逃跑的路线。

一八〇师全体指战员经过与敌人的浴血奋战后，占领了金城川以南黑云土岭至白岩山一线敌人58平方公里的阵地，歼敌5000多名，是金城川反击战中发展最快，占领敌人地区最多的一个师。15日至18日，全体指战员与反扑的敌人展开了激烈的血战，牢牢地守住了阵地，让敌人在我阵地前寸步难进。

在夏季金城反击战中，一八〇师作为最早参加反击作战的部队，共作战320次，向前扩展阵地84平方公里，巩固占领阵地32.6平方公里，歼灭敌人1.19万余人，缴获各种炮120余门，枪2083支（挺），坦克5辆，汽车28辆，军用物资一大批。一八〇师也付出了牺牲2400多人的代价。

# 64. 攻克二五高地的战斗

## ——记排长任志明敢于担当重任

漆黑的夜晚，对面看不到人影，我们的突击部队潜伏在十字架山的山脚下面，大家都能够沉着应战，做好一切冲锋的准备，只等上级发出信号的命令，我们的潜伏部队，就会从地上猛跳起来冲向敌人的阵地。

时间越来越近了，心情也越来越紧张。这时，忽然看到从后方天空中发射出红色的三颗信号弹，冲破了沉沉的夜幕，紧跟着炮弹像狂风似的从我们头上扫过去。在敌人的“二五”高地上，像山崩地裂，爆发出一片火海，把敌人山顶的碉堡、工事都进行了破毁，打得敌人晕头转向，狼狈逃窜，无招架之力。

炮火猛烈袭击20分钟后，向敌人的纵深转移。这时，在阵地上空发出三颗红色信号弹。冲锋的时间到了，这时，任志明排长跳起来大喊了一声：“同志们向前冲啊！”几乎在他喊叫的同时，战士们即分成四个箭头，直射向“二五”高地主峰冲击。

敌人企图用排炮封锁我们前进的沟口，拦阻我们直接向“二五”主峰进攻。可是敌人下手得太晚了，当他们的炮弹倾泻在那个沟口时，我们已经提前通过去四五分钟了。

从沟口到达主峰山脚下，还有六七百米的距离。我们的大炮为我们开辟着道路，我们是紧跟着自己炮弹的脚步飞跑着通过这里的。敌人的炮弹也在我们背后，从沟口一层层地排过来，好像督促着我们冲得更快些。

我们到达冲击位置后，恰好冲锋的时间也到了。我们的炮火集中轰击突破口，但连指挥所方向还不见发出冲锋的信号。怎么回事？难道那里发生了意外的情况？这才叫人着急呢，眼看着我们的炮火已经由突破口转向纵深射击了，而敌人的炮弹也由远而近地一步步从背后排近了，再不发起冲锋，就要失去战机，也要使部队遭受无谓的伤亡了。

一定是连指挥员遭受了意外的伤亡，否则，是不会发生这样的事故的。这时任志明在想：我是突击排长，在这样紧急的情况下，我有充分的权力负责全连的指挥。于是，他命令通信员谭昌模火速发出冲锋的信号。随着冲锋信号，全连战士跟在突击排后面，一片杀声地冲向“二五”主峰阵地。

这时，“二五”主峰沸腾起来了，满阵地都是我们的人。战士们冲向一个火力点或坑道口时，就先投进两颗手榴弹，然后再用冲锋枪向里猛扫。敌人除了不断地打出几颗照明弹以外，简直失去了还击的力量。有一个坑道口里的重机枪刚向我们开了火，我们的火箭筒马上还他两发炮弹，就把这挺重机枪摧毁了。我们那准确猛烈的炮火，把敌人活活地给砸蒙了。再加上我们攻击的勇猛快捷，在敌人阵地上好多重机枪都架得好好的，机枪子弹也都装得满满的，只要用手指一勾，就可以向我们开火，但当我们走近机枪跟前时，敌人还躲在地堡的防炮洞里，没来得及进入射击的位置，就被我们的手榴弹给送回“老家”了。

战斗进展得很快，我军只用5分钟就全部占领了“二五”主峰的表面阵地。现在战士们正在和敌人展开激烈的坑道战。任志明站在一条快被我们的炮火打平的交通沟里，指挥着战斗。好多战士不断地向我报告歼敌数字，战士龚友家在报告战况时，还把他捉的5个俘虏带到他跟前。李伪军的头子们曾经吹嘘十字架山是攻不破的“堡垒”，现在他们据守这个“堡垒”的精锐部队和这个“堡垒”一块儿被我们踏在脚底下了。这时，扫除坑道内的敌人的战斗也结束了。通信员谭昌模向任志明请示："我们已占领了全部主峰阵地，是否马上向团指挥所发出胜利的信号？"他命令："在发出占领阵地胜利信号之前，通知各班排要全部进入坑道，避免部队遭受敌人炮火的杀伤。"

当任志明向王团长报告胜利战况时，王团长表扬了任志明的机智勇敢，并勇于担当重任的精神，并命令他担任连长的职务。

当敌人的炮火疯狂向我阵地轰击时，战士们早已进入新占领的坑道里了。为了准备打击敌人的反扑，我把坑道内各班排火器进行了调整，还命令战士们把炸坏了的坑道口和火力点全部修好，又在各个坑道口上派出了监视敌人的哨兵。这一切弄停当之后，任志明又命令战士们在坑道里面抓紧时间休息，恢复体力，准备下一次的战斗。但是，在战斗胜利的时刻，谁还会觉得疲劳啊！这些铁打的小伙子们，把敌人丢下的煤油灯点亮了，一面擦枪，一面谈论着刚才战斗中得意的情景。谈得高兴起来，就说起快板来，有的还唱起了家乡小调。任志明也兴冲冲地和战士们一起唱起了《志愿军战歌》和《歌唱祖国》。我们高亢的歌声，把坑道震得嗡嗡响，在阵地中像过节一样地欢腾了起来。

# 65. 记轿岩山下的英雄

在黎明之前，我们就悄悄地钻进了“149”大山沟里潜伏起来。这条大山沟，和一般山沟没有什么不同，同样是三面环山，所不同的是，这里的三面都是敌人。左边轿岩山的东峰、右边轿岩山的西峰和正面轿岩山的中峰，都是我们今夜要攻击的目标。

沟底是一条小溪，轿岩山北面各个峰峦的涧水都汇集到这里小溪两旁，稀疏地长着一些小松树、灌木丛和弯弯曲曲的藤条。现在，我们就隐蔽在这些丛莽的下面，从枝叶的空隙中，两眼凝神地仰视着敌人的阵地。

四周非常沉寂，听不到敌人常封锁的炮声和枪声，只有淅沥的雨点声和小溪流水声交响着。这时我感到肩上的担子异常沉重，每当有一点风吹草动，我的心就紧缩起来。我仰望主峰，主峰虽高但近在眼前；我环视两侧，左右山峰好像两道夹壁墙，把我们紧紧地夹在中间。我知道近处就是敌人的地堡，敌人的哨兵巡逻的脚步声隐约可闻。我检查了隐蔽在稀疏的灌木丛和杂草堆里的战士们，立刻感觉到天明以后的严峻性。那时敌人俯视我们这里，就像看他的脚面一样清楚。因此，我们的战士就要经受严峻的考验，身体麻木了不能翻身，炮弹落在身上不能呼叫，必须像泥菩萨似的一动不动地卧伏18个小时，这样才能瞒过头顶上敌人观察哨的眼睛。我虽然相信我的战士能够按规定做到，但我仍然放心不下地一再向战士们叮咛着，并再次检查了战士们隐蔽的情形。

朝鲜7月的清晨，好像祖国华北平原的深秋，风吹在脸上，好像刀子割的一样冰冷难受。雨点忽大忽小，浇打着我们全身，从山上滚下来的泥水，又从我们身子下边悄悄地流过湿淋淋的衣服，紧绷绷地贴在身上，战士们的身上早已一点暖气都没有了，我的两排牙齿不住地打的得得直响，但战士们仍然一动不动地紧贴着地面。

天亮了，各个山峦上腾起一片白茫茫的晨雾，敌人对“149”大山沟开始施行火力警戒。子弹掠过我们的头顶，炮弹在我们潜伏区内不断地爆炸。我的精神开始紧张起来——严峻的时刻来到了。

就在这个时候，一阵烟雾消逝之后，我看到张湘元腿部挂彩了。他忍着疼痛一声不吭。直等到我军炮火向敌人射击时，卫生员张和祥才趁着炮弹的烟雾，悄悄地爬到张湘元身边，把他的伤口包好。接着自己就仰卧在泥水里，把张湘元炸断的右腿搭在自己身上，以免让他的伤口再浸水。

又一排炮弹爆炸之后，敌人榴霰弹片击中了副班长严德贤的腹部。我距离他很近，眼看着他的脸色一会儿变得苍白，一会儿变得铁青，头上的汗珠像豆粒似的往下滚，眉毛也不停地颤动着。他咬着牙，双手紧紧掐住腹部的伤口，看来他正在忍受着可怕的疼痛。我一直在盯着他，他因极度痛楚引起的面部表情的变化，就像疼在我的心上似的，我的心也跟着紧张地收缩着，甚至我也停止了呼吸。我担心他会在实在忍耐不住的情况下呻吟出声音来。在这紧张的时刻里，如果有一点点声音被敌人发觉，不仅我们这一连战士会遭到被歼的危险，而且我们这次准备已久的反击战计划将不能顺利执行。在这关键时候，整个战斗的胜败，全连战士们的生存，就完全寄托在受伤者超人的顽强毅力和忍耐上。

“我的好同志！你一定要忍住，千万别喊出声音来！”虽然事实已经证明他是坚强的，但我还是一再默念着。

我看一下表，计算了一下，他已经坚持了9个小时了。多么严峻的9个小时啊！亏得他挺得过来。

我们焦急地盼望的等待的黄昏终于降临了。当我们的炮弹像飓风似的掠过我们的头顶飞向敌人的阵地时，我首先跳起来跑向严德贤身边，我想紧紧握住他的手，把我衷心赞扬他的话说出来："你真是好样的，我的好同志！你真是英雄！！我的好同志！"但当我的手触到他时，我的心立刻沉下来，我最敬爱的战友严德贤同志已经停止了呼吸，和我们永别了！

我含着眼泪在我们英雄的身边说道："谢谢你，亲爱的同志，我代表咱们全连战士向你致谢！你保证了我们战斗的胜利！"

我用雨布盖好了这位战友的遗体，怀着无限激动的心情，率领全连的战士向轿岩山顶冲锋。当我们的炮火打得敌人晕头转向，还没有完全清醒过来时，我们全连部队已经突破了轿岩山敌人阵地的火力封锁，一举占领了轿岩山主阵地，肃清了地堡、坑道中的一切敌人，获得了完全的胜利。战士们一致要求为英雄的烈士严德贤同志申报战功及英雄称号。

# 2

# 与朝鲜人民军的情谊

YUCHAOXIANRENMINJUNDEQINGYI

# 66. 我军和朝鲜人民军的友情

我们教导营奉命向东线挺进，史玉飞政委派管理员陈永先、朝语翻译朴正健和李雨村三人去打前站设营。我们三人在大白天，头戴伪装帽，拉开距离，冒着敌人飞机的扫射、轰炸的封锁就出发了，沿着一条大山沟摸索着前进。每当走入平原开阔地时，敌机都会在空中盘旋、扫射、轰炸，进行封锁，为了躲避敌机的干扰，我们每人从山坡上折一支浓叶树枝顶在头上，一旦敌机进行扫射、轰炸时，就趴在地上的弹坑中，用树枝盖在身上，就这样躲过了敌机几次的袭击。

傍晚天空突然浓云密布，风雨交加，大风吹得雨点打在脸上睁不开眼，每向前迈一步都很艰难，为此我们三人抱在一起暂避风雨，大约过了半个多小时，风雨缓和了一些。这时漆黑的夜间，根本辨不清道路。我动员朝语翻译说："小朴，在这附近找个老乡问问路吧！"他俩都表示同意，我们三人一起摸到山根底下，找到一个窑洞住着一户人家，只有两位60多岁的老人，经过翻译介绍说："我们是来打美国鬼子的志愿军（基恩滚），路过这里要到文吉里去！迷失了道路。"那位阿爸吉说："文吉里距离这里还有35公里，还要翻一座大山，道路曲折难走，怕你们找不到路。"他接着说："我有两个儿子在人民军，打美国鬼子时都牺牲了，我家的住房也被美国的飞机炸毁了，美国鬼子大大的坏！”他的情绪非常激动，对美国鬼子非常愤恨！然后他慷慨地说：“道路我熟悉，我去给你们带路吧！”我们对阿爸吉表示衷心的感谢！在这漆黑的雨夜中，有这位老人给我们当向导带路，我们就放心了。

直到凌晨3点多钟，我们顺利地到达了文吉里，为了表示对阿爸吉的感谢，我们送给他一个行军袋的炒面。

这时小雨还不停地下着，文吉里这个大集镇，被敌机炸成一片废墟，成为焦土，我们又接连找了几条山沟，均无避雨存身之处。如果是晴天，我们全营部队可以分散在山沟里，每人挖一个避弹坑即可露营，可是在这阴雨的天气中，怎么办呢？正在为难之际，从山沟中走出来朝鲜人民军巡逻的小分队，有一个小队长用朝鲜语问我们：“你们是干什么的！”朝鲜语翻译回答说：“我们是中国人民基恩滚（志愿军），是到东线去打美国侵略军的！路过这里准备找个地方宿营。”他热情地说：“在这个雨天中，这几条山沟里是找不到地方住的！这样吧！你们跟着我们去找我连金连长吧！他会给你们想办法的。”

我们三人跟着小分队转了几个弯，这时在东方红霞的映照下，看到在这个大山沟中森林茂密，用石块砌成的道路非常整洁，在营区周围都挂着朝文标语口号，用松枝搭起的大彩门异常威严。我们三人在操场中略等片刻，金连长便出来了，他热情地对我们说：“你们辛苦了！”并给我们握手，还邀请我们三人到他的连部防空洞里去坐。这时翻译不失时机地告诉他：“我们三人是来打前站设营的，我们全营的部队在天亮前要赶到这里宿营。”金连长听懂意思后，就让通信员通知全连队集合在操场上，金连长讲了几句朝语，解散后就让全连战士搬出被褥，把他们住的防空洞全部腾出来，让给我们的部队去住。这时我们通过翻译告诉金连长：“你们这样做不合适吧！我们怎么能把你们连队赶走呢？”金连长用普通话说：“我曾经在解放军第四野战军中工作过10多年，中国人民志愿军是我军的老大哥，你们又是来帮助我们打击美国侵略军的，我们两军是一家人，你们再别客气了！在后山我们还有一些防空洞，我们搬到那里去住。”为此，我们说：“你们发扬了国际主义友爱精神，为我们提供了极大的方便，我们表示衷心的感谢！”金连长向我们挥手告别了。

在这一排防空洞中，我们就以客为主了。这时我们三人一面休息，一面点火烘烤自己身上的湿衣服。大约过了一个多小时，天放亮了，我们教导营的部队都赶到了，在这一个雨夜中艰苦行军后，全营的部队都能住进温暖舒适的防空洞内，休息一个白天，是一种幸运。史玉飞政委感到非常满意，并当面表扬我们三人会做工作。

在晚上，当我们全营部队集合整队出发时，金连长带着全连的部队站在大门外列队为我们送行。史玉飞政委双手握着金连长的手表示了衷心的感谢！

# 67. 在朝鲜参加抗日战争胜利纪念大会

1952年8月15日，是抗日战争胜利纪念日，在我营的驻地细林里人民委员会，邀请我营派出代表，前去参加他们的纪念大会，营教导员王铎同志委派我作为代表，去参加这个纪念大会。为了要在大会上讲话，事前我写出了讲话稿，为了慎重起见，呈送给王教导员审定。讲稿为：

朴委员长、细林里全体人员同志们：你们好！

今天是抗日战争胜利纪念日，我代表教导营全体指战员，对这次纪念大会的召开，表示热烈地祝贺！并向细林里委员会及全体人民致以崇高的敬礼！

日本军国主义是全世界人民的公敌，它霸占朝鲜，侵占我国东北，为我们两国人民造成了极大灾难，他们烧杀掳掠，奸淫妇女，无恶不作，丧尽天良，祸国殃民。打倒日本军国主义是第二次世界大战胜利的一个组成部分。我们要首先感谢苏联红军出兵的援助，我们中国人民解放军的八路军、新四军，在毛泽东主席的正确领导下，浴血奋战八年，金日成将军领导着中国东北的义勇军，在打击日本侵略军时，都取得了伟大的胜利。在今天我们纪念抗日战争胜利的时候，不忘前辈之师，我们向毛主席、金将军表示深深地敬意！

美帝国主义是全世界头号的强国，它打着“联合国”的旗号，纠集了世界上16个国家的军队，明目张胆地侵略朝鲜人民民主共和国，大军压境，直接威胁着我国人民的安全。我们的毛泽东主席，应金日成将军的邀请，派出中国人民志愿军开赴朝鲜前线和朝鲜人民军并肩作战，打击以美国为首的侵略军队，通过两年多的浴血奋战，已经把侵略的军队，从鸭绿江边赶到三八线以南，收复了朝鲜人民民主共和国的疆域，已经消灭了以美国为首的侵略的外国军队3.9万人，这些胜利的取得，应该归功于毛泽东主席和金日成将军的正确领导及中国人民志愿军和朝鲜人民军的共同奋战及朝鲜广大人民的支援。今后我们的战斗任务还非常艰巨，愿我们共同团结起来，为打击以美帝国主义为首的侵略军队而斗争！谢谢大家！

王锋教导员看了讲话稿后，不但一字未改，而且他还表扬我说：“这篇讲话稿你写得很有水平！”为此，我也感到非常高兴！

上午10点钟，我被带入一个大山沟中，在古松林茂密掩盖下的纪念大会场，朴正哲委员长热情地欢迎我的到来，并握着我的手说：“你来参加大会，为我们的大会增添了光辉！”在主席台上，是用木料排列的座位。朴委员长拉着我的手让我坐在他的身旁。他对我说：“你要在大会上讲话！”为此，我把讲话稿交给他，让人抄录。这时我看到来参加大会的人员，大部分都是50岁以上的老头、老太太及10岁左右的学生，其中青壮年男人只有20多人，大部分都是在战争中的伤残军人，他们身上穿的都是我们志愿军的旧军服。据了解，年轻妇女18—35岁的，都已参军服役。这时来了三名金日成大学的女学生，都在20岁左右，虽然是在艰苦的战争环境下，可是她们身上穿的都非常艳丽，白小褂、红飘带、红黄绿色的裙子，由于朝鲜青年女性长得都非常漂亮，她们的到来好像是仙女下凡一般，招人关注。经朴委员长介绍，她们与我相见握手，好像是见到老朋友一样的热情大方，她们都会说流利的中国话，在无拘无束的言谈交流中，表现出泼辣与智慧。会场上已陆续到有400多人。

11点大会正式开始，首先由细林里委员长朴正哲讲话，他用朝语的讲话，不断地引起了群众的热烈鼓掌！然后他用朝语介绍说："欢迎基恩滚代表讲话！"引起了会场上雷鸣般的掌声！这时我站起身来，向参加大会的群众敬礼！然后我拿出讲稿照稿宣读，一位名叫崔丽珠的女大学生进行朝语翻译，由于她事先抄了我的讲稿，因此她翻译的比较流利。每当我讲一段稍有停顿时，她就用朝语进行翻译，引起了会场上的一片欢腾！当我讲到毛泽东主席和金日成将军时，她就带领群众高呼口号！毛主席万岁！金日成将军万岁！为大会增添了热烈的气氛。当我的话讲完，说谢谢大家时，会场爆发出长时间的热烈的鼓掌声！

大会之后，紧接着就举行文艺演出活动，开始时由学生集体表演中国歌曲：《东方红》《南泥湾》《白毛女》《歌唱二郎山》等，接着演唱《金日成将军之歌》《红飘带》《拖拉机》等，然后就是学生跳集体舞，尔后就是老头、老太太跳优美的自由舞，青年人跳风车舞。三个女大学生跳了几个苏联舞，然后她们把我也拉出来与她们一起跳起了交谊舞。我虽然不会跳，但在她们的边教边学中，基本上掌握了跳四步的规律。文艺演出之后，朴委员长拉着我的手不让走，非要招待我与他一起吃顿饭，摆了一桌朝鲜各种风味的泡菜，但无肉食，喝了他们自己做的米酒，每人一碗大米饭。这对朝鲜在战争艰苦环境下的招待，可以称为是上等宴席了，为此我感到盛情难却，不虚此行。饭后，我对朴委员长表示了衷心的感谢！

# 68. 朝鲜老人担架队员的爱心

在金城川反击战正打得激烈的时候，为了发挥时间的效用，不管敌机如何疯狂，白天汽车载着弹药、干粮，照常在山沟的路上向前方奔驰着。想到有多少炮群各种口径的大炮，伸长脖子在工事里等待着，却由于前方的炮弹不能及时供应上，指挥员的脸上都露出了严肃而焦虑的情绪。

我师指挥部把我们文训队的70多名干部，临时抽调出来向前方运送弹药。只要运送弹药的汽车靠近山跟前，每个人都争先恐后地爬上汽车，扛起一箱弹药，快步穿过山谷，向前沿阵地运送。

当我们走到靠近973阵地的山弯时，迎面看到路边插着一块大木牌，上面写着："过封锁区要快跑。"这里的地面被炮火炸得到处都是坑坑洼洼，树木、青草全部被炸光，只有焦黑的泥土中残留着弹片。这时，我们把肩上的弹药箱调整一番，踏着弹坑高低不平的焦土地，勇猛地向前奔跑，敌炮的呼啸声在耳边掠过，炮弹不断在身边爆炸，掀起一股浓烈的硫磺味，在空中弥漫着，呛得人喘不过气来。

当我们穿过浓烟跑了一段路时，就看到一副担架以很快的速度向北转移着。在我们队伍中，有人说："这副担架真棒，走得够快的呀！不知是哪个连队的？"我心想："肯定是团担架队的小伙子们。"当他们走到我们跟前时，才发现抬担架的竟然是两个50多岁的朝鲜老大爷。他们满身的硝烟灰土，脸上的汗水滴淌，急促而迅速地迎面走来。伤员的黄军衣飘露在担架外面，迎风微微飘动。当我们接近时，这两位朝鲜老大爷朝我们亲切地说："东木，你们辛苦了！"我们当时用朝鲜话回答他们，"伊尔阿不哩！（没有关系的！）"我们互相打着招呼，说着话擦肩而过，向着不同的方向走去。

我们刚刚走过有30—40米，天空中突然响起一阵敌机的嗡鸣声，四架野马式敌机在向沟中俯冲下来，朝着穿着白衣衫的朝鲜老大爷的担架扫射。一阵机关炮弹，轰起一股烟雾，但当我们使劲喊"阿爸吉，赶快隐蔽"时，两位老人顶着烟雾又向左侧跑了几步，放下担架，互相做了几个手势，就有一人猛烈地弯腰扑到担架上，用身体紧紧地盖着伤员。当我看到此情景时，激动地流下了热泪。这时，我挺起身躯刚要向前去救护时，敌机又翻身俯冲下来，一连串投放了几颗炸弹，轰轰隆隆的爆炸起来，震得大地都为之颤抖。浓烟直冲天空，在停放担架的地方响起急促的喊叫声。这时，我迎着烟雾向担架跑过去，当我看到老人被炸弹袭击的惨状时，只觉得心里很难受，伏在伤员身上的老大爷牺牲了。当我抱起这位白衣老人时，他脊背上被炸了几个伤口。白衣衫里渗出殷红的鲜血，滴在那个伤员的胸口。伤员没有受到一点损伤，但他苍白的脸上，挂着一串泪珠，嘴不停地颤动着。他两手抓住担架的木杆，挣扎着要起来，但转身又晕倒过去。他身上有自己在战场上流出的鲜血，也有这位朝鲜老人为救护他流下的鲜血。它结成了中、朝人民的生死情谊。

这时，我们大家在这场美国强盗所造成的惨状面前，都围拢过来，抬起这位朝鲜老大爷的尸体。满腔怒火地宣誓："阿爸吉！你的鲜血使我们更懂得什么是仇恨，什么是友谊！阿爸吉，你安息吧！为了你的祖国和亲人，我们一定要严惩美李匪军强盗，为你们报仇申冤！"

# 69. 朝鲜姑娘担架队员的情怀

在通往前线的道路上，连阴雨下个不停。来往的人员却特别多。电话员忙着整理电线，运输员在赶运炮弹，通信员也满头大汗地奔跑着……每个人都在忙碌着，他们都在为反击战的胜利贡献自己的力量。这时，远远地看到还有一队穿白衣服的女担架。她们忽闪忽闪地向北走来。走近一看，抬担架的都是十八九岁的朝鲜姑娘，她们满身的硝烟，脸上汗水涔涔，在她们那红扑扑的脸上，却紧贴着一绺黑色的散发，雨水顺着额角向下流淌，显出了朝鲜姑娘所特有的英俊和美丽的形象。她们光着双脚，卷起了裤腿，急促而迅速地迎面走来，小心翼翼地踏着泥泞难行的道路前进。为了抑制担架的摆动，减少对伤员的颠簸，她们的步子迈得是那样稳重而匀称，伤员在担架上好像是睡着了似的。就是这样，那个抬右角的高个红脸膛的姑娘，还怕伤员受到了震动，她左手用力地握住担架一头，右手紧紧地按着盖在伤员身上棉军被的边沿，唯恐雨滴漏到伤员的身上。看样子，她们已经走了很远的路程没有休息了。我用朝鲜话向她们打招呼说："你们辛苦啦！"那个高个儿红脸膛的姑娘，很爽快地回答说："我们辛苦的没有，志愿军大大的辛苦！"

我们与她们向相反的方向行走，走了约有五六十米时，这时突然从空中响起一阵刺耳的马达呼啸声，有四架野马式敌机顺着山头俯冲过来，转了两个圈，一歪翅膀，就朝着穿白衣服的朝鲜女担架进行了扫射，一阵连续的机关炮，轰起一团烟雾和尘埃。我们一看势头不好，挺起身来刚要招呼她们赶快隐蔽时，抬头一看，一个高个红脸女担架员伏在担架上，用身体紧紧地遮盖着伤员。这情景使我非常感动，差一点激动得掉出了眼泪来。其他三个女担架队员，也都趴在公路两侧的弹坑中躲避。正在这时，敌机又翻身俯冲下来，只见那高个红脸姑娘利索地背起伤员，迅速地跑向山坡的树林中卧倒。她（他）们刚进入树林中趴下，敌机就轮番接连地投下几颗炸弹，轰轰隆隆的爆炸，震得地面在颤抖，浓烟尘土直冲天空，停放担架的地方被炸成几个大坑，担架也被炸碎了。

敌机刚飞过去，在周围防空的同志们都跑过来，当看到伤员无恙时，都伸出大拇指，夸奖高个红脸女担架员的机智、勇敢，临危不惧、沉着地应变。她为伤员躲过了这一劫难，受到了广大群众的高度赞扬。后经了解，该同志名为金玉姬，是朝鲜劳动党青年党员，曾多次被评为模范劳动党员和红旗模范担架队员。

# 70. 中朝的战友情是用鲜血凝成的

## ——记朝鲜人民军小分队，为被隔在敌后我部官兵的救助

在五次战役结束后，交战双方随着战线的稳定，被隔在敌后的一八〇师官兵，陆续有一部分同志突围归队。在三八线以南的大山中有五三八团股长张万光和团特务连长秦福德的小分队；五三九团组织股长梁保安的小分队；五四〇团股长韦光明的小分队；五四〇团三营营长韩月季、副教导员张合顺、王金方的小分队。

在夜幕的笼罩中，梁保安小分队在山林中迅速而又无声地前进着。这时满月映在树梢，银光泻满了大地。千枝万叶，在一轮明月的映照下，绽露出星星点点的幽光，整个森林好像披上了一件镶满珍珠宝石般的睡袍。满山满洼的野花在暗夜中发出阵阵的清香，山沟里的蛙声抑扬顿挫。可是，夜行的队伍中，谁也没有心思去欣赏这些大自然的美景，因为一不小心，那些凶残的敌人就会突然冒出来，大家百倍的警惕，潜伏急进。不久他们就到达了赤根山，那是个山高林密的好地方，也是个打游击的天然根据地，梁保安他们又遇到了团保卫股长贾耀先。在敌后碰到自己的战友，心中有说不出的

高兴，几个人一合计，决心在此安营扎寨。他们17个人的小分队，在山林中安全地隐蔽了一个多月，虽然人多增加了安全感，但和别的游击小分队一样，吃饭成了主要问题，为了长期坚持下去，他们决心袭击小股敌人，获取粮食。

经过反复的侦察，他们很快掌握了山下韩军的一支运输队每天要背挑物资从桃李洞经过的行动规律。那天，天刚放亮，他们十多个人就预先埋伏在桃李洞的两侧。这是他们被困在敌后的第一次伏击战，每个人的心都跳到了嗓子眼上。太阳刚一升起，十多个韩军的运输兵，背、挑着各种物资向他们移动过来，真是一个绝好时机。敌人刚一进入伏击圈，梁保安一声令下，同志们如猛虎下山，斩头截尾地向敌人发起了突然进攻。毫无准备的敌人顿时慌了手脚，他们丢下东西，抱头鼠窜。梁保安他们一枪未放，缴获了大批粮食、衣物、香烟、食盐等宝贵的东西。第一次伏击战获得了胜利，大家喜悦的心情溢于言表。

1951年10月，祖国内地正是金秋的季节，朝鲜的山区已是初冬了，西北风一刮，满山飘舞着枯黄的树叶，林中的野草也失去了生命力，倒伏在寒冷的山地上。山坡上到处都是赤裸裸的，天气越来越冷了，如何过冬，是梁保安他们遇到的一个大问题，后来经过讨论，他们决定挖洞藏身。可是半石半土的赤根山上，没有工具，谈何容易。于是他们想了各种办法，有用枪代镐的，有用刺刀代锹的，有用手刨的，有用树枝的，反正能当工具用的都用上了。他们分成两个组，一组挖洞、一组运土，挖出的新土要运到三四百米的各个地方加以掩盖，以防被敌人发觉。为防止泄密，白天挖，晚上运，两个组轮流干。在大家共同努力下，用了20天的时间，先后在相隔10多公里的两个山坡上，完成了两个既能住人，又能保暖，还能解决炊烟做饭的山洞。每个洞都有三个出口，两个预备出口，平时不用，并加以伪装，万一敌人发现，或被敌人堵住，就可以利用预备出口迅速撤出转移。

住洞造成了，睡觉如何办？他们割了很多草，晒干后搬进洞内，睡觉时既当垫的又当盖的。大山里不缺柴，运到洞内，既能烤火又能做饭，在没有棉衣、棉被的条件下，基本上解决了御寒简单的问题，正当他们的山洞打成后，一场近尺厚的大雪封住了大山。山洞的生活是艰苦的，同时又是乐观的。为了消除寂寞，除组织人员轮流担任警戒外，在洞内开展文体活动，组织讲战斗故事，唱革命歌曲，猜谜语，自制扑克、象棋并进行了比赛。

敌人以为他们早已冻死在赤根山上，这个冬天非常宁静，直到第二年3月没有发生任何意外。

1952年3月初，梁保安他们得知大山里还有韩月季（五四〇团三营营长）、张万光等同志，他们互相之间很快就取得了联系，并组成了以韩月季同志为书记的党支部，以后又划分成5个小分队，各自为战。他们连续不断地出山截击敌人的运输队，围歼小股敌人，这些都成了敌人的心腹之患，搅得敌人坐卧不安。敌人知道赤根山上志愿军依然存在，一旦春天草木发芽，森林茂密，要寻找他们就更加困难。于是，在1952年3月中旬，敌人调动了3000多名官兵，聘请了参加过侵略中国的日军当顾问，采取日本帝国主义在中国抗日根据地扫荡用过的“分进合击”“铁壁合围”战术，将山口附近所有的村庄全部烧毁，没有人影，没有鸡犬，在赤根山上所有的丘岭沟口都布满了兵力。直升机在谷溪岭山上空不断地喊话，企图从心理上瓦解我们的游击队员。

朝鲜地下党的同志，事先给他们送来了情报，介绍了敌人的布置和企图，他们的山洞已成了敌人进攻的重点。他们不能坐以待毙，必须采取主动。

于是，同样采取了抗日战争中反扫荡用过的战术，不等敌人来就撤，设法突出去。在3月16日晚上根据他们事先设计，梁保安带领同志们告别了山洞，冲出敌人的包围圈。但在冲过最后一道山口时，受到敌人的堵击，一阵混战，13个同志安全冲了出来。但与贾耀先、刘喜明、段银智三人失去了联系，事后才知道他们负伤而陷入敌手。韩月季和韦光明的三个小分队在敌人扫荡时也辗转突围，付出了很大的代价。扫荡结束后，他们又回到赤根山根据地，发现他们的山洞被炸毁了，粮食也被烧了，这给他们防冻和吃饭造成了极大的困难。山洞已暴露，这里不是久留之地，他们决定向前转移，寻找机会突围。在赤根山上又遇到了刚从大成山突围出来的五三八团分队长张万光和他带领的三个连级干部，他们又会合在一起了。一个多月后，他们派出三个小组到敌人前沿阵地侦察，摸清了敌人的兵力部署和通往志愿军前沿的道路。有一天，张万光同志带领两名战士执行侦察任务，在返回山林掩蔽洞时，被朝鲜人民军第三军团派出的由金大高带领的一支深入敌后侦察的15人侦察队发现并跟踪，他们堵住了防空洞口，朝鲜人民军侦察员断定张万光等人不像是敌人，于是，就用汉语向洞内喊话，亮出了他们的身份。张万光他们却不敢轻易地相信，准备拼命，人民军同志急得把他们带的中国支援给他们的毛巾、解放鞋、压缩饼干等物品放在洞口，叫张万光他们来看，朝鲜人民军金大高急得脱掉穿着的伪军服，露出了人民军军官服。这时张万光想到可能是自己人，如果真是敌人还不把洞给炸了。于是先派出来一个人，刚出洞口就被人民军同志紧紧地拥抱起来。大家见了面，像久别重逢的亲兄弟一样，终于见到自己人了，人民军拿出他们随身带的牛肉干和饼干，又马上为张万光他们做了香喷喷的大米饭。后来张万光同志迅速回来向梁保安汇报了这一情况，于是，他们15个人的志愿军敌后小分队和人民军小分队会合了。当时喜悦之情溢于言表。

梁保安和人民军侦察队长金大高根据他们共同掌握的敌情，共同商量了突围出敌人前沿阵地的作战方案。

4月11日夜，突围行动开始了，为了保证安全，决定分三批突出去。在打头阵问题上，志愿军力争担任突击组，但人民军的同志说："志愿军小分队在敌后长期艰苦体力不支，打头阵的任务由我们自己来承担。"他们挑了几个战斗勇敢的同志分作两个突击组，不仅要担任前卫，还要担任后卫，将志愿军15个人放在他们两个组的中间，以保证他们的安全。由于人民军地形熟、语言通，梁保安再没有说什么，决定整个战斗行动由金大高同志统一指挥。并宣布命令，必须听从指挥，不管发生任何情况，都要向前冲锋。

从赤根山到前沿阵地距离有30公里，他们准备用两天时间。第一天运动到敌前沿炮兵阵地附近的小山沟里；第二天夜里再运动到敌人阵地前沿哨所，也就是在敌人熟睡的时候实施突围。

由于人民军同志精心计划和周密的布置，基本上按原计划实现了突围。

两个突击组越过敌前沿哨所时，敌人没有发觉，但其他人突围时，被敌人察觉。在遭遇战中，志愿军杨明强、贾宝保两位同志为争着掩护大家，在与敌人对射中，身中数弹，倒在血泊中。人民军金大高同志是突围中最后一个人，被敌人打伤后也冲了出来。志愿军15个人和人民军15个人，除两个战友牺牲外，其余28人全部安全地回到了志愿军十二军三十一师的前沿阵地上。离开部队已经整整300天，几度生死，终于找到了组织。朝鲜人民军第三军团的首长又把梁保安等同志接到他们驻地休息了几天，受到了热情地款待。这再次显示了在血与火的战场上，志愿军和人民军的友情是用鲜血凝成的，中朝战友血浓于水的感情，是人类真、善、美的真实写照。

# 3

# 优待“联合国军”的俘虏

YOUDAILIANHEGUOJUNDEFULU

# 71. 奉命押送战俘的情景

在五次战役第二阶段，我师在抗击美三师的进攻中，为了掩护我军主力部队集结防守，在月牙山和高台山连续激战四昼夜，击退了美三师和土耳其旅的七次进攻，歼灭敌人2000多名，阻止了“联合国军”总司令李奇微的“狂暴行动”，为五次战役保持了出击的有利阵地，取得了我师出国的首战胜利。

在五次战役中，我师担负全兵团第一梯队的前锋任务，当战斗打响后，我师五四二团以最勇猛的动作，从左翼插入敌人的侧后，一举突破了美三师及土耳其旅的防线，包围了美三师一个营的兵力，五四一团迅速配合五四二团以最猛烈的炮火消灭了机械化的敌营兵力，缴获了敌人的坦克4辆、战车20多辆及一大批武器装备，并活捉了美军战俘80多名，其中有美军军官5名，这批战俘被安排用一个排的兵力看守和监护，为此，上级要求尽快派武装人员把他们押送到后方进行处理。

当时，我正在高台山清理战场，王译主任接到师指挥部的电话通知，因为他了解我是军政大学毕业，曾经学过英语，即迅速通知我到前方去押送俘虏，师警卫连派出一个班的兵力，配合我一同前往，大白天通过了敌机封锁、扫射、轰炸的封锁线，在一条大山沟中寻了一夜，早晨在一个山窝里找到了看守的俘虏，王排长告诉我这是一批美军战俘，共有83名，他们已有一天多没吃东西了，需要把他们带到后方的兵站，让他们吃一顿饱饭。

当我看到战俘时，他们都躺在一片被炸的弹坑中，当我用英语说“阿噢，古得毛尔宁！”他们听到这话后，都立刻站起来了，我给王排长交代了一下，立刻就押送俘虏向后方转移。他们的武器在被俘时，全都被扔掉了。我率领几名武装战士带领他们走在前面，在他们队列中间，也插入几名持枪的战士。最后由班长张金标带领几名持枪战士押着后阵。我向警卫战士交代，如果俘虏逃跑，可以鸣枪警告，或进行射击镇压。

这批战俘中有黑人，有白人，有土耳其人，其中美军军官4名，虽然他们都把自己肩上的军阶撕掉了，但从着装上可以分辨出他们的身份。我带领他们在白天要通过炮火和飞机封锁线，当我们走出山沟，越过开阔地的封锁线时，有四架敌机在空中盘旋，这时，我从山坡上折一枝大叶柞树枝顶在头上进行防空，他们这些俘虏也学着我的样子，每人也折一枝树枝顶在头上。当飞机向下俯冲、扫射时，我就立即趴在地上进行躲避。他们都在我的身后边，也都嘟噜、嘟噜地趴在地上一大片，以防飞机的扫射、轰炸，看样子他们都比较听话，没有要逃跑的迹象。

在一条大山沟里，我让他们休息一会，我将自己带的一袋炒面分给每个俘虏抓一把，让其填补一下肚子。他们都饿极了，可是他们都不会吃炒面，本来应该把炒面放进嘴里后，用唾液润湿再嚼，可是他们将炒面放进嘴里，不闭嘴就嚼，结果炒面从嘴里直冒烟。

经过多半天的押送，到了一个后方的兵站，赵站长接到上级的电话通知，押送的俘虏要经过这里，要他们专门为优待俘虏而做出了两大行军锅鸡蛋挂面，并给每个俘虏发两包大中华香烟和一袋牛奶糖。让俘虏们在精神上得到了安慰。当时处于战争的环境下，没有配备碗筷。在这个地方曾经驻过美军的兵营，在山沟里到处都是美国兵吃过的罐头盒子。我让俘虏们每个人捡来一个，用河沟里的水洗干净并折两根树枝当筷子，然后我给他们做吃面条的示范，用饭勺将挂面盛入罐头盒内，再用筷子向嘴里夹，我问他们会吃吗？他们一致回答：“OK！”俘虏们盛完饭后，都狼吞虎咽地吞进了肚子里。当黑人俘虏都围着行军锅盛饭时，一个白人俘虏来盛饭，黑人俘虏猛然都闪开行军锅，倒退二米远，等白人盛完饭后黑人再去盛饭。有一个身躯高大的白人俘虏端着饭盒，就坐在一个黑人肩膀上吃饭。这个黑人就毫无反应地让他坐，好像白人压迫黑人已习以为常了。这时我走过去把这个白人从黑人的肩膀上拉了下来。我再三给他们讲，你们都是俘虏，在人格上都是平等的，白人再不许压迫黑人。开始时他们也听不进去，仍然是我行我素的照常压迫黑人，黑人也毫无反应的让白人压迫，他们也并不反抗这种压迫的行为。这足以说明在美国的社会中，他们所标榜的“民主、自由、平等、人权”完全是虚伪的。可是美国的代表在联合国大会上，却标榜美国在全世界是“人权、平等、民主、自由”的典范。但事实胜于雄辩，在俘虏营中，白人压迫黑人的实际表现，就足以说明美国的民主、自由、人权、平等是骗人的鬼话。我将这批俘虏一直押到碧潼战俘营中，交给了管战俘的干部，清点人数后，我才轻松地顺利回到了原部队。

# 72. 俘虏丢失的钱包

前方的战斗还在继续激烈地进行着，我们的部队在对敌人的战斗中，经常都会抓到“联合国军”的一些俘虏。这时，我又押送一批俘虏，向后方俘虏营中转送。当来到俘虏营时，碰巧遇见了前几天送来的那个美国俘虏。他像是见到老朋友一样，热情地向我招手。我告诉他：“今天俘虏很多，住的地方可能要挤一些。”他却把两手一摊说：“这没有什么，人多不是更热闹吗？”他说着便向新来的战俘群里跑去，抓住一个俘虏的肩头，喊道：“哈，你这个幸运的家伙，我看到你真高兴啊！”原来，他真的碰到了老朋友，他们两个人坐下来，交谈着被俘时的经过。这个刚到战俘营的美国俘虏，总是惶惶不安，以惊恐的眼睛盯着他的朋友，时而巡视着周围的环境，他的朋友似乎觉察到他的不安心情，便从衣袋里掏出一包大中华香烟递给他一支说：“抽吧，中国香烟很好抽，并不比美国的‘555’香烟差。”

这个新来的战俘仍不能安静下来。他接过烟，又朝着周围环顾一下，低声说：“这里并没有铁栏杆，也没有铁丝网啊！”“是啊，这里的一切和星条报上说的完全不一样！”“是不一样！”他重复着朋友的话。但是他还是以半信半疑的神态打量着比他早到来的战俘。他吸了两口烟后，又向他的朋友问道：“中国遵守日内瓦公约吗？”他的朋友摆出一副老资格的样子说：“我所看到的事实，中国人对待我们，比日内瓦公约上规定的还要好得多呢！”说着他掏出一个钱包，比比画画地像讲故事似的，讲了起来。当我看到他那兴奋的神态和他手里的钱包，便想起来前几天发生的一件有趣的事情。

当时，那个战俘刚被我们押送下来，阴沉沉的脸色，看样子他有很大的心事。我问他：是不是丢了什么东西？他吞吞吐吐地想说又不敢说，最后他鼓了很大的勇气才说出来，他丢了一个钱包，里面装着刚发的薪水2000美元和12张全家人的照片。当我问起事情发生的经过时，他似乎忘却了恐慌，连忙说：“我被俘的那天晚上，住在你们的坑道里，可能是睡觉的时候钱包从口袋里滑落出去了。”他又说：“完了，完了……”我说：“不一定，只要你的钱包丢在我们部队里，无论是什么时候都可以找到的。”他将两手向胸口一捂，失望地说：“我多么希望它没有丢失啊！”我看他还不放心，便补充一句道：“我们一定设法给你找到！”他怀疑的冷笑一声，不相信地摇摇头，便走出去了。

就从这次谈话之后的第三天，这个钱包就从我们部队里转送上来了。当我把钱包交给他时，他惊讶的目瞪口呆，老半天没说出话来。我说：“你检查一下，看看你的钱少了吗？”这时他像大梦初醒，打开钱包一张一张地数着美元及照片。然后他说：“这2000美元刚发的薪水，12张照片，什么东西都没有少。”由于激动，他接着告诉我：为了这个钱包，他曾祈求上帝。正在他失望的时候，我却把钱包给他送来了。

现在，他正对新来的老朋友讲得眉飞色舞，最后他说：“我一定把这件事写信告诉我的女朋友！”

这时我开玩笑地拍拍他的肩膀说：“你要告诉她，上帝大显神灵了！”

“不不不”，他说，“不是上帝，是仁慈的中国人民志愿军！”这时，他的朋友脸上疑惑的神色已经变得开朗起来，面带微笑了。

# 73. 给战俘寄家信，还寄出了志愿军的关怀

“联合国军”的战俘到了战俘营后，都想写信向家里报个平安，他们提出了与家人通信的要求。美俘二等兵摩斯问英语教员林锦章，自己写好了一封家信，能不能帮助寄给妈妈？她一定很挂念我是否还活着。关于战俘通信的问题，俘管处的领导早有安排，教员当场答复摩斯，我们可以为你们提供帮助。他高兴地连声说谢谢！他还说，你可能体会不到我们急于与亲人联系的心情。写家信，可以分解我们思念亲人的忧虑，解除家人对我们的担心。收到家信，能从中得到精神上的安慰，这比我们吃得好、穿得好、玩得好还重要。

战俘营领导和管理干部也都对此十分重视，为战俘办理通信这件事，在做了大量准备工作后，向全营公布，所有战俘都可以与家人通信，每人发给写信用的钢笔、信封、信纸，并宣布代寄、代收，不收邮费。当战俘们听到这些消息后，都感激万分。在战争时期，与敌国不通邮，中美两国无邦交，我们要将战俘的家书送到他们的亲人手中，得经过辗转的邮途。首先得把战俘的信邮到北京“中国保卫世界和平委员会”，再由该会经过第三国转寄战

俘的家乡亲人。开城停战谈判开始以后，我们又把战俘的信通过国际红十字会转递。我们在各个战俘团都设有一个大信箱，上面画着一只和平鸽图案，写着“和平使者”字样。战俘们可以把写好的信投送到信箱内。在战争环境中，邮递不方便，只能每周收发一次，一个团每次都要发出几百封信，也要收到几百封战俘的家信。当收到战俘的家信时，中队干部或教员会利用早晨点名的时间分发给战俘。在1951年圣诞节、新年前后，有一次战俘营就收到1700多封信。每当收到家信，常常是战俘们最高兴的时候。有的简直是欣喜若狂，会把亲人的信当场给同伴们朗读，或在同伴中传阅。他们喜欢周围的人分享自己收到家信的欢乐。有的手捧家书，望着家人的照片，双泪长流。还有的干脆把信贴在宿舍的墙上，让大家阅览。

这些信除了表达思念之情，还表达着一个愿望：希望战争早日结束，亲人早日团聚。也有的在信中感谢中国军队对他们亲人的宽待，祝亲人们好运。有一次，一位战俘把收到的家信和照片拿给我看，信是他的双亲在美国报刊上看到儿子在战俘营愉快的生活照片和报道以后写的。照片是父母满面笑容地在看报纸上登载的儿子的照片。信上说：“看来我们的儿子生活得很快乐，比出国时胖了。我盼望你早日归来。”

战俘们曾把他们的来往信件公开，美俘詹姆斯写给女朋友的信中说：“被俘前，我对中国人民志愿军的态度是敌对的，因为军官和牧师告诉我，当了俘虏要受虐待。而事实恰恰相反，经过战俘营的生活体验，志愿军对战俘执行人道主义政策，我没有被当作敌人，而是被当作朋友。他们待我如同亲人，讲的道理一点也不生硬，都是人之常情，我很愿意接受。可见东西方文化是可以相通的。是他们给了我生活的信心，使我由精神不振到积极参加各种文化体育活动。我想把身体锻炼得棒棒的，还要学些东方文化，到咱们见面时，让你看看我的文化，让你大吃一惊……”

美俘白恰勒给家人写的信：“中国人民志愿军的政策简单明了而又诚恳，让我们不得不考虑他们的话。他们把美国人看成是他们的朋友，是爱好和平的。我们放下武器后，他们真的把我们当朋友了。我们在这里终于获得了一个真理：那就是中国人民和美国人民没有任何仇恨。我们远隔重洋来进行这场战争。就算是来帮助南朝鲜来打北朝鲜，又有什么意义呢？把中国人也惹火了。我回去以后，再也不当兵了，还当我的百货店员和卡车司机……”

英俘麦克尔接到妈妈的来信后，给同伴们传达了信的内容。他说：“我妈妈在信中说，英国人民自发地组织起来上街游行，要求美国政府停止朝鲜战争，让他们的儿子、丈夫、兄弟早日回家。我妈妈也参加了这样的游行，她说：我要儿子，不要战争。她相信总有一天战争会停止。她天天在祈祷，让上帝保佑儿子早日平安回家……”

战俘营为战俘同家人通信的周到安排，让他们十分感动。美俘拉富斯·道格拉联络他们的114名战俘，还特地给“中国人民保卫世界和平委员会”写了一封信。信上除了表达他们反对战争，还说“我们是北朝鲜碧潼的中国人民志愿军战俘营三中队的114名战俘人员，感谢你们为我们所爱的人之间传递信件和继续为世界和平做出的努力。同时还感谢北京广播电台，使我们有专门时间同我们家乡亲朋好友们谈话……”

在战俘们经常同家人通信的时候，有些不识字或文化水平低写不了信的战俘很着急。眼看着自己的同伴沉浸在欢乐中，苦于自己没文化，有满肚子的话却不能跟亲人说。有些人只好请别人代笔，也有的自己不会写，又不好意思求别人写，常常急得团团转。黑人战俘杰恩想写一封长信给妈妈，可是他不识字，动不得笔，急得哭了起来。战俘营了解到这一情况后，便决定办一个短期文化补习班，扫除文盲，学习英文。英语翻译说，拼音化的英文，在很短的时间里，就可教会没读过书的人学会写信。过了几天，一辆卡车把杰恩等40多名写不成信的、愿意到文化补习班学习的美英战俘带着行李拉走了，集中到一个中队来补习文化，学习写家信。真没想到，这却引起另一些不了解情况的战俘疑惑起来，他们议论纷纷。还有个别存心不良者就乘机造谣。有一个一直怀有抵触情绪的美俘说：“你们看，中国人的大屠杀开始了。他们和德国人一样，先把没用的家伙带出去杀了。然后再一批一批的处决，你们等着吧！”还有的说：“不会拉出去杀吧！可能是开始运送我们去西伯利亚做苦力。共产党要消灭美国，怎么会永远用面包、牛肉养着我们？”也有的说：“宽待我们，只不过先给世界一个欺骗，然后再把我们处理掉。”还有的直接问战俘管理干部：“你们把这些人拉出去干什么？”我俘管干部和教员知道他们在胡猜乱想，便故意不给他们说清楚，卖个大关子，让事实给他们讲话吧！过了一段时间后，这些战俘学习归来，个个眉开眼笑，向同伴们炫耀他们学习的成绩。高兴地说：“我们也识字了，现在有了文化，可以自己写家信了。”

杰恩把练习本拿给同伴们看，他说：“我学到了在国内上一年学也学不到的功课。我给妈妈写了一封长信，妈妈看到我可以看书、写信了，一定很高兴。”让那些胡说八道的谣言不攻自破，自己也觉得很没趣。1951年下半年，战俘营和中央人民广播电台合作，对美国开播了“战俘空中呼叫”广播节目。每周录下战俘们对自己在美国亲人的话语，然后对美国播出。尽管北京与美国相距遥远，电波穿过大洋彼岸，信号微弱，但仍有很多美国人天天坐在收音机旁，他们急切地想知道亲人在战俘营的状况，当听到了他们在战俘营亲人的声音时，就感到非常高兴。

# 74. “联合国军”战俘的内部真相

战俘营成立后，在历次战争中被志愿军俘虏的战俘，从前方一批接一批地押送到这里来。以美国为首的所谓的“联合国军”共有17个国家参加，几场战役打下来后，我军在战场上抓了有13个国家军队的俘虏。上自将军下至伙夫，都有官兵被我中朝军队所俘虏。这些依仗先进武器装备的官兵，当了俘虏之后，他们都神情颓丧、意志涣散、垂头丧气，佝偻着身躯，眼中流露出恐惧和绝望。我作为押送战俘的管教干部，第一次接触如此众多国籍和种族的战俘，有胜利者居高临下的豪情和心情的快乐是不言而喻的。我开始面对面地审视他们，和他们交流，了解他们的真实情况。我想知道，这支军队的战斗力是什么组成的，什么是他们的战斗精神，他们为什么千里迢迢跑来，在这个冰天雪地的朝鲜战场上为谁而战？

其实，他们的目标都瞄准在钱上。在美军陆战师里的士兵詹姆斯是美国佛罗里达州人，是个年仅22岁的新兵，他可不是年轻气盛、血气方刚为美利坚荣誉而扛起枪的，而是无奈以服“兵役”代“劳役”入伍的。换句话来说，就是当兵代替服刑。詹姆斯从小就父母离异，随父亲长到18岁后外出谋生。好不容易找到一个餐馆洗盘子的工作。他偷了客人的汽车外出旅行，倒霉的他没走多远，车子被撞坏了，人被逮住，以盗窃罪被判了刑。正在这时候，朝鲜战争爆发了，政府对他说：你可以到朝鲜去当“联合国军”来抵刑期。军方又对他说，朝鲜有漂亮的女人。这对詹姆斯有着巨大的诱惑力。他本来就是美国街头一个小无赖。他想被关起来还不如四处走走，也就欣然入伍了。詹姆斯说：“上司命令我所在的部队开赴朝鲜的时候，是执行警察的行动，不需流血，如同去东方旅行。我本来就喜欢旅行，可惜没钱才偷了人家的车去旅行，现在有了免费旅行的机会，自然心花怒放。上战场前，随军牧师为我祈祷，他拍着我的肩膀说：‘詹姆斯，你放心吧！上帝与你同行，我每天都为你祈祷。’我是怀着平安无事、美女、金钱、旅行的美梦到朝鲜来的，谁知第一次上战场就当了俘虏，当兵时的一切梦想全破灭了。”

美国战俘威廉姆，到战俘营时，我军战俘管教人员检查他随身携带的东西，发现他对自己其他的物品并不十分注意，却很宝贝一个朝鲜老百姓吃饭用的大铜碗。问他干什么用，这个美俘诡秘地傻笑却不回答，一直把这个大铜碗揣在怀里藏着。除了这个美国战俘外，还有一个年纪较大的美国战俘也掖了四五个大铜碗，平时藏在炕头下的衣服堆里，包得好好的，不时还拿出来看看。我们经过查问情况后，大家都乐了：原来他们把铜碗认作为金碗，准备将来带回美国当东方文物卖个好价钱。更可笑的是这几个美国战俘是想发财想疯了，还是想傻了，他们始终不相信我们的劝说，认定他们手里拿的铜碗是宝贝，还误认为我们管教干部是想诳他们的财物呢。

美军士兵詹姆斯·温纳瑞斯是一个与其他战俘不大一样的人。许多战俘初进战俘营时，心存疑虑，成天心神不定，愁眉苦脸，吃不下，睡不着，动不动就生病，精神接近崩溃。28岁的温纳瑞斯显得“随遇而安”。他对伙伴说：“当兵就是那么回事，随时准备把性命交给上帝。进了俘虏营，不管怎么说还是捡了一条命。既然捡着了这条命，就要珍惜这条命。”所以他在战俘营里，吃得饱，睡得着，连被某些美俘称为“猪食”的玉米、高粱，他也都吃得下去。不管是在暖炕上还是在冷铺上，他都能够倒头躺下就睡。温纳瑞斯的无所谓，同他出生在美国贫困阶层和困难的生活经历有关。他是美籍希腊人，出生在美国匹兹堡城一个世代工人家庭。他12岁就开始干活挣钱，帮助父母养家，白天上学，晚上打工，一直到高中毕业，为了减轻父母的负担，成年之时，他就决定当兵。为了求生存谋出路，他当过两次兵。第一次当兵是在第二次世界大战时入伍，加入美国陆军，到过太平洋地区，到过菲律宾等大小岛屿，在热带丛林里和困兽犹斗的日本人拼死缠斗，出生入死，经历过的战斗有几十次。

那阵子温纳瑞斯也算得上是一个勇敢的美国大兵。第二次世界大战结束，温纳瑞斯在1945年日本投降后退伍还乡。他想在家乡找一份工作，成家立业，但当时的他根本找不到工作。在他28岁那年，朝鲜战争爆发了，别无选择，他不得不第二次应征入伍。再度从军，本不是温纳瑞斯的自愿选择，是贫困使他走上了这条艰险的道路。按照美国的法律，退伍老兵可以不再服役，但作为“自愿入伍”的他，与军方签订了一个为期三年的合同。合同规定：因他当过五年兵，健康状况不适宜直接作战，入伍后再不要让他上火线，只担任后勤工作。然而，美国军方和他签订的合同只不过是一纸空文。温纳瑞斯一到陆军就被分配到了作战连队，一到朝鲜，马上就被赶上了前线。在前线担惊受怕几个月后，1950年11月，美军发动了被美军称为要结束朝鲜战争的“圣诞节攻势”。温纳瑞斯所在的部队，被派往了德力以北地区。在中国人民志愿军向“联合国军”发起第二次战斗中，他所在的战斗部队，突然被中国部队所包围。温纳瑞斯这时已拿不出当年在南太平洋和日本人作战拼刺刀的勇气——这又不是当年打仗替珍珠港事件报仇，干吗要在人家国土上为一个不守信用的合同卖命呢？！温纳瑞斯双膝一软，枪一扔，乖乖地当了中国人民志愿军的俘虏。当了俘虏以后，温纳瑞斯说：“有这个死就够了，还怕什么？反正是糊里糊涂地参加了这场战争，脑子里是一片空白，没有悲哀，没有痛苦，没有希望，也没有失望，好像命该如此，全由上帝安排，从此用不着自己为自己担心了。”

在美国俘虏中，像詹姆斯和温纳瑞斯这样为钱、为实惠、为混日子的士兵还有很多。根据我们对1393名美军战俘的调查，为解决职业当兵的占60%多。“二战”以后在美国和平时期，很多美国年轻人羡慕军队生活舒服、清闲和待遇优厚。驻国外的军队还有许多特殊待遇，可增加薪金，并免征收入所得税。军内合作社供应军人的物品比市场便宜50%，军中还有家属合作社，购物也很便宜。美国人当兵20年，退役后有养老金。加上美国在“二战”中作为盟军老大，国土又没有遭受到直接的攻击。战争后期国内人民听美国军队胜利的战报几乎像天气预报一样，每天必有。美国年轻人不会将大兵当成是最可爱的人，但把大兵看成是最可爱的职业的人，是有很多的。美国介入朝鲜战争本来就是一件仓促的举动，为了动员兵员，军方把广告作得天花乱坠，像组团旅游一样。差不多年轻人的一些欲望，穿上军装在朝鲜那个地方都能满足。如：是去执行联合国的“警察行动”，不需要打仗流血；期限只有三个月；不耽误过圣诞节；可以享受优厚的待遇；可以周游世界；可以发财；可以有美丽的黑眼睛的东方美女；可以……

这些美国兵九死一生活着当了俘虏，才明白自己落到了怎样的下场。他们像买了假货上了大当一样，在战俘营破口大骂：“上司下令我们队伍远征东方的时候，只说是执行警察行动，不需要流血，无异于旅行。没想到踏上朝鲜土地就是战场，什么都完了，这条命还是当了俘虏才留下来的。”有的干脆直接大骂麦克阿瑟：“我们被麦克阿瑟那个蠢猪骗了，他告诉我们去朝鲜执行警察行动，只三个月，圣诞节前就可以回家过节。可是他都70多岁了，还能干什么？！只会对新闻记者吹牛，说他光打胜仗。这个老浑蛋，他乘飞机到日本过圣诞节去了，把我们留在朝鲜，我们签的合同也没用了，现在我们什么也没有，家也回不了，妻子、孩子也见不到，一只脚已经踏进了地狱，上帝不管我们啦……”

这些美国兵到朝鲜当兵，理由只有一个字——“钱”。为钱财而战。美国就像是一个大公司，兵都是打工的，被钱的诱惑，才干扛枪打仗这份活。和这帮俘虏熟悉了以后，逐渐可以做些交谈了。那些俘虏常常会说，我们美国人打仗没有金钱，没有女人，没有酒享乐是不可思议的。记得一个美国战俘在入营后和我们熟了以后问我们：“像你们志愿军官兵，这样打仗，每月能拿多少钱？”当他知道我们干部的生活津贴只有“7元5角”时，他脑袋摇得像拨浪鼓，嘴怎么也合不拢：“7元5角？！作战却那么不怕死，真是不可理解。”

# 75. 对战俘人员的救死扶伤

在抗美援朝的战争中，对有伤、有病的战俘都给予治疗，这是中国人民志愿军优待俘虏政策的重要内容。在朝鲜战争中，无论是在火线还是在后方，志愿军对于放下武器的敌军官兵中的伤病战俘，总是本着救死扶伤的人道主义精神，尽一切可能给予及时的救治。但是，战场情况瞬息万变，无论情况怎样紧急和多变，我们志愿军都要对受伤的战俘予以救助，给药包扎或进行治疗。绝大部分伤病战俘，都由前方战俘收容所转送到后方战俘营。也有一些战俘则在前方被释放，让美、英方接回去。这样做的目的，就是用行动和事实证明我志愿军优待俘虏的政策是真实的，是说到做到的，从而证明美国当局对官兵进行的许多宣传，例如“中国志愿军虐杀战俘”等等，是虚假的，是不符合事实的。

关于在火线释放战俘，包括释放伤病战俘的事，连西方媒体都是承认的。现举几例实际情况：

1950年11月23日，《纽约时报》根据路透社的消息报道：“被俘的27名美军伤员，昨天被中国人民志愿军释放。伤员们说，他们被俘后，有吃的东西，待遇也好。”

1951年3月19日，美国陆军《星条报》刊登美联社的报道说：“16名受伤的美军士兵返回到了‘联合国军’的防线。他们都是2月12日遭到中国人民志愿军伏击时，被俘的美军第二师士兵。中国军队撤走时，给这些伤病员留下了吃的东西，他们本来打算用卡车将伤员送到美军防线的，但有一架美军飞机追上来把卡车打毁了。”

1951年10月27日加拿大《温哥华日报》报道：“中国人曾无数次地将受伤的美军战俘放回他们的阵地，伤员不能走路时，中国人放在一个地方，让美国军队去接运伤员时，中国人就停止射击。”

英国战史专家麦克斯·黑斯廷斯在他的《朝鲜战争》一书中，谈到志愿军宽待俘虏和释放俘虏时写道：“说来奇怪，中国人在前沿地区对战俘执行宽待政策，很有诚意。在整个朝鲜战争中，不仅不杀害‘联合国军’俘虏，还把他们送回联军阵地加以释放。这类事例是很多的。”

巴黎《今晚报》记者贝却敌自开城报道说：“‘联合国军’方面的记者们在板门店告诉我说，他们曾在前线发现他们自己的伤兵，伤口已经被朝、中方面的医生包扎好，并且被放置在安全的壕沟里，然后被送回‘联合国军’的阵地上来。志愿军对俘虏的人道待遇是世间少有的。”

被转送到后方战俘营的战俘们，伤病号不在少数。他们有的是在战场上受伤，遭到自己部队遗弃的；有的是在战场上饥寒交加，冻饿病的；有的不愿意卖命送死，在战场上自戕自伤的；还有的是在被俘后，从前方向后方转运途中，遭到美军飞机扫射追杀而被打伤的。这些伤病战俘迫切需要医药治疗。尽管战争环境极其恶劣，志愿军管理当局仍然克服了许多困难，从中国运回来大量的药物和医疗器械，调配医护人员，建立医疗机构，为伤病战俘医伤治病。

志愿军医护人员以他们精湛的医术和负责的态度救治伤病战俘，出现了许多感人的事迹。一天夜里，一名身负重伤的美军上尉飞行员被从前线送到战俘总医院，他的腮上还贯穿着一根枯树枝，生命垂危。原来这名美军飞行员对鸭绿江边朝鲜民居地方进行狂轰滥炸时，被志愿军高射炮击落，他跳伞掉进燃烧着的树丛里，一根树枝贯穿了右腮。志愿军战士们发现他的时候，他的整个身子卡在树枝间，动弹不得。战士们小心翼翼地将他托起，用钢锯将树枝锯断后，将他送到战俘营总医院。志愿军医护人员立即采取紧急措施，给这个濒临死亡的战俘施行手术，取出贯穿两腮的枯树枝。主刀的医生是浙江省医院外科主任汤邦杰，手术非常成功，这名美军上尉飞行员得救了，他很快恢复了健康。

另一名美军士兵被俘时身负重伤。他被一颗手榴弹炸伤双腿，4个脚趾已被炸掉，腿部还有大小弹片10多块。这名美军士兵26岁，已有三个孩子，被送到志愿军总医院时，伤情恶化，已奄奄一息。总医院的医护人员经多次为他施行手术，取出所有的弹片，保住了他的双腿，使他免受截肢之苦。志愿军军医并且用中国人的鲜血给他输血。逐渐地，他不用拐杖行走了，使这个美军士兵伤员完全恢复健康。

英军被俘人员彼得·劳雷，他从战场上刚到战俘营时，就患急性肺炎，高烧不退，当时他所在的战俘一团仅有10支青霉素，志愿军军医黄远经请示战俘一团领导，将这10支青霉素全部用在了彼得·劳雷身上；经过志愿军医护人员精心的治疗和调理，彼得·劳雷逐渐恢复了健康。从此，他和黄远医生之间结下了深厚的友谊。几十年后，他们在英国和中国之间你来我往，像走亲戚一般亲切。

# 76. 战俘营中丰富多彩的文化娱乐活动

1951年5月志愿军战俘营总部为改善战俘们的文化娱乐生活，在碧潼成立了文艺工作队，有120余人，它的任务主要是为战俘演出歌舞、话剧、戏曲、音乐、魔术等节目，指导与活跃战俘们的文化娱乐生活。

文艺工作队演出的节目有《红绸舞》《大秧歌舞》《民族大团结舞》《腰鼓舞》等；话剧有《在战斗里成长》；歌舞有《白毛女》《兄妹开荒》；独唱有《王大妈要和平》《二郎山》等。演出话剧和歌剧时，在演出现场都有简要的剧情介绍，或由英文翻译作扼要的讲解。因此，战俘们都看得懂，明白剧情内容。尤其是演出《白毛女》时，战俘们都反映强烈。许多俘虏痛恨黄世仁，同情杨白劳、喜儿；见黄世仁、穆仁智出场，他们就大声吼叫，吹口哨，鼓倒掌，情绪激昂。

在文艺工作队成立两年多的时间里，为各战俘团、队巡回演出100多场。共演出300多个文艺节目，战俘们有的说“中国的歌曲感人，音乐动听，舞蹈优美。”很多战俘头一次看到东方民族的腰鼓舞，感到很新鲜，兴奋地说：“看了中国的文艺节目，真是大开眼界。”

在志愿军战俘营文艺工作队的指导下，各战俘团、队由战俘们自己组织起来自编自演的文艺组、演出组、歌唱组、舞美组等，如雨后春笋般纷纷成立。战俘管理处从中国内地购买了大量的乐器分发给他们，战俘们还自制了许多乐器。在战俘营中，经常性的文化娱乐活动更加活跃。各战俘团、队经常举办音乐会、歌舞会、故事会、演唱会等，演出战俘们自己的作品。其中有幽默小品，也有反对战争、拥护和平的戏剧。战俘们还举办了绘画、木刻、雕塑等艺术展览会。战俘们的情绪也由此高涨起来，均感到战俘营的生活越来越有意思了。

# 77. 战俘营中的“圣诞节”非常欢乐

1951年12月25日，这是志愿军战俘营成立之后第一个“圣诞节”，越是临近“圣诞节”战俘们的思想越是错综复杂，有的人愁容满面，叹息不知道什么时候战争才能结束，什么时候才能回家同亲人一起过“圣诞节”。有的人骂麦克阿瑟，说是三个月就可以结束战争，回家过“圣诞节”，看来恐怕三年也回不去了。有的人回想1950年“圣诞节”时，是在战场上的紧张、恐怖的情景中度过的，至今还心有余悸。更多的人则面对现实，庆幸自己没有在战场上送命，认为能在志愿军战俘营里度过“圣诞节”的平安之夜，这是一件天大的好事。

后勤处一车队、一车队的物资运到了战俘营，这是从中国采购的“圣诞节”用的食品和礼品。顿时，战俘们高兴起来了。在碧潼战俘五团，战俘们动手在广场上搭起了彩色牌楼，竖起了一棵大大的“圣诞树”，上面披挂着战俘们自己制作的饰品，到处都张贴着用英文书写的“恭贺圣诞，新年快乐”“争取和平，反对战争”“美国军队从朝鲜、从台湾撤回去”等标语。准备参加演出的音乐、戏剧小组的战俘们在认真地排练节目。

平安之夜降临，圣诞晚会开始。由战俘中的随军牧师戴维斯主持战俘们聚集在俱乐部大堂内点燃蜡烛做弥撒。由美军战俘贝斯装扮的圣诞老人为大家祝福，给每个人分发糖果和圣诞礼物，慰问住院治疗的伤病战俘。志愿军俘管处的文艺工作队演出歌舞节目，战俘们自编自演的节目也登台表演。战俘们还特地向我俘管人员演唱圣诞歌曲，感谢志愿军的宽大待遇。

“圣诞节”晚餐会更将“圣诞节”的庆祝活动推向高潮。晚餐会的菜肴丰富多彩，有牛排、鸡肉、馅饼、炸面包、苹果卷饼、色拉等，一共八道菜，还有啤酒、白酒、糖果、苹果、香烟。平均每个人有猪肉1斤、鸡肉5两、白酒4两。菜谱是由战俘伙食管理委员会拟订，经全体战俘通过，由战俘厨师烹饪制作的。因此，大家都非常高兴，非常满意。席间，战俘们频频举杯，恭贺圣诞，新年快乐。志愿军俘管干部也参加了战俘们的餐会，与他们同餐共饮，向他们表示良好的祝愿。俘管领导讲话说：“我们并不信教，但是为了你们的宗教信仰和风俗习惯，特地为你们安排了圣诞节庆祝活动，对你们未能回家同亲人团聚，共度圣诞节，表示同情。”战俘们听了都激动不已，战俘中有人振臂高呼：“中国人民志愿军万岁！”志愿军俘管干部程冠法主管文娱工作。他安排各中队布置圣诞活动场地，装饰圣诞树，订制圣诞老人的衣帽，筹办礼品，并陪同圣诞老人到各中队去分发礼物，祝贺圣诞快乐。程冠法受到战俘们的热烈欢迎，战俘们称他为“我们的好朋友”。他先后收到50多名美、英战俘自己制作赠送给他的圣诞贺卡。

各俘管团、队、中队，都分别在住地举行了隆重的“圣诞节”活动。昌城俘管一团的战俘代表还在圣诞之夜陪同圣诞老人到碧潼战俘五团向战俘们祝福，使战俘们极为感动。“圣诞节”放假3天，战俘们各自安排念《圣经》，做祷告，进行游乐活动。在战俘中信奉天主教、伊斯兰教、犹太教、佛教等的教徒也有不少，他们在基督教徒的“圣诞节”庆祝活动中，也一起参与热闹；而在开斋节、古尔邦节等他们各自的节日中，我们还要另外为他们举行庆祝活动，都要会餐。志愿军战俘营对各宗教的活动，都要给予支持和帮助。

# 78. 战俘营中的“奥运会”

随着志愿军在战场上的节节胜利，美军及“联合国军”屡遭惨败，特别是经过五次大的战役后，双方的战线基本上沿三八线稳定下来。随着我志愿军空军力量的不断壮大，高炮部队的加强，对美方空军的袭扰已被遏制，安全已有了保障，从而使战俘营具备了举办一次颇具规模的运动会的条件。志愿军俘管处领导充分地考虑了战俘委员会的意见和要求，批准于1952年11月15日至27日，在碧潼战俘五团驻地举办一次大型运动会。运动会的筹备委员会迅速成立，筹委会以俘管干部为主，选取对体育运动比赛项目有经验的战俘参加。筹委会第一次讨论的第一个问题，就是运动会的名称。有的提出叫“碧潼运动会”，有的说叫“战俘营运动会”。黑人战俘雷奇说，这次运动会将有10多个国家的战俘代表参加，像一个大型国际盛会，就叫做“中国人民志愿军碧潼战俘营奥林匹克运动会”吧！与会者一致鼓掌赞成。于是运动会的名称就这样定下来了。筹委会还决定成立后勤、竞赛、裁判、秘书4个组，分工负责进行筹备。经过两个月的精心筹备，一切就绪，运动会如期举行。5个俘管团、2个俘管队，均选出了运动会代表队。14个国家和地区战俘运动员代表共500多人参加。这是一次史无前例的运动会，也是一次别开生面的运动会，一切程序均按照国际奥林匹克运动会的模式进行。

运动大会会场设在碧潼中学操场上，由松柏树枝扎起来的巨大彩门上方悬挂着运动大会的会徽，上面是一只展翅欲飞的和平鸽。下方是一块用中、朝、英文书写的“和平之门”巨匾。主席台上方挂着“中国人民志愿军碧潼战俘营奥林匹克运动会”，横幅“运动会是通往友谊之路”“和平是人们的共同目标”等巨幅标语在会场上高高挂起。碧潼城里，彩旗迎风招展，人们喜气洋洋，好一派节日的景象。

1952年11月15日运动大会举行了隆重的开幕式，大会主席团主席由志愿军俘管处主任王央公亲自担任。运动场上奏起了《友谊进行曲》《保卫世界和平》等乐曲。运动员、裁判员列队入场。美国战俘小威利斯·斯通手持火把跑步进入会场，将火把呈交大会主席王央公。王央公点燃了主席台上的火炬。奥林匹克五环旗在运动场上冉冉升起。王央公主席致词说：“为了体育运动的发展，为了一个有幸福和安全的环境，和平是必需的和最基本的。未来终将属于和平。”

他预祝大家把运动会开成一个增强体质、增进友谊、拥护和平的大会，祝大家赛得愉快，赛出好成绩。随后，运动员、裁判员举行了宣誓仪式。开幕式结束。各项比赛正式开始。一切都是按计划有条不紊地进行。运动大会共进行了田径、球类、体操、拳击、摔跤、拔河等27个项目的比赛。参加篮球、排球、足球、垒球、橄榄球等项目比赛的战俘运动员共有359人，其中美国战俘居多，比赛场上的表现最为突出。裁判员、计时员、发令员29人。参加文娱节目演出的战俘有202人。由22人组成的战俘啦啦队不停地敲锣打鼓，呐喊助威。

经过12天紧张而热烈地比赛，战俘五团获团体总分优胜第一名，战俘一团获第二名，战俘三团获第三名。个人总分第一名为德尔马·G.米勒，他获了全能冠军、障碍赛冠军、撑杆跳高第一名。个人总分第二名为诺曼·克拉夫德，他获得了全能第二名、套袋跑第一名、100米亚军、跳远第三名；他还是战俘营中橄榄球队教练和队长。个人总分第三名为安东尼·P.伊格尔斯，他获得了全能第三名、跳远冠军、400米跑冠军。

比赛结束时，举行了隆重的发奖仪式。奖品都是从北京、上海、沈阳等地购买的景泰蓝花瓶、丝织雨伞、檀香木扇子、玉石项链、丝巾和手帕以及其他精美的手工艺品，这些奖品花了6亿元人民币（旧币，约合新人民币6万元）。每个优胜者都得到了奖品，每个参赛的运动员也都得到了一份纪念品和一枚纪念章。发奖时战俘们的情绪非常高涨，处处都是欢声笑语，歌声、呐喊声此起彼伏，一浪接一浪。有的获奖运动员在领奖台上激动地高呼：“中国人民志愿军万岁！”“毛主席万岁！”

运动大会的闭幕式是在激动、热情、和谐、友好和欢快的气氛中举行的。许多战俘抑制不住内心的激动，争相登上主席台发表热情洋溢的讲话。战俘们普遍认为，战俘营举办这次盛大的运动会，是“前所未有的壮举”。这个运动会“将载入史册，令人永远的难忘”。

4

# 永远的怀念

YONGYUANDEHUAINIAN

# 79. 一块生马肉救了我的命

1951年5月，在抗美援朝的五次战役中，我军突破了敌人汉江以北的防线，消灭了土耳其旅及美七师的一个团，一举解放了南朝鲜的首都——汉城及以南地区。

我部奉命向三八线以南地区追击敌人。打得敌人节节败退，狼狈逃窜，无招架之力。

狡猾的敌人在前方吃了败仗，他们不甘心自己的失败，便对我后方实行绞杀战，道路桥梁全部遭到美军飞机的狂轰滥炸，致使我军中断了炒面的供应，我连已断粮十余天。由于吃缴获来的敌人的罐头，后被敌人发觉。凶残的敌人便将罐头内放入剧毒，用飞机在我连阵地上空投扔，造成我连2人中毒死亡，引起全连的警觉和愤怒，为此，严禁再吃敌人扔下的罐头。

由于10多天的断粮，我连有不少指战员全身浮肿，再加上吃野菜、草根、树叶中毒，致使我连生龙活虎的部队处于半瘫痪状态。即使这样，我们还继续顽强地与敌人战斗。

5月24日下午接到上级命令：我部已被美军包围。才知道已处于腹背受敌的态势，为此，上级指示我部向春川方向撤退，冲出敌人的包围圈。

在撤退的路上，由于部队行进的速度较快，持续了不到十分钟，大部分浮肿的人员，都气喘吁吁地躺在沿途两侧的路上爬不起来，当时我的两条腿浮肿得像灌了铅似的，举步艰难，眼前发黑。即使使出全身的力量，可是两条腿也不听使唤，迈不开步，浑身直冒虚汗。

在这千钧一发之际，我的战友马占荣同志在山坡上发现了一匹死马，他走过去用刺刀剜出两块血乎乎的生肉块。他快步走到我面前，顺手递给我一块。这真是雪中送炭呀！当时我狼吞虎咽地吃了下去，觉得这是世上最香甜的美味。这块生马肉给我身上增添了无穷的力量，为我突出美军重围起到了重要的作用。马占荣家是山西临汾地区农村的一户贫农，其父亲被阎锡山军队拉去修城防工事累死。家中只有母弟妹四口人，解放后实行了土地改革，分得了土地和一头耕牛及农具。从此，家庭生活过得非常美好。他们为了报答共产党和毛主席的恩情，他妈妈让他报名参加中国人民解放军。马占荣只有初小文化程度，但他学习文化非常刻苦，每当遇到不会的字和不懂的词，他都来向我求教。由于我和马占荣同志在生活中经常接触，因此，建立了深厚的战友情。这次突出重围，如果没有马占荣送来的这块生马肉的救助，我就不可能突出重围，必死于战场。我虽然在这次突围中负了伤，但是最终冲出了重围。只可惜在这次突围战斗中，马占荣同志不幸壮烈牺牲，他已成为我永久的怀念。

写于2010年9月7日，原载新疆《库尔勒晚报》

# 80. 怀念战友张丕勋

2010年10月25日，是中国人民志愿军出国作战60周年纪念日，在隆重纪念这个具有伟大历史意义节日的时候，回忆往昔的战斗岁月，使我倍加怀念在一起并肩作战的战友，张丕勋同志就是我们志愿军中死难烈士中的一个优秀的战友。

于1951年5月在抗美援朝的高台山争夺战斗中，在美军三师猛烈炮火轰击下，我连有几个同志在山下负了伤。卫生员张丕勋得知后，冒着敌人的炮火去抢救，在阴雨连绵的黑夜间，趁着炮火的闪光，在山坡上看到，到处都是敌人的尸体，经常被敌人的死尸绊倒。几经周折，好不容易在激烈的炮火气浪中，找到四个负伤的同志。可是在背着伤员向山上爬时，山于坡陡泥滑，又无照明，也看不清前进的路况，接连摔了几跤，幸好未碰着伤员。只有用手抓着树杈和石头，才能向上攀爬一个塄坎，就这样艰难地向上爬呀、爬呀，敌人的炮弹还不断地在他身边爆炸。在这种危险的艰难情况下，张丕勋同志背着伤员来回爬了4趟。他的膝盖和手臂肘都磨烂了，鲜血染透了衣裤，像刀子割的一样疼，这时他多想停下来为自己包扎一下，可是当他想到还有伤员躺在敌人炮火封锁线上，随时都有生命危险时，他便咬紧牙关抖擞精神，又挣扎着摸下山去。张丕勋同志在炮火猛烈爆炸的气浪中，到处摸索寻找，在一片炮弹坑中，终于找到了最后一个伤员，他是五班战士高志远，胸部被炮弹炸伤多处，已经处于奄奄一息状态，这时如果再搬动他，恐怕会出现生命危险。为此，张丕勋对他准备采取急救措施进行包扎，以防再继续出血。可是在这阴雨的夜里，又找不到伤口，如果用手去摸，双手都沾满泥浆，又怕会造成感染，在万般无奈的情况下，他脑海中闪出一个灵感，用舌头去舔伤口。在伤口破烂处流出的血是咸的，最后他找到三处伤口，还在流血，他打开急救包进行了包扎，伤员得救了，从昏迷中醒来。这时只有卫生员张丕勋一个人，对这个危重伤员无法把他救上山来，又怕乱折腾发生危险，正在为难之时，我赶到了现场，当时我听说卫生员张丕勋下山去抢救伤员，我就冒着敌人的炮火扛着一副担架摸下山来。我们二人把这个危重伤员抬上山来，以便转移到后方医院进行抢救。

张丕勋同志是我的亲密战友，由于当时我是连里的文化教员，又是抢救组长。为此，我与小张可以说是形影不离，亲密无间，互相帮助。我们因革命的友谊而成为挚友。在1952年夏季反击战中，在与敌人争夺小无名高地战斗中，张丕勋同志不幸中弹壮烈牺牲。我每当想到这个战友时，心里都非常难过，愿张丕勋同志安息吧！

# 81. 怀念郑成春同志

郑成春同志，是彝族，出生在贵州农村一个贫农家庭里，七岁时，就因父母有病无钱治疗而双亡。从此他便成为孤儿，被贫农姥姥家养大成人。解放后在姥姥家一起分得了土地，过上了安居乐业的生活。他姥姥为了让成春将来有个出息，为此，动员他参加了中国人民解放军。来部队后，由于郑成春个头小，人又机灵，被分配在连部当通信员。

我和郑成春同志在连部一起生活、工作，由于长时间的相处，彼此的性情脾气都比较了解。因此，建立了深厚的革命友情。我对小郑有些特别的偏爱，因为他是彝族，我不断地向他了解彝族的风俗习惯及人情世故。他对我总是畅所欲言，从不忌讳。我对他从小就学会吸烟有些误解。他小时就经常到深山野林中去砍柴，由于野林中的空气不流通，产生一种“瘴气”，对人的危害很大。为了防止“瘴气”的危害，从老人传下来的秘方，只有吸烟才能破解这种毒气对人体的伤害。为此，他的烟瘾很大。我不会吸烟，祖国人民赴朝慰问团慰问的“大中华香烟”，我都送给小郑吸了。我与小郑总是在一起生活、战斗，几乎是形影不离，彼此互相关照。

1951年5月，我部连续追击敌人，打到“三七线”的中州地区，把敌人打得丢盔弃甲，狼狈逃窜，溃不成军。南朝鲜是平原地区，是经济繁荣的地带，此处没有深山峡谷，也无森林的覆盖，这对我们部队的隐蔽是极为不利的。每天都要遭到敌机的狂轰滥炸，又加上道路、桥梁全部遭到敌机的破毁，造成了我连炒面供应不上，已断粮十多天，开始吃缴获来敌人的罐头，被敌人发觉后，凶恶的敌人将罐头中放入剧毒。引起了全连指战员的愤怒。幸好是春天，可采摘树叶、野菜、草根来充饥，用雨水来解渴。由于断粮造成不少人的浮肿，再加上有的人吃野果、草根中毒。在这紧急关头，只有咬紧牙关，勒紧腰带来渡过这个难关。

24日早晨，我部接到上级的电报，才得知我们已被美军所包围。上级命令我们，无需恋战，快速向春川方向突围。

我部经过连续昼夜的奋战，突破了敌人在汉江上堵截的防线。翻过一座高山，来到春川境内的一条山沟中。被敌人空降下来的坦克、战车、伞兵部队所包围。我们中国人民志愿军都是用毛泽东思想武装起来的战士，具有“一不怕苦、二不怕死”的精神，在凶恶的敌人面前，我们决不屈服于敌人的威胁。在这条山沟中，我们展开了和敌人拉锯式的交手战、肉搏战，杀声震天，血流成河。敌人的坦克向人身上碾轧，喷射出猛烈炮火，来杀伤我们的战友，激起了我部勇士们的强烈反抗。有几个勇士冒着敌人猛烈的炮火，爬上了敌人的坦克，揭开盖子向坦克里投手榴弹，接连炸毁了七辆坦克和战车，打开了敌人封锁的突破口，我们的大部队乘机突出了重围。但由于敌人的装备优良，炮火猛烈，我部损失惨重。

正在我将要向外突围时，敌人的一发坦克炮弹在我面前爆炸了，一声巨响之后，我被炸得昏死过去，不知过了多久，当我醒来时，感到满脸火辣辣的疼，有一种水状物直向下滴，用手一摸，用舌头一舔，才发现是血，再一摸，又发现脸的右侧被炸进去一块弹片，由于炮弹有毒，当时右眼已经肿得合缝而失明，脸和脖子也肿得厉害，痛彻心扉。只过几分钟左眼也肿得失明了。这时我感到自己负了重伤，危在旦夕！正在这危难之时，连部通信员郑成春同志在爆炸的闪光中，发现我负伤了，于是他赶快跑到我跟前，把我扶起来说：“李文教，你负伤了。你能不能走？”这时，我拼尽全身的力气，用手摸住两条腿还好着呢，我说：“能走！”他说：“你抓着我的腰带，我用左手扶着你，用右手打枪，我俩一起向外突围吧！”

在这条山沟里，死尸成堆，步履维艰，每走几步都要被死尸绊倒，只有在死人堆里爬行，可是炮弹爆炸的血腥及硫磺味，呛得人喘不过气来。在通信员的全力帮助下，最后爬到突破口，才发现敌人的炮火打得非常激烈，面对枪林弹雨，赤手空拳的我们俩，要突出重围谈何容易？如果硬闯就等于白白地送死。我俩观察了周围的地形，最后我们决定向高山深处爬，也许会有生还的希望，我们俩相携着爬呀爬呀，每遇到一个坎就会摔下来，再绕道去爬，也不知道这山到底有多高，只知道用手抓着石头、树枝往上爬，总希望能爬出敌人的包围圈。幸运的是，在东方天空升起红霞时，我们两人已爬到山顶。这时虽然在山沟里，枪炮声仍然是此起彼伏的激烈，但是我们二人已经突出了敌人的包围圈。尽管我们两个人手磨得皮开肉烂，累得精疲力竭，但是，我们所处的位置是安全的，我们二人感到无比欣慰。在这次突出重围的战斗中，是郑成春同志挽救了我，他是我的救命恩人。只可惜他已在金城川战役中壮烈牺牲。这段生死之交已成为我永久的怀念！

5

# 诗　歌

SHIGE

# 82. 抗美援朝出国门

东方丽日起乌云　毗邻朝鲜遭瓜分
世界霸主野心狂　组成联合侵朝军
友邦危难陷沉沦　唇亡齿寒我难稳
我党应邀派援兵　组成中国志愿军

狼烟四起伸魔爪　美丽江山遭蹂躏
美军飞机逞疯狂　投弹扫射杀平民
城市村庄变焦土　横尸遍野成冤魂
友邻父老受苦难　望眼欲穿盼我军

千里行军奉使命　金戈铁马出国门
渡江迎战侵略者　凌云壮志献爱心
披星戴月阻击战　前仆后继陷敌阵
近战夜战肉搏战　杀得敌人丧胆魂

突破汉江三八线　攻克汉城鼓民心

美军王牌骑三师　被我装入口袋阵

麦克阿瑟被撤职　世界惊呼赞我军

我军越战越强大　美军承认败下阵

# 83. 高台山阻击战

高台山顶月苍茫　山前美军逞疯狂
凭借装备现代化　藐视我军土步枪
世界无敌王牌军　认为朝鲜无阻挡
我军都是英雄汉　百战锤炼更坚强

拂晓敌机狂轰炸　霎时山林一扫光
敌炮瞄准山头轰　山岳成焦飞鸟亡
一营兵力欲强攻　遭我炮火大杀伤
敌兵溃逃如流水　死尸成堆留战场

飞机大炮轮番炸　对我阵地毫无恙
土耳其旅来强夺　被我夹击消灭光
五天五夜阻击战　我阵磐石坚如钢
美军骄气败下阵　我军阻击美名扬

# 84. 攻克上海峰的战斗

美军盘踞上海峰　妄图进犯我阵营
我军岂容他猖狂　决心拔掉这颗钉
发动群众献良策　插入敌脏能制胜
三连奉命迂回插　我炮正面作佯攻

敌人摆设坦克阵　确保安全不放松
我乘夜幕炸坦克　打开缺口钻山峰
尖刀插入敌心脏　夜战近战显威风
抓个俘虏让带路　指挥部里出奇兵

官长吓得直筛糠　举手投降喊饶命
下令放下敌武器　可以保证尔生命
集合俘虏来站队　全部投降一个营
这次战斗获全胜　上级嘉奖树典型

# 85. 夺取敌制高点

朝鲜开城板门店　世界新闻聚焦点
搭起一座简易篷　敌我在此来谈判
美军扣留我战俘　遭我代表狠批判
停战谈判陷僵局　战火纷飞起狼烟

我部接受新任务　惩罚敌人嚣气焰
群情激奋写申请　夺取敌阵制高点
敌阵高出我一倍　山高林密进攻难
召开群众献策会　只有潜伏解难关

敌我相距三千米　一条山沟成界线
若要强攻困难多　兵力运动太艰难
山高坡陡费体力　到达前沿费时间
首长前沿来勘察　采纳群众好意见

为了缩短敌距离　潜伏打法有远见
党委决定派任务　授予红旗三个连
在敌眼下潜伏区　千名战士不显眼
白天难熬盼天黑　摩拳擦掌等时间

下午二点前哨报　五个敌人走下山
团长命令发炮轰　吓得敌人向回窜
夜幕降临九点半　我炮千门轰高山
敌人阵地成火海　山崩地裂映红天

表面工事全摧毁　地下还有火力点
二十分钟炮延伸　千人冲锋占前沿
扫除障碍捉俘虏　红旗插上九七三
这次战斗全获胜　消灭敌人一个团

# 86. 金城川战役

韩国傀儡李承晚　不愿和平要决战
美军较量败下阵　甘愿签字求停战
主子话儿听不进　妄想单独霸朝鲜
我军岂容他猖狂　摆开阵势金城川

美军三年折兵将　对我军威心胆寒
尽管傀儡求援助　美军不敢再助战
朝鲜人民遭苦难　盼望和平早实现
国际舆论谴责李　倒行逆施成焦点

我军挥师向东进　专打傀儡李承晚
布下天罗地网阵　活捉敌人指挥官
七月十三大反攻　全线突破金城川
打得敌人全崩溃　七月廿七全停战

# 87. 弹坑（三字经）

在抗美援朝的战争中，几乎每天都要参加战斗，每当夜间战斗结束之后，在天亮之前的拂晓，每人都要为自己挖一个避弹坑，以防敌人炮火的袭击和飞机的扫射、轰炸，来保护自己的生命。

避弹坑、救人命、飞机炸、炮火轰、土埋着、先通风、不要怕、
不用惊、扒开土、别出坑、防暴露、防险情、轮番炸、无人踪、
飞机转、无敌情、这目标、就放松、夜幕降、人集中、摸敌营、
气势猛、插心脏、突进攻、捉俘虏、带路行、抓官长、下命令、
放武器、保尔命、天亮前、全获胜、全撤退、散山中、每个人、
都挖坑、二米长、宽适中、一米深、可保命、躺坑内、体放松、
飞机射、炸弹轰、卧床内、做美梦、笑美帝、强逞能、成吨钢、
到处扔、无奈何、我从容、别小看、避弹坑、体积小、保我命。

6

# 我军取得了伟大的胜利

WOJUNQUDELEWEIDADESHENGLI

# 88. 停战协定的签订，为抗美援朝战争高奏凯歌

在50年代初期，朝鲜遭到美国及“联合国军”的侵略，我国的安全也受到了严重的威胁。朝鲜处于危急关头，金日成向我国发出信函请求派兵援助。中共中央和毛泽东主席作出了“抗美援朝、保家卫国”的英明决策。中国人民志愿军牢记祖国的嘱托，高举爱国主义、革命英雄主义、国际主义的旗帜。1950年10月25日，雄赳赳气昂昂，跨过鸭绿江，同朝鲜人民军一起浴血奋战三年，用劣势装备打败了以美国为首的“联合国军”。他们除未使用原子弹外，把所有的现代化先进武器都用上了，还是屡战屡败。他们对朝鲜战争失去了胜利的信心，如果继续再战下去，对他们更加不利，迫于无奈，1953年6月29日，侵朝军总司令克拉克发给金日成首相和彭德怀司令员的复信表示，今后“保证停战条款将被遵守”。7月13日到7月19日，美方首席谈判代表哈里逊做出保证：“联合国军包括南朝鲜的军队在内准备实施停战条款”、“南朝鲜进行任何破坏停战的行为时，联合国军将不予以支持”。中朝方面鉴于美方已向我方做出了保证，尽管这时我军还可乘胜取得更大的胜利，但为了和平，我们还是同意了美方的要求尽快签订协定。

1953年7月24日，双方谈判代表确定了最后的军事分界线。经过夏季作战，志愿军和朝鲜人民军阵地向前推进332.6平方公里。

7月27日，是正式签字的日子，上午10时，双方谈判首席代表——中朝代表是南日大将，美方代表是哈里逊中将，在板门店宽敞的会谈大厅里，签署了《朝鲜停战协定》和《关于停战协定的临时补充协议》两个文件。在板门店签字的虽然不是双方的司令官，但是签字的法定正式时间是从这时算起的。板门店签字完毕，根据停战协定中“签字以后的12小时正式生效”的条款，到27日晚10时，双方必须停止一切进攻和射击。

朝鲜停战协定签字的当天，金日成司令官和彭德怀司令员向朝鲜人民军和中国人民志愿军发布了停战命令，命令自1953年7月27日晚10时起，即从停战协定签字后的12个小时起，全线完全停火。停战协定生效72小时内，全线一律自双方已宣布的军事分界线后撤2公里，并一律不准再进入非军事区一步。要求全军保持高度警惕，坚守阵地，防止来自对方的任何侵袭和破坏活动。

“联合国军”总司令克拉克却在其军队发表的文告中说：协定签字并不意味着立即或早日从朝鲜撤退。冲突还没有结束，要保持他们的实力。

7月27日晚10点以前，双方的阵地不仅没有趋于沉寂，反而比平时射击了更多的炮火。就在这个双方激烈对射的下午，彭德怀和谈判代表团的成员杜平一起来到一个接近前沿的高地，看了双方即将撤离的非军事地带。

7月28日下午9点30分，彭德怀在开城“来凤庄”中国人民志愿军谈判代表团的驻地，在中、朝、英三种文字的停战协定及临时补充协议共18件文本上，签署了自己的名字。中方李克农、杜平、丁国任、柴成文等将军参加了签字仪式。当彭德怀把笔放下，从椅子上站起来的时候，室内响起一片祝贺的掌声。将近三年用血与火进行的激烈较量，就此宣告结束了。

在朝鲜战争中，美国及“联合国军”除了原子弹以外，将各种现代化武器都使用了，但还是无法取得胜利，反而被中朝军队歼灭109万多人，而宣告结束。从此，美国这个王牌帝国主义国家的军事力量，在中国人民眼里，再也不是不可战胜的了，而中国人民在世界人民眼里，也再也不是“东亚病夫”和无足轻重的了。

此时此刻，彭德怀怎能不感慨万千！在大家的祝贺声中，彭德怀也抑制不住激动的心情，声如洪钟地宣告：“在朝鲜一切敌对行动已经完全停止，全世界人民所渴望的朝鲜停战已经实现了！”“这个战争证明，一个觉醒了的爱好自由的民族，当他们为了祖国的光荣和独立而奋起战斗的时候，是不可战胜的！”“中国人民志愿军和朝鲜人民军不能忘记应有的警惕，并将以最大的决心为保障停战协定的彻底实现而坚决奋斗。”

朝鲜停战的实现，标志着志愿军已经胜利地完成了祖国人民交给的“抗美援朝、保家卫国”的神圣使命，为保卫世界和平做出了重大贡献。这一胜利是中朝人民反对美帝国主义侵略的伟大胜利，是全世界爱好和平人民力量的胜利，是一次历史性的胜利。

“联合国军”总司令、美国的克拉克上将于1953年7月27日在朝鲜停战协定上签字之后，感慨地说：“我是美国历史上第一个在没有取得胜利的停战协定上签字的司令官。我感到沮丧。我的两位前任将军麦克阿瑟和李奇微也会有同感的。”

# 89. 在停战的时候

7月份在金城川战役中，我军突破了美李匪军在东线五个师的预防阵地，向前推进了50多公里的防区，我们刚到一个新的阵地上，敌人的炮弹在坑道口不停地爆炸，“咣！咣！”有几发炮弹落在坑道顶上，把蜡烛都震灭了，坑道顶上的石块和沙土刷刷地落了下来。敌人的炮火打得这么凶，姚发亭很担心，他说：“是敌人又向我们阵地反击了？”可是温云峰却说：“这是不可能的事！这次金城川战役，把敌人的老巢都端掉了，不会这么快就来反扑的。”姚说：“敌人是不甘心自已的失败的，这是美帝的本质所决定的，他们在停战协定生效之前，还要作最后垂死的挣扎！用炮火来摧毁我们的工事，杀伤我们的战斗人员。”

正在这时，上级发来了通知：“于1953年7月27日签了停战协定，于22时生效。”可是敌人的炮火从下午5点开始，一直打到现在还未停息，把我们阵地上通往前沿的交通沟都炸平了。炸得泥土、石块满天飞。这是敌人把剩余的炮弹要全部抛撒在战场上，以显示他们的威力。

敌人的飞机也很疯狂，对我们的阵地进行俯冲、扫射、狂轰滥炸。这些强盗也很狡猾，为了躲避我高射炮火的袭击，他们都擦着山头飞，几十架飞机在阵地上空盘旋，投下燃烧弹、汽油弹，妄图把我们的阵地摧毁。从东边又飞来一批大飞机（B-28、B-29），正在用重磅炸弹，轰炸金城川江大桥及大坝，轰隆声震得地动山摇。

多卑鄙的敌人，他们在战场上吃了败仗，被逼迫签订了停战协定。可是他们不甘心自己的失败，直到协定生效前几分钟，还用大量的火炮、飞机扫射、投弹来惨杀我方人员。这更使我们认识到美军及其“联合国军”凶残的面目和野心，他们妄想把朝鲜变为其附庸，作为侵略我国的跳板，我们坚决不答应！作为一个中国人民志愿军的军人，不仅要用生命来保卫祖国的尊严及世界的和平，并且还要百倍的警惕，坚守自己的战斗岗位，以防敌人耍花招，来破坏来之不易的停战协定的实现！

英雄的朝鲜人民及军队和英勇的中国人民志愿军并肩作战，进行的抵抗以美国为首的“联合国军”的侵略战争，终于获得了光荣的胜利。

# 90. 胜利的凯歌

1953年7月27日，在桌上的收音机里，正在报告朝鲜停战达成协定的新闻，双方代表于7月27日在板门店签字，协定于7月27日22时生效……

真的停战了？我仍然不敢相信，再仔细听吧，收音机里仍然报告着关于停战协定的消息。可是，美帝国主义和李承晚并不甘心他们的失败，直到协定生效前几分钟，他们还用飞机、大炮向我阵地上发射炮弹、扔炸弹和汽油弹，来摧毁我方的工事、杀伤我们的战友。这是美帝国主义的本质所决定的。为此，作为一个中国人民志愿军的战士，我们不仅要用鲜血和生命来保卫停战协定实现，并且还要百倍地提高警惕坚守自己的战斗岗位，来保卫我们的胜利成果。

在当日的22时，我师指挥部向高空发射红绿信号弹各3颗，表示停战协定已经生效。在各个阵地上都点起了三堆篝火，以表示祝贺停战的胜利！

这时，在我们的阵地上突然出现了一位年轻貌美的朝鲜姑娘，她身穿一身雪白的衣裳，好像一只和平鸽，飞到了我们的阵地上来。原来她是西吉里女同盟委员，她带领着全里的老老少少男女人员，前来祝贺停战的伟大胜利。这消息传遍了阵地上所有的坑道，同志们像迎接亲人似的，全都跑了出来。

军民联欢会就在山坡的平坝上举行，青年学生们高唱着歌颂毛泽东和金日成将军的赞歌，全体指战员和朝鲜乡亲们合唱了《志愿军战歌》：“雄赳赳，气昂昂，跨过鸭绿江，保和平，卫祖国，就是保家乡。祖国好儿女，齐心团结紧，抗美援朝打败美国野心狼！”由于气势雄壮、歌声嘹亮，获得了全体人员的热烈鼓掌。阿妈妮和姑娘们愉快地跳起了“拖拉机”舞，一位白发苍苍的阿爸吉头上戴一顶毡帽，帽顶上带着一根长辫子，他跳起了甩辫舞，表现出潇洒自然的神态，赢得了大家的热烈鼓掌。我们的广大指战员也都兴奋地参加了跳舞的行列，都跳起了自己喜欢的舞蹈。联欢会在群情激奋的气氛中持续了两个多小时，最后在《歌唱祖国》后，宣布联欢晚会结束。但还有不少的朝鲜乡亲们，留恋志愿军的情怀久久不想离开，他们对我军给予他们的帮助表示热情的感谢！

当我们送走了朝鲜老乡之后，已经是深夜了。我怀着兴奋的心情遥想着祖国：我们亲爱的祖国妈妈！您的儿女没有辜负您的期望，我们在朝鲜经过三年的浴血奋战，打败了以美国为首的联合国16个国家组成的侵略朝鲜的军队，迫使他们签订协议实现了停战。可是南朝鲜的傀儡李承晚，妄想独霸全朝鲜，坚决反对实现停战。他提出要与我们中国人民志愿军和朝鲜人民军血战到底。为此，我中朝军队在1953年7月份，发动了金城川反击战役。我军万炮齐轰，只用了半个多月的时间，一举摧垮了李承晚伪军五个师的防守阵线，消灭了李伪军五个整编师。把李承晚几乎打成一个光杆司令。我们把占领的阵地向前推进500多公里，从而取得了抗美援朝的伟大胜利。

胜利属于朝鲜人民民主共和国和人民军队！胜利属于中华人民共和国和志愿军！

# 91. 永远难忘的怀念

在20世纪50年代初，美国悍然发动对朝鲜的侵略战争，我国的边境直接遭受着严重的威胁。在这关键的时刻，美军在南朝鲜仁川港登陆。朝鲜处于危急关头。金日成向我国发出求援的信函，要求派兵支援。党中央毛泽东主席作出英明的决策，“抗美援朝，保家卫国”。中国人民志愿军雄赳赳、气昂昂跨过鸭绿江，勇猛地出现在朝鲜战场上，拉开了现代化战争史上威武雄壮的一幕。历经与以美国为首的“联合国军”三年的较量，以中国人民志愿军和朝鲜人民军获得了完全的胜利，以美国为首的“联合国军”侵略者遭受彻底的惨败而告终。

在战争中，美国付出了40万人的伤亡（连同“联合国军”及南朝鲜军共伤亡109万余人）、美国的战费开支830余亿元、消耗战备物资7300万吨的巨大代价，“联合国军”总司令克拉克被迫在停战协定上签了字，他承认他是“历史上签订没有胜利的停战条约的第一位美国陆军司令”。美国前总统胡佛曾沮丧地说：“联合国军在朝鲜被共产党中国打败了，现在世界上没有任何军队足以击败中国人。”以美国为首的“联合国军”侵略者，由于他们在朝鲜战场上屡战屡败，连续更换了三任“联合国军”总司令，最后还是以彻底失败而告终。

在朝鲜战争中，中国人民也付出了沉重的代价：开支战费62亿元人民币，消耗战备物资560万吨，有36万优秀儿女的鲜血洒在朝鲜国土上。他们当中，有军级干部3名、师级干部11名、团级干部201名。他们当中，有挺胸膛堵枪眼视死如归的黄继光，有抱炸药包冲入敌阵同归于尽的爆破大王杨根思，有战友伤、自己上、炸死敌军的一级爆破英雄伍先华，有双腿伤、忍痛爬、捐躯开路的许家朋，有子弹打光抱雷血染阵地的孙占元，有卧火海忍剧痛一动不动的邱少云，有抢修桥保畅通英勇献身的杨连第，有终日歼顽敌屡建战功的杨春增，有冒严寒跳冰窟抢救少年的国际主义战士罗盛教……

这些烈士们，出征前来自祖国的四面八方，各行各业，都是自愿报名参加中国人民志愿军的。他们在朝鲜战场上都发扬了国际主义、爱国主义和革命英雄主义精神，具有“一不怕苦、二不怕死”的英雄气概，勇于拼搏、敢于斗争、敢于胜利，为祖国人民和朝鲜人民，都付出了巨大的牺牲，都做出了光荣的贡献。他们将永远是我们祖国和朝鲜人民最可爱的人，将永垂青史，更值得我们永远难忘的怀念。

战火熄灭了，硝烟散尽了。人们过上了和平安定的幸福生活，更加怀念那些为和平而战的英雄们。为了寄托永远难忘的怀念，中国人民志愿军在朝鲜总部所在地朝鲜平安南道桧仓郡修建了“中国人民志愿军烈士陵园”。陵园坐落在山丘之中，四周环绕着参天的苍松翠柏，山间清溪缓流，显得分外庄严肃穆。有100多名中华儿女安息在这里，毛岸英烈士的墓在最前排的正中间。

在“三八线”上，开城北部巍峨挺拔的松岳山上，有12000个烈士墓碑，在美丽的小山岗上，遍地长满了青草野花，还有松柏的挺立。在松柏之间有许多墓碑，后面的高山弯弯曲曲伸向远方。

在朝鲜各主要战场上，由于战争的残酷，在每一次战斗中，双方都付出了鲜血和生命的代价。由于牺牲的人过多，没有那么大的力量把每个人的尸体都拉回来在陵园中埋葬。为此，只有在战场中采取就地埋葬，然后做好标记，以便于今后查寻、迁墓和纪念。

中华儿女为支援朝鲜人民抗击侵略者，献出了鲜血和生命，使朝鲜美丽的三千里江山和“三八线”又恢复了安定和和平。

2016年7月27日，是朝鲜战争签订停战协定63周年纪念日。每当回首这场战争时，常有两句话为人们所引证：一句是志愿军司令员彭德怀所言：“西方侵略者几百年来只要在东方一个海岸线上，架起几尊大炮，就可以霸占一个国家的时代，一去不复返了。”另一句话出自美国参谋长联席会议主席奥马尔·布莱德雷之口：“在错误的时间，错误的地点，同一个错误的对手，进行了一场错误的战争。”多年以后，“联合国军”总司令麦克阿瑟谈及朝鲜战争刻骨铭心的经验教训时，他说：“谁想跟中国陆军打仗，一定是有病。”

在抗美援朝战争中，中国人民志愿军为什么以劣势装备能够战胜拥有世界上最先进的武器装备的强大敌人？长眠于异国他乡的几十万中国优秀儿女，用自己的鲜血和生命给出了答案。

著名作家魏巍曾经有过这样的描述：“谁是我们最可爱的人呢？我们的部队、我们的战士，我感觉他们是最可爱的人。”

7

# 记者对作者李雨村的采访

JIZHEDUIZUOZHELIYUCUNDECAIFANG

# 92. 《思齐》专刊

## ——李雨村：永久和平是人类的福祉

文／李萍　图／王雪

这是我第一次专访抗战老兵，受访老人名叫李雨村，今年87岁。当年，正在军政大学上学的先生，风华正茂，和那个年代的同龄人一样，满腔热血，一心想保家卫国。于是，积极报名参加抗美援朝战争。三次提交申请，三次被拒，最后终于如愿成为一名中国人民志愿军。至今，他仍以此为荣，从未后悔，讲到那段在异国他乡度过的历经生死的三年时光，先生便心生感慨："远离战争，永久和平是人类的福祉！"

采访是在先生家中进行的。和先生对话，听他慢慢道来已往的事情，仿佛听到时间老人踱着碎步沿阶而上，对每个和他擦肩而过的行者叮嘱：友好往来，和平相处……友好往来，和平相处……

没错，逝去的是岁月，挥之不去的是留存在心底的记忆与感动。回首、憧憬，和为贵！

# 参战入朝报效国家

李雨村是河南人。1949年春，军政大学在招收学员，一听说这事，天生爱学习的李雨村毫不犹豫地报了名，而且被顺利录取——这意味着在部队生活的开始。接下来，跑步、出操、训练成为日常。“那时，军政大学以政治学习为主，韦杰任校长，范克让任政治部主任，韦校长和范主任经常给我们上课。”说起往事，李雨村记忆犹新。在军政大学上学一年多，即1950年10月，毛主席发出“抗美援朝，保家卫国”的伟大号召，号召有志青年积极参加抗美援朝战争，学校也动员学生们自愿报名参加。这个消息如一石激起千层浪，全校为之沸腾，师生员工一致报名，都想尽己之力为这次战争添砖加瓦。作为一名军政大学的优秀学员，李雨村自然而然地报名申请参加抗美援朝战争。经过三次努力，在韦杰校长宣布30位参战人员名单时，李雨村如愿成为其中的一员。“当听到自己名字的一刹那，我备感自豪，因为只有德才兼备的优秀学员才能被委以这份重任。”李雨村至今仍记得，学校为这次赴朝参战师生开了欢送大会，校长和政治部主任为赴朝学员披红戴花，当场宣布赴朝参战学员光荣毕业，并颁发了毕业证书。给戴上军政大学的毕业证章，听到在场几千人雷鸣般的热烈掌声，李雨村心头涌起一个军校学生应有的那份使命感，他认为赴朝参战义不容辞，因为和平是全人类共同的愿望。此时，军政大学的30名师生成为中国人民志愿军第六十军一八一师的军人。河北青县孙官屯是军政大学师生赴朝援战的第一站。在这里他们起早贪黑训练作战技术、战术，专心致志打好基本功，在训练的同时等待苏联支援的先进武器。三个月之后，武器到位。这时，大家没有感到兴奋，因为这些武器和美国先进武器相比，简直是天壤之别。好在子弹供应充足，弥补了战士们心中的遗憾。“当时的局势不利于中国，但是大家没有气馁，认真学习周总理在联合国（成功湖是当时联合国的驻地）发表的讲话，说朝鲜是中国的友好邻邦，中朝两国唇齿相依，现在朝鲜遭到美国的侵略，中国人民不能坐视不管，应出手援助、雪中送炭。我国敦促美国停止对朝鲜的攻击，不要超过‘三八’线。而此时美国已加速了侵略的部署，已经从菲律宾调来第七舰队登陆南朝鲜的仁川军港，形势严峻，刻不容缓，在国难当头之际，金日成向中国提出求援。周总理向斯大林寻求援助，开始斯大林同意出战空军，和中国人民志愿军形成陆、空两军援朝。但是，苏联为了避免世界大战爆发而食言，临时决定不出动空军。面对如此严峻形势，毛泽东主席义正词严、斩钉截铁地表态：中国没有苏联空军的援助，也一定要援助朝鲜！”李雨村激动地说着当时的紧急情况。于是，志愿军坐着闷罐车，夜行向东北边境前进，来到安东（今丹东），所经之处（如沈阳、本溪、鞍山）已被敌机轰炸，民不聊生、满目疮痍。无疑，这次战争已祸及中国人民。“来到安东后，敌机在空中盘旋扫射、轰炸，有的房屋已被炸成残垣断壁，老百姓多已逃难到内地，所有的房子均人去屋空。两天里，为了躲避敌机的轰炸，部队选择夜间集合行军，装炒面的布袋不离身，饿了就吃把炒面、饼干，风餐露宿，夜晚在鸭绿江边集合部队，由首长宣布三条命令：要求所有的人员必须遵守：要和朝鲜人民搞好关系，要爱护朝鲜人民的一草一木，不拿群众的一针一线，一切缴获要归公；和朝鲜人民军团结友爱；凡是和朝鲜妇女发生关系的一律枪毙。言明纪律后，大部队渡江进入朝鲜境内。

“当时桥已被炸，我们将木板搭在桥墩上，用绳索固定，于半夜12点渡江，敌人的照明弹在夜空中显得十分醒目，此时我们得知新义州已被美军轰炸成一片废墟。”说到65年前的事情，这位87岁的老人依旧按捺不住内心的激动。来到朝鲜，上级命令战士人手一把十字镐和铁锹，赶快挖防空洞以备藏身，对防空洞的规格有严格的规定：长2米、宽60厘米、深1.2米，大小正好躺一个人。为了不暴露行踪，部队要求士兵白天躲在防空洞内，晚上集合行军。即使如此谨慎，因为当时公路遭到敌机轰炸的破坏，汽车为了看清道路，有一辆汽车开灯，被敌机发现了目标，而遭到敌机的轮番轰炸，被轰炸的我方车辆多达13辆，刚才还是并肩作战的战友，瞬间即生死两别，令人感慨战争是如此的残酷！而李雨村也经历了子弹擦耳而过、命悬一线的生死的危险。轰炸过后，来不及休整，部队继续前行。当时李雨村在部队当文化教员，是指导员的得力助手，对战士们进行政治宣传工作，鼓舞士气，奋勇杀敌，同时还负责火线抢救伤员。另外，李雨村还肩负着一个意义非凡的工作：给牺牲的十三个同志的墓碑上写明个人简介，以便战争结束后，这些伙伴能够叶落归根、魂归故里。李雨村回忆说，从入朝那一刻起，三年里他没喝过开水，已忘了开水的味道：冬天吃雪，夏天趴在河沟里喝泥水。吃得不好，体力消耗大，至今他仍忘不了指导员李元明在汽油弹引燃的烈火中永生的壮烈一幕！李指导员的眼神中没有恐惧，有的尽是对侵略者的忿恨与对和平的向往。那时他许愿：远离战争，永久和平是人类的福祉。当然，这是全人类的共同祝福与祈盼！

“现在的生活真好！”李雨村感慨。他记得敌机轰炸时，公路遭到严重破坏，炸弹坑直径约有10米宽，会将地下水炸出来，这可以直观地想象到在地面上炸的坑会有多深！我军的汽车过不去，就得想办法将这深坑填满，但为了隐蔽，部队规定夜间不准开灯。于是，在很长的时间里，志愿军黑灯瞎火，奋勇迎战，当部队到达铁原（朝鲜的一个城市）时，李雨村所在的一八一师已胜利完成了千里行军的任务。随后，部队又来到高台山布防，阻止美军第三师及土耳其旅的北犯。

当时我们师的参谋长许德厚，他率领一团长王子波、二团长武占魁去察看地形，进行周密的布防，刚布防完毕，敌机就来轰炸，我军一边迎战、一边昼夜不停地挖防空通道，当时的场面非常惨烈。还好，由于我军训练有素，虽然武器落后，可是在战斗中打败敌军，缴获敌军的先进武器后，局面就朝更好的方面发展。用敌人的武器打敌人，战士们越战越勇，情绪高涨，斗志昂扬，最终击败美军第三师和土耳其旅的进攻，这次战斗消灭了土耳其旅的大部，共消灭了“联合军”7000多人。

在战斗期间，李雨村根据实际战况写出标语口号，并通过喇叭在阵地上喊出来以鼓舞士气。要树立“一不怕苦，二不怕死”的思想。“冲啊！前进就是胜利！曙光就在眼前，坚持就是胜利”，“我们要为毛主席争光，为祖国献礼！绝不后退，勇往直前！”是当时战士们耳熟能详的宣传口号。

高台山七次反击战的战斗，我一八一师以取得辉煌的胜利而宣告结束。未及享受高台山之战的喜悦，部队又挺进汉江，突破敌军的防线，进行汉江布防，汉江的形势颇为严峻，为了保护汉城老百姓免遭蹂躏，志愿军孤注一掷，置生死于不顾，骁勇对敌，乘其不备，奇袭制胜，一举解放了南朝鲜的首都——汉城。我军乘胜追击，敌军狼狈之态，令人咋舌。

“原来，就是不堪一击的纸老虎！”李雨村笑着摇摇头说。

## 三年没吃肉，一块生马肉救了命

春川之战，异常激烈，志愿军缺粮断水，幸好是春天，可采摘树叶充饥，用雨水解渴。当时，韦军长和士兵在一起。有一天早晨韦军长接到志愿军司令部的电报，才得知我军腹背受敌，被敌人包围。司令部命令我军无需恋战，快速向春川方向突围。由于饥饿，好多人全身浮肿，没有力气站起来继续行军，只有留在后边等待后勤马车的收容归队。凡能站起来的人心中都有一个信念：绝不当敌人的俘虏，誓死突破重围，要活着回到祖国，投到母亲的怀抱。

李雨村当时已奄奄一息，心中想着要站起来可腿却不听使唤，好在危难时刻有个战友挺身而出，这个战友拖着他从死人堆里爬出来，不知爬了多久，他们来到一个山坡上。在山坡上，战友发现有匹死马，于是就用行军刺刀割了两块血乎乎的生马肉供俩人充饥，于是俩人得以生存。

“那是我吃过的最香甜的马肉。那是世界上最好吃的美味！”在朝鲜三年，没吃过一顿饱饭，没吃过一次肉，这次的救命马肉令李雨村先生铭记一生。吃饱的两人精力充沛，他们马不停蹄，按照部队的要求集中火力勇猛地突破了汉江上的敌人的防线。此时，汉江涨水，桥梁已被敌军炸毁，这时部队领导命令大家：再难也要过江，要求大家带上武器泅渡。水流湍急，再加上敌机沿江的扫射、轰炸，许多战士倒在江中，根本无法施救，再也没有站起来。李雨村因为会游泳而躲过此劫，成功渡过了敌人在汉江上的封锁防线。

## 战争快些结束　人类需要和平

战争是惨无人道的，战场上弥漫着腥风血雨。可比起人在他乡独有的那份思乡之情，这些又算得了什么？坦克从人的血肉之躯上压过，枪林弹雨中的血流成河、腹背受敌时渺茫的生存希望，这些战场上司空见惯的事，每天都在挑战着战士们的心理极限，面对这些战士们坦然地接受。唯有战斗，印嵌于心，才是胜利的希望。在这条山沟里布满了敌人空降下来的坦克、战车和伞兵部队，我军被敌人包围了。我军的战士们都是用毛泽东思想武装起来的，具有“一不怕苦，二不怕死”的精神。在强大的敌人面前决不屈服于压力，对敌人开展了肉搏战、交手战、拼刺刀，杀声震天，血流成河。有几个英勇的战士冒着敌人的炮火爬上了敌人的坦克，揭开盖子向里投手榴弹，接连炸毁了七辆坦克，打开了一个缺口，我们的大部队突出了重围。但由于敌人的武器先进，炮火猛烈，我部损失惨重。

李雨村脸上有块疤痕，那是在战场上一颗炮弹在面前爆炸，弹片穿过面颊所致。那天，我方战士用手榴弹炸毁了敌人的七个坦克，气急败坏的美军又用飞机轰炸，震耳欲聋的一声巨响之后，李雨村晕死过去。不知过了多久，他醒来，感到脸上流有热辣辣的水状物。用手一摸，用舌头一舔，才发现是血，再一摸，又发现脸上有块弹片炸进眼下血肉之中，当时右眼已经失明，脸和脖子肿得痛彻心扉。李雨村心知肚明：自己受了重伤。好在部队的通信员发现李雨村受伤，于是赶快跑到李雨村面前大喊：“李文教，你负伤了。能不能站起来走路？”李雨村拼尽全身力气说：“能走。”他知道这是活下去的唯一机会，如果错失良机，那么他就永远回不了家了。“那你抓着我的腰带，我左手拖着你，用右手打枪一起突围。”通信员果断做出决定。可死尸成堆，步履维艰，突围谈何容易？最后，在通信员的全力帮助下，两人从死人堆里爬出去。来到山口，才发现我部与敌军正在酣战，面对枪林弹雨，赤手空拳的两人无所适从。怎么办呢？观察了四周地形，两人决定往高处爬，那里没有敌人，也许会有生还的机会。两人爬呀、爬呀，也不知道这山到底有多高，只知道用手抓着岩石上的石头、树枝往上爬，才有可能重见天日。幸运的是，在天空泛起鱼肚白时，两人爬到山顶。此时，枪声、炮声仍此起彼伏，可他们所处的地方是安全的。两个筋疲力尽的中国军人望着远方，默默地想象：战争快些结束吧，人类需要和平！

## 优待战俘　彰显大国风范

生死攸关，三次获救，李雨村感慨生命的意义！有时，她脆弱的不堪一击；有时，她伟大的撼天动地。由于有文化，李雨村调至部队宣传科工作，具体工作就是写战地新闻报道和押送俘虏。有一天早晨，李雨村来到俘虏集中的地方，约有七八十个俘虏躺在炮弹坑中，他用“Hello”“Morning”作为问候，开始引起了俘虏们的注意。俘虏全都站了起来，他们一天都没有吃东西了。

“善待俘虏，优待俘虏，这是我们志愿军的政策，虽然他们与我军在战场上互相拼杀，寸土不让，但他们一旦放下武器成为我们的俘虏，我们中国人民志愿军依旧对他们宽容相待。炒面是志愿军的主食，刚开始俘虏吃时大口吞咽，往往会呛喉咙，导致大咳不止。于是，我教给他们炒面的正确吃法。在押送俘虏的行军路上，当看到敌机在空中盘旋俯冲、扫射时，我会快速折一根树枝顶在头上做掩护，并迅速趴在地上，俘虏们也会跟着照此而做，当听到飞机轰隆隆的爆炸响声时，他们也会跟在我的身后现学现做。当经过一个兵站时，为了改善俘虏的生活，在俘虏专用的防空洞内，炊事员给他们煮鸡蛋挂面，时不时地还会给他们发包香烟和几块牛奶糖。吃面时没有碗，就用美军丢弃的罐头盒当碗，折两根树枝当筷子，这些俘虏吃得都很满足，他们没想到中国人民志愿军会对他们如此友善。我告诉他们：中国向来是礼仪之邦，朋友来了有好酒，豺狼来了有猎枪。

当然，我们绝不乘人之危，因为我们是龙的传人，是华夏子孙，讲究光明磊落，坦荡为君。”

在俘虏营中，李雨村发现一个怪现象：白人盛饭，黑人站在远处等白人盛完饭后，才敢去盛饭，且要蹲下来吃。李雨村早就听说过美国的种族歧视，但没想到在军队中甚至成为中国人民的俘虏，这种种族歧视依然存在。有一次，一个高个子白人俘虏坐在黑人俘虏的肩膀上吃饭，一副理所应当的得意样子。爱打抱不平的李雨村劝白人俘虏别这样，可对方依然故我。李雨村生气地上前把他推下来，正色道：“人都是平等的。请问你的优越感从何而来？难道就是因为肤色比他白？”令李雨村惊讶的是，受到不公的黑人俘虏竟然没有任何反抗，而是习惯性地接纳、承受了这一切。李雨村认为：“当一个国家的地域文化成为一种习惯时，别人是无能为力的，因为当事者已麻木。这是人性的悲哀。”美国人在联合国大会上，大讲人权、民主、自由、平等，他们是世界上的典范，实际上这是一种虚伪的欺骗。

我们不愿意战争再发生，美国士兵也不愿意战争发生，崇尚和平的人们不愿意战争继续发生。有一次，李雨村发现一个俘虏闷闷不乐，心事重重。于是，李雨村关心地问他怎么了，需要帮助吗？原来，这个俘虏的钱包丢了，钱包内有张母亲的照片和几千美元。李雨村明白了他的心思，于是通过各种渠道，终于使这个穿越了大半个战场的钱包完璧归赵。当钱包送到这个俘虏手中时，他喜出望外，眼泪夺眶而出，他说母亲是他活下去的希望，也是他永远的牵挂。漫长无期的战争，削弱了他的意志，却增添了他对亲人的思念，他想让母亲的照片陪着自己，度过这段硝烟战火。他对李雨村说：Dear Mr Li，You are my good brother！（尊敬的李先生，您是我的好兄弟。）

谴责战争发动者，远离战火硝烟——这是真理，在任何时候都是人心所向。

# 历经战争洗礼　祈盼地球村常年欢声笑语

金城川战役，志愿军一夜歼灭美军及南朝鲜傀儡李承晚伪军的五个师，把沿线的阵地向前推进500余公里，给予“联合国军”毁灭性的打击。1953年7月27日，以美军为首的“联合国军”总司令克拉克将军被迫在停战协定上签字之后，感慨系之地说：我是美国历史上第一个在没有取得胜利的停战协定上签字的司令官。我感到沮丧。我的前两位将军麦克阿瑟和李奇微，也会有同感的。

这表明持续三年的抗美援朝战争已完全胜利结束。

战争胜利结束后，中国人民志愿军又帮助朝鲜人民盖房子，恢复生产。1953年11月，李雨村和战友们踏上回国的道路，见到了日思夜想的亲人。

由于长期在野外露营及住防空洞，先生曾患有严重的风湿关节炎，曾瘫痪过两次，久病成良医，他慢慢研究出一套有效的治疗关节炎的方法，多年来坚持自己针灸、按摩，如今他的关节炎已彻底治愈。87岁的老人眼不花、耳不聋，身体状况良好。现在，先生每天起床后的第一件事，就是上网查看新闻，由于长年做政治工作，并晋升为高级政工师，老人对时事政治非常关注，他多么希望国与国之间都能化干戈为玉帛，共保地球村的和谐安宁。

定居在美丽的乌鲁木齐，先生和夫人过着幸福的晚年。这是一个红色的革命家庭，先生一手培养的两个儿子在各自的领域颇有成就。先生爱好广泛，喜用电脑写作，已出版一本《延缓衰老的养生法》。自传及抗美援朝回忆录已完成14万字，估计年底出版。

历经战争洗礼，先生告诉记者，他有个心愿：希望世界永久和平！

是的，正如先生所言，惨绝人寰的战争具有毁灭性，我们要好好珍惜现有的美好生活！如果没有战争，天下太平，人们安居乐业，那该多好！我们都是地球人，各国人民和睦共处，有责任来保持人类共同的家园——地球村的祥和、安宁。绝不允许任何人以任何名义和借口用战争的方式来破坏这份祥和与安宁。我们祈盼地球村常年春暖花开欢声笑语！

# 93. 《今日永城》报专版

## ——李雨村为你讲述志愿军老兵的故事

本报记者　何燕子

李雨村，1929年11月出生于永城市演集镇李楼村，1949年12月考入中国人民解放军西南军政大学政工系学习，1950年10月报名参加中国人民志愿军赴朝参战，在朝鲜战场上浴血奋战了三年，荣立三等功，回国后任部队一级文化教员、军需处主任。转业后先后在黑龙江省铁道兵农垦总局八五八军垦农场机械化生产连、新疆粮食厅仓库、奎屯农七师粮食局中心国库、库尔勒粮食厅粮油机械厂工作，历任生产连长、政工组长、政工科长、党办主任、党支部书记、纪检书记等职（副厅级），高级政工师职称。

## 改变命运　他踏上艰难求学路

李雨村，原名李干臣，自小生长在演集镇李楼村，7岁那年，他上了两年私塾，后因老师回家养病，转学到张庄村读小学，该校周中立老师给他改名为“李雨村”。因为李雨村毛笔字写得好，学习成绩突出，被同学们推选为班长，一直备受老师的信任和喜爱。

后来，县城被国民党军队控制，太邱中学校停办，李雨村失学了。几经打探，李雨村了解到徐州有学校招生，于是，去徐州“考学”的信念在他心里扎了根。怀着“考学”的迫切愿望，李雨村背着行李，走着去徐州考学，因路途遥远，他的脚磨出了血泡。几经辗转，李雨村借宿在远房亲戚刘广伦家，在刘广伦眼中，李雨村是个懂事、正直的孩子，就认他做了“干儿子”。

求学之路是艰苦的，这也造就了李雨村吃苦耐劳的性格。当时学校里有钱的孩子比较多，大衣、皮鞋、手表都是“标配”，穿着破棉袄的李雨村在学校里就是“异类”。没钱交学费，他做义工挣钱；没钱买教科书，他将教科书刻在钢板上，然后用白纸印出来；没钱吃饭，他就去校外买5分钱的豆腐乳，就着干娘做的烙馍吃一个星期……因品学兼优，校长免了他的学杂费。当时李雨村心中只有一个信念：“知识能改变命运，一定要好好的读书。”

1949年，李雨村考入了西南军政大学。后来，毛泽东主席提出“抗美援朝，保家卫国”的口号，血气方刚的李雨村在经过三次报名、层层选拔后，终于如愿以偿，成为中国人民志愿军六十军一八一师的一名文化教员。

## 保家卫国　他饱受战火的洗礼

“雄赳赳，气昂昂，跨过鸭绿江，保和平，卫祖国，就是保家乡……”在朝鲜战场上，李雨村经历了艰苦的上甘岭战役、金城川战役，那时的一幕幕让李雨村记忆犹新。听着李雨村的讲述，记者在脑海中浮现出战士们在枪林弹雨中穿行的画面，仿佛感受到那个战火纷飞年代的惊心动魄……

对李雨村来说，他在朝鲜战场上遭遇的最困难的一次战斗，让他永生难忘，那命悬一线的惊心动魄，始终萦绕在他的心头。那次战斗，李雨村所在的部队被敌人包围了，敌人的一发坦克炮弹在他面前爆炸，他当时就昏迷了。醒来后，李雨村发现右眼看不见东西了，脖子肿得很粗。“那个时候我感觉，生还的希望不大了。”李雨村回忆道，“后来，一个通信员救了我，他把我扶起来后，问我的腿能走吗？我摸摸两条腿都还在，我说能走，他便让我抓住他的腰带。然后，他用左胳膊扶着我，右胳膊往外打枪，我们两人一块向外突围。”可是在当时激烈的战场上，尸横遍野，因为人的尸体太软，他们根本站不住，每走一步都会摔倒，最后他们只能从尸体上爬着向外突围。战场上的浓烟呛得他们喘不过气来，一波敌军海浪般的攻势余波未尽，另一波敌军又如飓风般狂卷而至，在这最危难的时候，他们没有放弃生的希望，最终突出了重围……“一块去的战友百分之八九十都牺牲在战场上。当时我就有这种思想，觉得牺牲时最好被一发子弹一次打死，或者被一发炮弹一次炸得粉身碎骨，这样最痛快。”讲到战斗的惨烈程度，李雨村有些动容。他告诉记者，抗美援朝的战场上条件特别艰苦，因夏天急救药品有限，许多战士负伤后伤口感染化脓；冬天缺衣少食，许多战士被冻伤冻死，他们在战场上经历了人生最艰难的时期。

朝鲜的冬天可以达到零下40摄氏度，再加上战斗以后，人的体力消耗太大，炒面供应不上，战士们的肚子始终是空的，没有吃的，战士们就吃自己的皮带、摘树上的树叶吃，实在没有办法，就挖雪地下的树叶吃。那时，不少伤病员都因身体虚弱被冻死在异国他乡的战壕里。

在两年零九个月的抗美援朝战争中，中国先后派出297万志愿军入朝轮流作战。据战时统计，志愿军共有19.7万人牺牲在异国他乡。据志愿军烈士陵园统计，享受烈士待遇的有18.3万人，后加上失踪人员、复员伤病人员死亡，人数还会有所增加。

## 无私奉献　他将青春献给了北大荒

“艰苦奋斗、勇于开拓、顾全大局、无私奉献。”这铿锵有力、发人深省的十六个大字，是撑起北大荒这片神奇土地的脊梁。在北大荒写下最悲壮、最辉煌开拓史诗的老兵们，功勋不朽。

1958年1月24日，中央军委发出《关于动员十万转业官兵参加生产建设》的指示，要求全军转业官兵去开发北大荒，屯垦戍边。从那年3月份起，转业官兵开始从全国不同地方去北大荒。他们曾经是为祖国浴血奋战的功臣，受过良好的教育，有着良好的素质；他们不计个人名利，一起唱着“一颗红心交给党，英雄解甲重上战场”的歌，就像当年唱着保家卫国的战歌跨江杀敌一样，向北大荒进军。

当时，李雨村被分配到黑龙江省铁道兵农垦总局八五八军垦农场机械化生产连任连长。“我们这个连有1000多人，都是排以上军官干部。”李雨村回忆道，当时的北大荒住宿条件极差，农场一间房屋也没有，到处都是荒原。一到农场，大家放下背包就动手割草、砍树，选一处高地搭窝棚。这种窝棚很简陋，用草绳绑几个人字形的架子，上面盖上草，然后在里面铺上厚厚的草，铺开背包，就是落脚之所，仅仅能够遮挡风雨。

“吃饭也是个问题，由于地处偏僻，交通不便，供应的粮食一时运不到，农场就组织人员到百里以外的粮库去背运粮食。没有粮食加工设备，只能用原粮充饥。”李雨村说，但是大家没有在困难面前低头，而是用原始的办法火烧草原垦荒，抢播抢种。当时为抢种大豆，每一个人发一把豆铲子，在刚开出的堡片上挖个坑，再放入几粒豆种。因开垦的荒地面积太大，把所有的劳动力都利用起来，全员上阵。

李雨村在北大荒苦干了七年，他带领全连创造了优异的成绩，被评为先进单位；李雨村个人被评为建设社会主义积极分子、模范共产党员；并出席了农垦总局的表彰大会。

## 颐养天年 他潜心研究按摩、针灸术

“战争给我留下了深刻的记忆，每当回想起那些苦难的日子，就有一股把往事写出来的冲动。为了让后代人知道共产党打天下的胜利来之不易，有必要实话实说的、不添枝添叶的、给后代人留下一部分历史材料供参考。”李雨村对记者说。目前，他撰写的《抗美援朝战争回忆录》已经完成了14万字。

为了锻炼自己的思维能力，平静身心，他经常练书法；为了治好在战争中落下的风湿病，他潜心研究按摩、针灸术。

“我老伴的失眠症就是我用针灸术治好的。”李雨村笑言。“您还会治病？”看着记者疑惑的眼神，李雨村说，“在战争中我患上了风湿关节炎，在战斗的艰苦条件下，连队又缺医少药，根本无法进行治疗。大夏天我得穿着棉裤、棉衣，忍着两条腿的疼痛，但仍然顽强地坚持着参加战斗。直到抗美援朝战争胜利停战后，回到了祖国。虽经多方治疗，却无明显的疗效。吃药、打针只能缓解暂时的疼痛。后来，我便尝试着用针灸加中药自我治疗。”起初，他只能摸索着在自己身上的穴位上扎针，有时一不留神扎错了穴位，疼得钻心。后来，他掌握了针灸操作的要领，越扎越熟练，经过多年的针灸、点穴、按摩的治疗，风湿关节炎竟然治好了。再后来，李雨村又说服老伴，开始给她治失眠症。经过两个多月的针灸治疗后，老伴终于能够睡个安稳觉了。不仅如此，李雨村还出版了《延缓衰老的养生法》，此书详细地记录了他在养生方面的心得、体会和感悟。

虽然战争已经远去，但李雨村时刻警醒自己不忘历史，不忘当年战友们用鲜血和生命换回来的胜利。在生活中，李雨村还经常向孙子、孙女讲述抗美援朝战争中的故事，希望年青一代也永远铭记历史。

# 94. 《亚洲中心时报》文史·天地报道

## 我在朝鲜战场上的日子

### ——李雨村回忆在抗美援朝战争中的经历

记者 李雯卿 王娅濒 张迎春 于2014年1月7日

1953年7月27日抗美援朝战争胜利停战结束。60多年过去了，战争的血雨腥风依然萦绕在当年的志愿军战士的眼前，耳边……

现居住在乌鲁木齐的李雨村，就是这样一位老战士。当年，他投笔从戎，告别大学生活远赴朝鲜战场，三年战争生涯，白天躲在战壕里，夜晚行军打仗，冒着枪林弹雨、忍受严寒饥饿，几经生死，回到了祖国。而今他虽已86岁高龄，却红光满面、精神矍铄。酷爱写作的老人还学会了电脑，每天花几个小时整理抗美援朝战争回忆录。他盼望自己的回忆录早日出版成书，让更多的人了解中国人民志愿军在朝鲜战场上的艰苦经历，了解中国军人英勇保家卫国、不怕牺牲的高贵品质。

# 投笔从戎

1950年10月，我在中国人民解放军西南军政大学学习时，一天，学校召开动员大会，传达毛主席的号召："抗美援朝，保家卫国，打败以美国为首的侵略者！"全校师生员工纷纷写请战申请书，要求报名参加中国人民志愿军。我多次写申请报名，最后还咬破手指写了血书，被批准参加了志愿军。当时全校第一批共有30名学员被批准参加志愿军。在全校召开了欢送大会，校长亲手为我们披红戴花，并当众宣布我们30名学员大学毕业，当场发给了毕业证书、毕业证章。我们30名同学全部被分配到中国人民志愿军六十军一八一师的下属各单位担任不同的职务，我被分配到师直炮兵营一连，任文化教员。

我们的一八一师这支部队，具有英勇善战的光荣历史传统，成立于1944年9月，在皮定均同志的率领下强渡黄河天险，攻克唐河、光山县城。1946年1—6月参加过中原突围，被称为"皮旅"。

1950年10月上旬，我师全体指战员奉命乘坐西南军区的汽车，经过两三天的跋涉，翻过秦岭山脉到达宝鸡，然后换乘闷罐火车到达河北省青县孙官屯待命。

# 金戈铁马出国门

1951年3月24日，我们部队于夜间紧急集合，全副武装急行军10多里路，在一个小火车站乘坐闷罐火车（无窗子），于第二天的晚上到达安东（丹东）。当时为了防空，沿途各火车站均无灯光，安东这个边境城市已多处遭敌机的轰炸，老百姓的房屋到处都是残垣废墟，砖头瓦块，大部分老百姓已出逃躲避，向内地方向转移。鸭绿江大桥像是一道长虹，矗立在两岸之间的高空。

为保证部队能在夜间跨过鸭绿江大桥奔赴前线参加战斗，当地的党政机关人员协助部队一起搜集门板、木料，在钢轨空隙之间铺上木料、门板，以防踏空坠入江中。晚上10点钟，部队以连为单位在江边集合，上级宣布三道命令：1.要和朝鲜军民搞好关系，尊重朝鲜人民的生活习惯、爱护一草一木。2.不拿群众的一针一线，一切缴获要归公；3.不论任何情况，只要和朝鲜妇女发生关系的，一律枪毙。（在五次战役结束后，我师集中对勤杂人员中违犯此条纪律的，一次就枪毙7人，从此再无此类事件的发生）

以美国为首的所谓“联合国军”最害怕、最担心的就是中国人民志愿军增援朝鲜，当我们的部队陆续分批过桥时，他们派出大批的飞机对鸭绿江大桥及两岸城市（新义州和安东）进行轮番轰炸、扫射，把上万吨的炸弹投向这些目标。到处是爆炸的声浪和燃烧的火焰，在鸭绿江上空的夜间，敌机投放了数以千计的照明弹，还不断地进行俯冲、扫射和投弹，企图阻挠我们过江。可是他们决不会想到，正是他们的这些照明弹，却帮了我军渡江的大忙，使我军加快了过江的速度。

拂晓之前，我们部队已顺利地跨过鸭绿江，踏上了朝鲜的国土。为防止敌机白天的袭击，部队被疏散到崇山峻岭的森林中进行有效的隐蔽，要求每个人挖一个2米长、0.6米宽、1.2米深的避弹坑。挖成后白天躺在坑内休息，敌机轰炸时，也不准乱跑乱动，以防暴露目标遭受更大的损失。

如果敌人在飞机上发现这条山沟里有部队隐蔽，马上就会派出一批B−29大型飞机来进行轰炸，这批大飞机可带数十吨的炸弹，能把一条山沟炸平，我们给它起了个名字，叫它“一把抓”！如果遭到这样的袭击，其后果不可想象。

白天我们全体指战员都躺在避弹坑内，本该睡上一觉恢复体力，可是天刚放亮，美军的飞机就像苍蝇似的一群接一群的、铺天盖地轮番俯冲过来，飞机向下俯冲时离地面很近，连驾驶员的模样都看得很清楚。由于飞机喷气浪大，把地面上战士们的军帽都带跑十几米远。由于我军没有高射武器，上级命令不许打飞机，怕暴露目标。可是敌人的飞机太猖狂，我连的一些战士忍无可忍，便举起步、机枪瞄准向下俯冲的飞机一齐开火，正好有一架飞机被子弹打中油箱，引起爆炸起火，拖着浓浓的黑烟栽入地下。全连一片欢呼！但也没有人承认是谁打下来的。此举，引起了全军的重视，今后只要敌机敢在低空盘旋、俯冲扫射，即许可地面部队轻重机枪和步枪一齐对空射击。从此，敌机再也不敢低飞了，大长了我军指战员的志气，震慑了美国鬼子的威风。

## 高台山大捷

4月21日黄昏，我六十军一八一师在前线接替了友军二十六军二十八师在铁原西山峻岭中的防御阵地，经过友军的介绍，我军面对的是美三师和土耳其旅，他们都是精锐的机械化部队，在庞大的敌人面前，又是第一次同美军交手，确实感到心中无底。尽管如此，我们的师长王诚汉、政委张春生都是经过长征、抗日、解放战争，血与火千锤百炼的老红军干部，在他们的率领下，我们决不屈服于敌人的压力。

我师许参谋长率领一团王团长、二团武团长、山炮营孟营长及参谋人员10多人，前往高台山去勘察设置阵地的位置，高台山位于春川公路左侧，山高961.2米，守住它，就是控制敌人向北进犯的咽喉。在月夜山与高台山之间，有一条马鞍形的山梁，山上灌木丛生，杂草茂密，飞机看不到，是一个非常理想的炮阵地，即作为我师的主攻阵地。

高台山的主峰，自然形成波浪形的地势，由东至西森林茂密，许参谋长将一团摆放在这座山岳上，以便于阻击敌人的进攻，将二团布防在左侧的山麓中，以预防敌人在侧翼的袭击，将三团布防在月夜山背后的山林中，作为预备队的机动力量。并决定各部队于晚上8点进入阵地、构筑防御工事，一团一营还在山坡上150米处设置一个假阵地，放一个班防守，以便于吸引敌人火力的冲击，全师各部队都要严阵以待，准备与美军及土耳其旅决一死战。

山炮营一连连长张顺堂接到命令后，率领全连战士将山炮分解开，用骡马驮上山梁，经勘察确定四门炮的位置后，全连指战员一起动手，争分夺秒地抢修工事。为确保安全，把炮位向下挖成一个防空洞式的工事，上面用伐来的圆木盖顶，再覆盖上2米厚的土层。这时，文化教员李雨村手拿广播筒在阵地上进行大声广播："我们面对的敌人是美三师和土耳其旅，他们具有机械化的装备，我们要战胜他们取得战斗的胜利，就要挖好防御工事，要做到战前多流汗，战时少流血！"要树立"一不怕苦、二不怕死"的思想，把每一发炮弹，都打到敌群中爆炸，争取打好出国第一仗。为毛主席争光！为祖国献礼！全连在听到广播后，各班排都纷纷向党支部写出了申请书、请战书，还有的战士写了入党申请书。在前沿阵地上形成了一派蓬勃的迎战高潮，为打好出国第一仗，奠定了良好的基础。

4月22日凌晨，美三师和土耳其旅，对我高台山阵地发动了全线攻击，有20多架敌机向我高台山阵地进行了轮番的扫射和轰炸，用燃烧弹、汽油弹，把阵地烧成一片火海，炸弹炸出的弹片、石头、树枝满天飞，炸弹的气浪呛得人喘不过气来，睁不开眼睛。然后敌人的野炮、榴弹炮、坦克炮，一起向我阵地上进行轰击，地动山摇，山上的树木野草已被敌人的炮火化为一片灰烬。这时，敌人约有一个营的兵力，向我山前阵地发起了猖狂的进攻，在一片开阔地上，他们认为在我们的阵地上，再也不会受到阻击了。为此，敌人就大摇大摆地向我阵地上进发。我前沿观测哨将此目标迅速报告给张连长，张连长当即向贾仁合排长发出轰击目标的命令，四门山炮齐放，轰！轰！轰！只用几分钟的时间，就发射了30多发炮弹，把敌人炸得鬼哭狼嚎，横尸遍野。在前沿阵地上的步兵同志们看到我们的炮火杀伤敌人的威力，都拍手叫好！敌人第一次的进攻，被我炮火所粉碎。

狡猾的敌人，他们不甘心失败，不到半个小时，又派8架敌机对我阵地进行轮番的扫射、轰炸，我连全体指战员都进入工事，只有张连长在工事口上观察敌情。

敌人的飞机擦着山头向下俯冲，疯狂地向下扫射、投弹，战士们心中燃起一腔怒火，忍无可忍，竟然拿起步枪瞄准向下俯冲的飞机进行射击，结果打掉了一架敌机。为此，敌机对我连阵地进行了猛烈炮火轰击的报复，造成我连一门炮被炸毁，战士四人负伤。敌人的炮火停息后，美三师的步兵两个连的兵力，又发起进攻，向一团前沿阵地方向爬行前进，被我炮兵10多发炮弹所击中，百余名美国兵大部分被杀伤。敌人发觉从正面进攻不能得逞，便采取对我师阵地从左侧迂回进攻的战术，在我二团勇士们用轻重机枪及手榴弹的反击下，敌人第三次进攻又遭到惨败。

凶残的敌人，调动了两个团的兵力，实行对我师的阵地全线猛攻，遭到我强大炮火的袭击。我师连续四天四夜阻击了美三师和土耳其旅的七次进攻，歼灭敌人2000余人。

25日，我师以一、三两个团的兵力共同协作，一举突破了土耳其旅的防线，将其包围，打了一个歼灭战，消灭了土耳其旅两个团的兵力，占领了地藏高地，我师控制了汉江以北的全部阵地，共歼灭敌人7000多人，取得了出国首战的胜利。

1953年7月，在金城川战役中，南朝鲜的傀儡李承晚破坏停战谈判，妄想独霸朝鲜。他提出要与我们志愿军和朝鲜人民军血战到底。为此，我军于7月21日发动了金城川战役，我军以上千门的炮火向李伪军的阵地发动了猛烈轰击，只用了半个月的时间，一举消灭了李承晚的伪军五个整编师，把沿线阵地向南推进500多公里。逼迫李承晚承认了停战的实现，随于1953年7月27日，双方签订了朝鲜的停战协定。我军取得了抗美援朝战争的伟大胜利。

# 后 记

抗美援朝战争，随着时间的流逝，已经过去半个多世纪。这是新中国成立后，反抗外国侵略战争的第一仗。自近代以来我国受尽了西方列强的欺凌，被西方列强讥讽为“东亚病夫”。在20世纪50年代的抗美援朝战争中，他们决不会想到：中国人民志愿军在毛泽东主席的英明领导下，面对以美国为首的现代化装备的“联合国军”时，虽然对方手中握有原子弹的核威胁，但是，中国人民志愿军都是用毛泽东思想哺育武装起来的战士，具有“一不怕苦、二不怕死”的英雄气概。这就是我军战无不胜的精神原子弹。不惧怕他们的核讹诈，敢于斗争、敢于胜利。经过三年的浴血奋战，终于打败了资本主义世界最强大的国家——美国。创造了现代世界战争史上，以小米加步枪的劣势装备的弱国，打败了现代化装备的强国的奇迹。

2016年10月25日，是中国人民志愿军赴朝参加抗美援朝战争65周年。为了纪念这个不平凡的日子，我的不少战友向我提出，要我写一本关于抗美援朝战争的回忆录向65周年献礼。因为他们都知道我曾经在朝鲜战争中浴血奋战三年，并当过随军的战地记者。在纪念抗美援朝战争60周年时，我在新疆《库尔勒晚报》上发表过《高台山阻击战大捷》《夜雨送伤员》《破解蝴蝶雷的秘密》《一块生马肉》《突出重围》《扑灭细菌的战斗》《无名英雄》《在朝鲜前线过春节》《历经战斗仍从容 穿着志愿军干部服装的老照片》等文章。有很多朋友看到这些文章后，有的亲自赶来见面，有的打电话鼓励我写一本关于抗美援朝战争的回忆录。可是，如今我已是86岁的高龄，对于过去的那段战争岁月，由于时间的久远，有些已从记忆中淡忘。这时我又重新翻阅了在战争期间，我当战地记者时保存的资料，查看了有关报纸杂志及书籍的记载，对抗美援朝战争经历做了全面的回顾，认为我所参与的这段历史，反映了我军在抗美援朝战争中的光辉篇章，让后人了解这段历史是很有意义的。后来在老首长、老战友以及报刊编辑同志们的鼓励下，我终于下定了决心，从2013年开始，用三年的时间，撰写出《一个抗美援朝老兵的回忆》初稿，并广泛征求老领导、老战友及老朋友的意见。

在写作的过程中，新疆《库尔勒晚报》编辑唐枚秀、《亚洲中心时报》记者张迎春、《思齐》杂志记者王雪、《今日永城》报记者何燕子等同志，都给予我热情的帮助和支持，特表示感谢。

承蒙新疆人民出版总社刘光宏主任对本书稿的重视，她花了不少时间和精力，进行审阅、修改及具体指导和热情帮助，特表示感谢。

对本书的出版，凡给予帮助和支持及关心的所有同志，都表示感谢。

在写作过程中，参考了《朝鲜战争》《较量》《抗美援朝战争风云录》《重围》《美军战俘》等书籍，在这里一并向作者表示敬意。

作者　李雨村

2016年4月